DISNEY

ゆがめられた世界
Disney Twisted Tale

ビューティ＆ビースト 下

リズ・ブラスウェル／著
池本　尚美／訳

Gakken

なつかしい
歌のように
凍《こお》りつく　季節さえ
変えながら
ほんの少し
少しずつ
やさしさが　開いてく
愛の扉《とびら》

やさしさが　開いてく
愛の扉

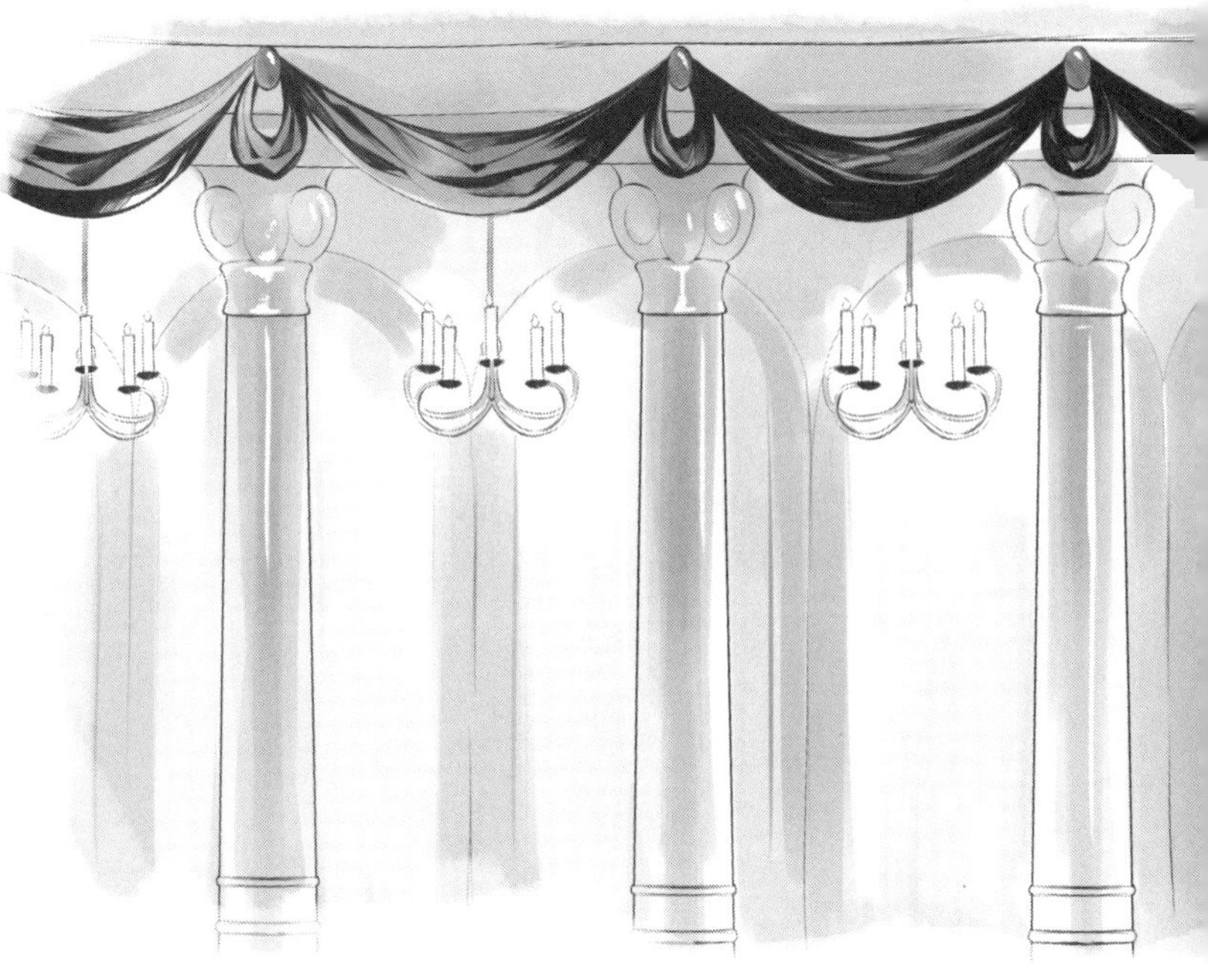

26 家庭料理

かまどがわざとらしいほど大きな音をたてて、鍋《なべ》の中身をせっせとかきまぜはじめた。ぱちぱちと燃える火が怒《いか》りをにじませた目となって、ビーストとベルをにらみつけているように思える。

聞こえる音といえばそれくらいで、厨房《ちゅうぼう》は静まりかえり重苦しい空気につつまれている。

しばらくしてビーストがうつろな表情で口を開いた。「ずっと……自分のせいにちがいないと思っていた」そういって、すぐそばにある椅子《いす》にがっくりと腰《こし》をおろす。椅子がビーストの重みでぐらつき太くて短い脚《あし》がたわんだが、つぶされないようにぶるぶるとふるえながら踏《ふ》んばっている。「自分がこんなふうに考えていることを、はずかしくてだれにも話せなかった。ポット夫人にもチップにさえも話そうとは思わなかった。嫌《きら》われるのではないかとこわかったからだ。自分のことにばかり気をとられ、あの親子がアラリックを失って、どんな気持ちでいるかなど考えもしなかった」

ビーストはごつい手でたてがみをかきあげた。そのしぐさを見たベルの脳裏《のうり》に、西の塔《とう》にある肖像画《しょうぞうが》が浮《う》かんだ。ビーストの髪《かみ》はほんとうなら暗めの金髪《きんぱつ》のはずだ。

ベルはビーストの肩《かた》にそっと手を置いた。

「あなたの正直な気持ちを伝えたらいいと思う。ポット夫人が落ち着いたら」

「きみの母親が正しかったのかもしれない」ビーストは消えいるような声でいった。「わたしは召《め》し使いたちを……道具みたいなものとしか見ていなかった。自分の暮《く》らしを楽にしてくれる、ただの道具だと。だからこそ、きみの母親はわたしに呪《のろ》いをかけたのだ」

「そうかもしれない……」ベルはそう答えながらも、だれかになにかを教え諭《さと》すために、呪いをかけるなんてやり方はやっぱり好きになれなかった。

そのとき、ビーストがうなり声をあげた。

ビーストははずかしそうな表情を浮かべ、弁解《べんかい》するかのようにおなかに手をあてている。どうやらいま聞こえた音は口から出たものではないらしい。

「いま気づいたんだけどね、わたしもおなかがぺこぺこみたい」ベルはいった。こんなにおなかがすくことなんてめったにない。少し頭がくらくらするほどだ。やるべきことに集中しすぎていていままで空腹を感じなかったのだ。

「そういえば、ディナーのメニューの話をするのも、ここに来た理由のひとつだったな」ビーストがつぶやく。

「そうだったわね……」ベルはかまどに目をやった。「だったら……これからディナーをつくりましょう。自分たちで」

ビーストは口をあんぐりさせてベルを見つめかえした。

ベルは腰《こし》に手をあてた。「さっき、いってたでしょ。召《め》し使いたちは、自分の暮《く》らしを楽にしてくれるためにずっと仕《つか》えてきてくれたって……しかもこの十年は人間のすがたですらなかったのよ！　それでもあなたの世話をして、食事をつくり、城をきれいにしてきた……スプーンやモップやティーカップなんかにされてもね。それもこれも、ぜんぶあなたにかけられた呪《のろ》いのせいなのよ。いいかげん、あなたもみんなに対する態度をあらためたらいいんじゃないかしら」

ビーストはあぜんとしてベルを見つめている。こんなことをいわれたのはおそらく初めてなので、なんと答えたらいいのかわからないのだろう。何度も口を開いては閉《と》じていたが、やがてこういった。

「ディナーのつくり方なんてわからない」

「だいじょうぶ、わたしが教えるから。いっしょにつくりましょう」ベルは流し台に向かった。

「読書が好きで、料理も得意。きみにできないことなんてあるのか？」

ベルはビーストの大きな手をつかんで、流し台の水桶《みずおけ》のなかにつっこんだ。「もちろんあるけど、家事に関しては〝半魔女《はんまじょ》〟と呼《よ》んでもらえるくらいの腕前《うでまえ》よ。なんといってもわたしには半分、魔女の血が流れているんだから」ベルはいたずらっぽくいった。「といっても、魔女と聞いたら、すがたを消すとか水の上を歩くとか、そういったことを期待するかもしれないけど。さあ、手を洗《あら》い終わったら、エプロンをつけましょう」

毛とすり切れた服の上にエプロンをつける必要はないかもしれない、とベルはふと思ったが、エプロン代わりのテーブルクロスを、なるべく滑稽《こっけい》に見えないように気をつけながらビーストの首に結びつけ、革《かわ》ひもを腰に巻《ま》きつけた。

体の大きなビーストがこんな格好をしたら、オリンポス[*1]の鍛冶場《かじば》で働くヘパイストス[*2]か、その職人の巨人《きょじん》のように見えるかもしれない。

でも、つくろうとしているのは英雄《えいゆう》のための剣《けん》ではなく、家庭料理だ。

「メニューは……ラタトゥイユにそば粉《こ》のクレープ、オニオンタルト、それから……フライパンを使ってチキンの白ワイン蒸《む》しをつくりましょう」ベルは時計を見ながらメニューを考えた。

ありがたいことに、厨房《ちゅうぼう》の時計はしゃべらないようだ。「チキンの赤ワイン煮込み《コック・オー・ヴァン》やカスレ[*3]をつくっている時間はなさそうだから。あっ、でも、デザートにタルト・タタン[*4]を焼きましょう！」

ビーストは、ほんとうにそんなにたくさんつくれるのか、という顔をしている。

ベルはうったえるような目をかまどに向けた。「申しわけないんだけど、あなたのお力を借りてもいい？　ここにはほかに火を使えそうなところはないみたいだし」

「どうぞ、なんなりとお申しつけください、お嬢さま《マドモアゼル》」かまどは、おじぎをするように排気管《はいきかん》になっている鉄のパイプを曲げた。「ですが、この城のシェフはわたくしですから、好き勝手にふるまうのは、これ一度きりにしてもらいましょう。なんといっても、この厨房《ちゅうぼう》を取り仕切っているのはわたくしですからね」

「酔《よ》っぱらって、自分で自分を焦《こ》がしたりしないかぎりね」奥《おく》の食料貯蔵庫《ちょぞうこ》から声がした。

「**おれが酒に走るのは、あんたが出しゃばるせいだろうが！**」かまどはいいかえした。「だいたいあんたは、なんでもかんでもクミンを入れすぎなんだ！　香辛料《こうしんりょう》はほかにいくらでもあるのに、おれのいうことを無視《むし》して」

「一度きりね、わかったわ」ベルはさえぎるようにいうと、ビーストのほうを向いた。「さあ、あなたにはリンゴの皮をむいてもらうわよ」

タルトの生地《きじ》をこねるようなちまちました作業よりも、多少危険《きけん》でも、ナイフを使うような豪快《ごうかい》ともいえる作業のほうが興味をもってくれるだろうと考えたのだ。ビーストは張りきってリンゴの皮むきにとりかかった。だが、ペティナイフはビーストには小さすぎるようで、とてもにぎりにくそうにしている。ビーストの〝指〟では人間の手のような細かい作業はできそうになかった。親指の腹《はら》をナイフの柄《え》に押《お》しつけるようにしてにぎりながらリンゴの端《はし》に刃《は》をふりおろしている。皮をむくというよりは削《けず》っているという感じだ。

リンゴを二個半と、ベルにはかくそうとしていたが指を三回切ったところで、ビーストはとうとうあきらめたのか、ナイフをテーブルの上に投げつけた。ナイフの切《き》っ先《さき》がぐさりとテーブルにつきささる。

「こんなことをやってなにになるんだ！」ビーストは不機嫌《ふきげん》な声でいった。「ナイフは小さすぎるし、リンゴはやわらかすぎる。わたしには無理だ」

「わかったわ……」ベルは大きく息を吸《す》ってからこう続けた。「じゃあ、生地《きじ》をこねてくれる？きっと楽しいわよ！」

ベルは厨房《ちゅうぼう》のなかでいちばん大きなボウルを見つけてくると、きっちりと分量を量《はか》り、材料を入れていった。分量を量るという作業もビーストには向いていないと思ったからだ。だが意外にも、ビーストはバターを小麦粉《こむぎこ》に入れてこねるという作業には熱中した。大きくて不格好《ぶかっこう》な手でもなんとかまぜ合わせることができたのだ。ベルの目を盗《ぬす》んで、指についた生地《きじ》をこっそりなめるのを楽しみながら。

ふたりは黙々《もくもく》と作業を続けた。心地よい静寂《せいじゃく》のなか、ベルは思いをめぐらせた。母さんがいたら、こんなふうにすごしたんだろうか。そっくりな母娘《おやこ》がいっしょに料理をする。おそろいの三角巾《さんかくきん》を頭に巻《ま》いて……。

もちろん父さんといっしょに料理をしたことはあるけれど、母さんとだったら、またちがっていたような気がする。それとも、あまりちがいはない？

しばらくしてビーストが口を開いた。「ところで……王族でない者は……だれでもこういったことができるものなのか？」

ベルは肩《かた》をすくめた。「だれでもってわけじゃないけど、父はいちおうできるわ。料理を教えてもらうのは男の子じゃなくて女の子のほうが多いと思う……。といっても、ほとんどの男のひとは料理ができなくてもこまることはないけど」

「結婚《けっこん》すれば、妻は夫のために料理をするから、だろう？」ビーストはいかにも本にのっていそうなことを、わかったふうにいった。『あまやかされた王子のための庶民《しょみん》生活ガイド』なんて本があればそんなことが書いてありそうだ。

「ええ、そうね。妻は夫のために料理をする」ベルは大きな肉用のナイフを鶏肉《とりにく》にどんっと力いっぱいふりおろし、ももの部分を切り分けた。「それがよき妻というものだから」

ビーストはベルの乱暴《らんぼう》な動作におどろいて目をまるくした。「なにか……気にさわるようなことをいっただろうか？」

「いいえ……なんでもない」ベルはため息をもらした。「わたしはただ、よき妻になんてなりたくないだけ。冒険《ぼうけん》がしたいの。物語に出てくる英雄《えいゆう》みたいに……。でも、村のひとたちは口をそろえてこういう。結婚したら夫の言いつけにしたがい、子どもを七人か八人くらい産んで、夫の靴下《くつした》を洗濯《せんたく》するのよって……」またもや鶏肉にナイフをどんっとふりおろす。「**あなたのくさい靴下なんか、だれが洗《あら》うものですか、ガストン！**」

母さんがいたら、きっと、あのばかばかしい結婚式をとめてくれていただろう。魔法《まほう》の力で、しつこく言い寄っていやな気分にさせた男をブタに変えていたはずだ。

「ガストン？　前にもその名前をきみから聞いたはずだが、そのガストンというのはあの猟師《りょうし》のことか？」ビーストがおずおずとたずねる。

「ええ、不意打《ふいう》ちのばかばかしい結婚式を準備したの。いきなり、おれはおまえの花婿《はなむこ》だっていって。まったく、まるで道化師《どうけし》ね」そういったとたん、ベルは、はたと口をつぐんだ。そう、道化師《どうけし》という言葉がぴったりだ。どうしていままで思いつかなかったんだろう。楽隊を雇《やと》い、ウエディングケーキまで注文して不意打ちの結婚式《けっこんしき》をあげようとするなんてふつうじゃないし、ロマンチックでもなんでもない。そもそも、わたしがガストンに気があるそぶりを見せたことなんて一度もないのに。でも、ガストンにとっては、そんなことは関係ないんだろう。わけがわからなくてぞっとする。無断《むだん》で城に侵入《しんにゅう》したというだけの理由でだれかを牢《ろう》に放りこむのだって、わけがわからないって思ったけど……。

「ガストンは村の人気者なの」ベルはナイフを置き、さっきよりも落ち着いた声でこう続けた。「年ごろの女の子は、だれもかれもがガストンと結婚したがってる。背《せ》が高くてハンサムなうえに力も強くて射撃《しゃげき》の名手《めいしゅ》、うっとりするような青い目で、いつもみんなの中心にいる……」

ビーストは生地《きじ》をこねる手をとめてベルをじっと見つめた。ビーストの鼻の頭にべったりと生地がついている。こっそり生地を食べているのはまちがいない。ビーストはベルの視線《しせん》に気づくと、決まり悪そうに長い舌《した》で鼻をぺろりとなめた。

ベルは首を横にふり、しょうがないわねというふうに目をくるりとまわした。

ビーストは困惑顔《こんわくがお》でいった。「だが、そんなにハンサムで、なにもかもそろっていて、みんなが結婚したがっているなら、きみにこだわる必要はないんじゃないか。自分と結婚したがっている娘《むすめ》がほかにいくらでもいるのだから」

ベルははずかしそうにほほえむと、手もとの鶏肉《とりにく》に視線《しせん》を落とした。「こんなことをいったら、うぬぼれているように聞こえるかもしれないけど、ガストンはわたしを村でいちばんの美人だと思ってるの。べつにわたしと結婚したいわけじゃない。村いちばんの美人と結婚したいだけなのよ。自分は村いちばんのハンサムなんだから、それがとうぜんだって」

ビーストは生地がついた大きくて不格好《ぶかっこう》な手を見おろすと、視線《しせん》をあげてベルを見た。

「たしかに……きみはきれいだ」ビーストはぶっきらぼうにいった。「なのに、村いちばんのハンサムな男と結婚したくないのか？　それがとうぜんだとは思わないのか？」

「いい？　ひとの話はちゃんと聞いて」ベルは服に鶏肉の脂《あぶら》や汁《しる》がつかないように気をつけながら腰《こし》に手をあてた。「ガストンは図体《ずうたい》が大きいばかりでお世辞《せじ》にも賢《かしこ》いとはいえないし、傲《ごう》慢《まん》で自己《じこ》中心的だし、平気で動物を殺して、騒々《そうぞう》しくて本もぜんぜん読まないのよ」

「わたしだって本は読まない……」ビーストはボウルを見おろしながらぽつりといった。

ベルはため息をもらした。

「図体も大きい」ビーストの声がさらに小さくなっていく。「それに騒々しい」

「そうね。それに自己中心的よ。だって、わたしの話をしていたはずなのに、いつの間にかあなたの話になってるもの」そういって、ベルはいたずらっぽい目でビーストをちらりと見た。

ビーストがたちまち申しわけなさそうな表情になる。

「きみなら、さぞかしきれいな花嫁《はなよめ》になれたにちがいない」ビーストは生地《きじ》をこねるのに集中しているふりをしながら小さくつぶやいた。

ベルは顔をほころばせた。「ありがとう」そんなこと考えもしなかった。ガストンはわたしのために花嫁のベールやブーケを手配していたんだろうか。村いちばんのハンサムな花婿《はなむこ》のとなりに立つ村いちばんの美人の花嫁。その花嫁がどう見えるか、あのガストンが気にかけないわけがない。どんなベールにするか、帽子《ぼうし》職人と相談したりして……。そんな空想はビーストの怒鳴《どな》り声で断《た》ち切られた。

「**くそっ！**」

ボウルをうっかり中身ごと床《ゆか》に落としたのだ。ボウルは粉々《こなごな》にくだけ散り、薄《うす》くのばした生地《き》地《じ》は、石の床《ゆか》にべたりと張りついていて、生地の下に床のもようがうっすらと見える。

ビーストはいらだちをあらわにした。人間らしさは完全に消えうせている。かろうじて二本足で立っているが、いまにも獣《けもの》のように這《は》いつくばりそうで、歯をむき出しにしながらうなり声をあげている。

「どうしたの？」ベルはそんなビーストを見ながらおそるおそる声をかけた。

「バターをとりにいこうとして向きを変えたら、ボウルがひっくりかえったのだ！　手がちょっとひっかかっただけなのに！　くそっ！　こんなことしなければよかったのだ！」

「そうね。たしかにしないほうがいいわね。うまくいかないからってそんなふうにかんしゃくを起こすのは。まるで大きな駄々《だだ》っ子《こ》みたいよ。年はいくつ？　二十歳《はたち》？　二十歳《さい》の王子がこんな幼稚《ようち》なふるまいをするなんて」

「わたしは王子ではない！　野獣《ビースト》だ！」ビーストはベルに向かって吠《ほ》えたてた。その熱い息がベルの顔に吹《ふ》きかかる。じめっとした夏のよどんだ風のように、父が実験で失敗したときにふき出す蒸気《じょうき》のように。

「へえ、そうなの。だったら、もうなにも気にせず好きにすればいいじゃない」

ベルは手をのばして、ビーストのマントの金色の留《と》め金《がね》を引っぱった。「わざわざ服なんか着なくたっていいし、城のなかで暮《く》らさなくてもいい。呪《のろ》いをとこうと必死になる必要もない。ぜんぶあきらめて、本物の野獣《ビースト》になればいいのよ」

ビーストは魚のように口をぱくぱくさせた。かみつこうとしているようにも、いいかえす言葉をさがしているようにも見える。

しばらくしてビーストはようやくこうさけんだ。**「料理はなんてむずかしいんだ！」**

「そんなのあたりまえよ。だって、料理するのは初めてなんでしょう？　王子さまっていうのは、なんでも初めての挑戦《ちょうせん》でうまくやらないといけないみたいね」

ベルは鶏肉《とりにく》の下ごしらえをする作業にもどった。

ビーストはむっつりとだまりこんでいたが、そのうちに身をかがめて床《ゆか》にへばりついている生地《きじ》をはがしはじめた。

「まさか、それをボウルに入れてこね直すつもりじゃないわよね？」ベルは目の前の鶏肉から目をはなさないまま問いかけた。

ビーストがむっとしていいかえす。「そんなことするわけないだろう……これを捨《す》てたら、割《わ》れたボウルの代わりにべつのボウルをとりにいくつもりだ」

のそのそと歩いてごみ箱へ向かうビーストの後ろすがたがなんだかかわいらしくて、ベルは思わずほほえんだ。

＊1　ギリシア神話の神々《かみがみ》が住むという、ギリシア北部の高山
＊2　ギリシア神話の火と鍛冶《かじ》と工芸《こうげい》の神
＊3　豚《ぶた》肉、羊肉、ソーセージなどの肉と白インゲンの豆煮込《にこ》み
＊4　あまく煮《に》たリンゴにタルト生地《きじ》をのせて焼いた菓子《かし》

27 ディナーはおふたりで

二時間後、厨房《ちゅうぼう》はおいしそうなにおいに満ちていた。ベルは暑さと疲《つか》れのせいで、少しくらくらした。ビーストとディナーをつくるのは根気《こんき》のいる作業だった。後片《あとかた》づけをするのはさらに骨《ほね》が折れた。ビーストは文句《もんく》こそいわなかったものの、モップ（おしゃべりしたり動いたりしない、ふつうのモップ）をあつかう手つきはかなりぎこちなかった。獣《けもの》の手ではあつかいづらいせいもあるだろうが、それを差し引いてもぎこちなさすぎる。これまでモップにふれたことなど一度もないのだろう。

ベルは額《ひたい》の汗《あせ》をぬぐった。こんなにりっぱな厨房で料理ができたなんて。思いもかけない体験に感激《かんげき》していた。いままでは料理の腕《うで》をことさら上達させたいと思ったことはなかった。なにより好きなのは読書だし、食事についてはできる範囲《はんい》でおいしく栄養補給《ほきゅう》できればいいと考えていた。でも、毎日こんな厨房で料理できたらどんなに楽しいだろう。広々《ひろびろ》としていて、食材はなんでもそろっていて、かまどだって大きくて……。

「いったい何事だ？」コグスワースが短い足（だと思う）を精いっぱい動かしながらせわしな

く厨房《ちゅうぼう》に入ってきて、ビーストに気づいたとたん足をとめた。ビーストはちょうどエプロンを外しているところだった。「なんとご主人さま、失礼いたしました。わたくしとしたことが……」

ルミエールが続けて入ってきた。

「わお、これはなんのにおいだ？」ルミエールは鼻をくんくんさせているような音をたてた。そのようすを見ながらベルは不思議に思った。ルミエールは――ルミエールにかぎらず召《め》し使いたちは――においがわかるのかしら。味は？　見えているのはまちがいないけれど、呪《のろ》いのせいで、人間として生きていたら味わえるさまざまなことをどれくらい失っているんだろう。

「チキン？　マッシュルーム？　とにかく愛情たっぷりのにおいだ」

ルミエールのろうそくの火が鼻をひくつかせるようにゆらめく。そばにいるコグスワースが、下品なしぐさをするな、とでもいうようにルミエールをはたいた。

ベルはほほえんだ。「あなたたちのご主人さまといっしょにディナーをつくったのよ。今夜は給仕《きゅうじ》も自分たちでするわ」

コグスワースが言葉につかえながらいった。「は!?　お、おふたりで？　そ、それはまったくもって――」

「――お熱いことで」といってルミエールはもったいぶったしぐさでおじぎした。一瞬《いっしゅん》、意味ありげにちらりとビーストを見たように思える。

「言い出したのはわたしではないが、まあ、ふたりでつくったのはまちがいない」ビーストが得意げにいった。

「そういうことでしたら、あとはおふたりでごゆっくりどうぞ」ルミエールはろうそくの手で急《せ》きたてるようにコグスワースを押《お》しながら扉《とびら》へ向かっていく。「今夜は給仕《きゅうじ》の仕事はなしだ！　さて、なにをしよう？」

コグスワースが答える。「そうだな……クリベッジ[*5]でもするか」

ベルはルミエールとコグスワースをにこやかに見送ると、食事室《ダイニングルーム》をたしかめにいった。

そこは、がらんとして形式ばった部屋だった。テーブルセッティングも自分たちでするつもりでいたが、すでにとても長いテーブルの両端《りょうはし》にそれぞれディナー用の食器類が一揃《ひとそろ》いならべてある。それを見て、ビーストがちらりとベルを見た。ベルはその視線《しせん》を受けとめ、首をかしげてにこりとほほえむと、片方《かたほう》の端《はし》にならんでいるスプーンやフォークや皿を両腕《うで》でかこってすべらせながらもう片方の端まで移動させて、ふたりがならんで食事ができるようにならべ直した。

料理をとりに厨房《ちゅうぼう》にもどると、ポット夫人がトレイに料理をのせているところだった。ベルたちの足音に気づいたのか、さっとこっちをふりむく。そのすがたはなんだか申しわけなさそうにしているように見えた。

「ポット夫人」ベルはやさしく声をかけた。「今夜は自分たちでやるからだいじょうぶよ。たまにはゆっくり休んで」

「あっ、いいえ、わたしはただ……先ほどはみっともないところをお見せしてしまいましたし、せめてこのくらいは……」ポット夫人はもごもごといった。「それにしても、すばらしい料理の腕前《うでまえ》ですわね。どの料理もなんておいしそうなこと！」

「といっても、どれも初歩的《エレマンテール》な家庭料理ばかりだがな」かまどが参考までにいっておく、という口ぶりで話に割《わ》ってはいる。

ビーストはチキンの白ワイン蒸《む》しにかぶせてあったふたをもちあげると、湯気《ゆげ》とともにふわっと立ちのぼったおいしそうなにおいをその大きな鼻の穴《あな》に吸《す》いこんだ。皿に手をつっこんで食べたくてしかたがないという顔をしていたが、そんなことはしなかった。とはいえ、その誘惑《ゆうわく》に負けまいとするかのように、ふたを勢いよくもとにもどしていたが。ベルはそんなビーストを見ながら、えらいわね、というふうにほほえんだ。そして、ほかの料理もいっぺんに運んでしまおうと腕《うで》にのせたり手でもったりしているうちに、片方《かたほう》の腕にのせたオニオンタルトの皿がぐらぐらしだした。

するとビーストがさりげなく手をのばしてオニオンタルトの皿をひょいっともちあげた。まるで、こんなもの卵《たまご》よりも軽いといわんばかりに軽々《かるがる》と。ベルはビーストを見てくすりと笑い、ビーストもつられて頬《ほお》をゆるめた。

「ディナーの用意が整いました」とベルははずんだ口調でいい、食事室《ダイニングルーム》へ入っていった。そして、テーブルに料理をならべ終えると、さまざまな道具を使って自分の皿につぎつぎとよそっていった。ビーストは椅子《いす》にすわってそのようすを興味深げにながめていたが、そのうち、ベルは自分の分しかよそうつもりがないと気づくと、あわてて道具をつかんで、見よう見まねでよそった。少しこぼしたが、なんとか器《うつわ》に入れることができた。

ベルは料理をひと口ふくんだ。なんておいしいのかしら。われながら満足のできばえだ。家で料理するときとちがって豊富《ほうふ》な食材を好きなだけ使えたのだから、それもとうぜんかもしれない。

「とてもおいしい」ビーストがいった。「その……いかにも初歩的《エレマンテール》な家庭料理だな」と、かまどがいったことをそのまままねする。ほめたつもりでいるのだろう。

ベルはビーストを見ながらむっとした顔で片方の眉《まゆ》をつりあげてみせた。

「あっ、いや高級な料理よりも、こういった庶民的《しょみんてき》な料理のほうが口に合う」とビーストはあわてていったが、それも失礼な発言だったとすぐに気づいたようでこうつけくわえる。「わたしは……とにかく肉が食べられればいいのだ」

ベルは少しがっかりした。たしかに高級なフランス料理《オート・キュイジーヌ》とはいえないけれど、張りきってつくったのに。でも、まあいいわ。こんなにおいしいんだもの。

そのとき、ビーストがはっと目を見開いた。

ベルは初め、ビーストはコショウの実でもかじったのかしら、と思った。犬はコショウが嫌《きら》いだった？　だが、ビーストの視線《しせん》を追っていくうちに、テーブルの上になにかあるのに気づいた。

それはバラの花びらだった。

黒いバラの花びらがひらひらと舞《ま》い落ちてきて、テーブルの真ん中に積みかさなっていく。ふたりは無言《むごん》のまま目の前の光景をながめた。壁《かべ》をおおう影《かげ》を背景《はいけい》に黒い木のテーブルに黒い花びらが重なっていくさまは、まるで、髑髏《どくろ》などが描《えが》かれたオランダの陰《いん》うつな静物画の世界がそっくりそのまま再現《さいげん》されたかのようだ。

「なんなのこれ……ロマンチックからは……ほど遠いわね……」と冗談《じょうだん》めかしていうベルの言葉がしりすぼみになっていく。

ベルはそう口にしながらも、頭のなかで花びらの数を数えていた。

ワイルド・ローズだったらたいてい花びらは五枚……ローザ・センティフォリアだったら百枚はあるだろう。ふつうのよくあるバラだったら二十五枚から四十枚くらい……。テーブルの上にはすでに十枚ある。ビーストの顔がだんだん警戒《けいかい》の色を帯びていく。

十九……二十……。

ビーストが顔色を変えられるなら、いまごろ青ざめていたはずだ。恐怖《きょうふ》におびえる人間と同じように口を半開《はんびら》きにしたままぴくりとも動かない。

ベルは椅子《いす》から腰《こし》を浮《う》かせて花びらをつかもうとした。

二十一枚……。

それを最後に花びらは落ちてこなくなった。

二十一枚。そうか、そういうことなのね。ビーストが二十一歳《さい》になったとき、呪《のろ》いが完了して、すべてが呪いどおりになる……。

テーブルに落ちて積もった黒い花びらは、ベルベットのようにしっとりとした光沢《こうたく》を帯びている。

「こんなもの……」ベルは花びらをビーストの前からはらいのけようと立ちあがった。こんなに気味の悪い光景を前にしても冷静な部分が残っていることに自分でもおどろいた。もちろん恐怖《きょうふ》は感じていたが、ビーストを安心させたい、守りたいという気持ちのほうが勝《まさ》ったのだ。

だが、ベルがふれたとたん、黒い花びらはきらめく黒い砂《すな》のようになり、跡形《あとかた》もなく消えた。西の塔《とう》の真紅《しんく》のバラが消えたときのように。

ビーストはそのあいだ微動《びどう》だにせずすわっていた。だが、かぎ爪《づめ》をテーブルに食いこませているのを見て、ビーストが必死に逃《に》げ出すのをこらえているのがベルにはわかった。

「母がわたしになにか伝えようとしているのかもしれない」

「あるいは、呪《のろ》いの威力《いりょく》を見せつけようとしているのかもしれない」ビーストがしずんだ声でいった。「城をさらに呪いで満たし、わたしがほろびる定めであることを思い知らせるために」

「もうよしましょう」ベルは深呼吸《しんこきゅう》して気持ちを落ち着かせ、なにかべつの話題を考えようとした。いま見た不気味《ぶきみ》な光景をふたりの頭からいますぐ追いはらいたい。

けれど……やっぱりだめだわ。わたしたちは呪いをとく方法を見つけなければならないのだから。さっきのあの黒いバラの花びらは、どう考えても呪いに関係してる。目をそむけずに、きちんと向き合わなきゃ。

たとえ、どんなにおそろしくても。

ベルは気をとり直してこういった。「事実を確認《かくにん》しましょう。ひとつ、十年前に母があなたを呪った。ふたつ、母が生きているのか死んでいるのかはわからない。もしかしたら……幽《ゆう》霊《れい》なんてこともありえるけれど……まあ、それはともかく、三つ、記録簿《ぼ》の、ほんとうだったら母の名前があるはずの場所に奇妙《きみょう》な小さい印がついていて、同じ印がついているひとはどうやらみんなすがたを消したらしい。四つ、アラリック・ポットもこつぜんとすがたを消した……。しまった、アラリックの名前の横にも印があるかどうか、まだたしかめてなかったわね。こんな大事なことをわすれるなんてどうかしてる。ディナーがすんだらすぐにたしかめにいきましょう。だいたいこんなところかしら」

ビーストは肩《かた》をすくめたが、さっきよりは落ち着きをとりもどしたように見える。「ああ、そうだな。そのいくつかの事実が、呪いをとくのにどう役に立つのかはわからないが」

「わたしにだってわからない。そもそも、ここにはわからないことが多すぎるのよ。まるで謎《なぞ》が謎を呼《よ》んでいるみたいに。どうやったら謎をときあかせるのかしら……」ベルはため息をついた。皿の底の肉汁《にくじゅう》をフォークでつついてもてあそびながらこう続ける。「でも、少なくとも、召《め》し使いたちが……もとは人間だったってことはわかった。つまり、呪《のろ》いがかけられる前になにがあったのか、みんなにたずねることはできるわよね？　そうすれば謎《なぞ》をとく手がかりを得られるかもしれない」

「召し使いたちに話をきくなんて、これまで考えたこともなかった……。両親にずっとこう言い聞かされてきたのだ……召し使いを道具だと思え。彼《かれ》らはただの所有物《しょゆうぶつ》にすぎないのだと。気を許してつけ入るすきをあたえてはだめだと……だから、両親はわたしとアラリックの関係をよく思わず腹《はら》をたてていたのかもしれない……」

「そうだったのね……」

ベルはチキンをひと切れ口に入れてかみながら、かけるべき言葉を考えた。ビーストがこれまで召し使いに対して思いやりがなかったのは、そんなふうに育てられたせいなのよ。そんなひとを責めることができる？　そのうえ、十年間も獣《けもの》のすがたに変えられたまま、まるでとまった時のなかに閉《と》じこめられたような暮《く》らしをさせられて。母さんは、呪いをかけたらどうなるかちゃんと理解していたんだろうか。こんなことをしてもなんの解決にもならず、状況《じょうきょう》を悪化させるだけだとは考えなかったの？

責められるべきは親のほうなのに……。

ベルは思い切ってこういった。「あなたのご両親は少し……偏《かたよ》った考えをお持ちだったようね。考え方が古いというか」

ビーストは、ばつが悪そうにもぞもぞと動いた。

ベルの頭のなかに、まぼろしのなかの母が王子にいった言葉がよみがえる。

〝王子よ、おまえの心には愛がない。この王国を破滅《はめつ》へと追いこんだ、身勝手で残酷《ざんこく》なおまえの両親と同じように〟

「国王と王妃《おうひ》は……どんな方だったの？」

ビーストは肩《かた》をすくめた。「どんなって……わたしの両親であり、この王国を統治《とうち》していた」

「そうだけど……じゃあ……どんなふうに統治していたの？　疫病《えきびょう》が流行《はや》ったときはどう対処《たいしょ》したの？　そのときのこと覚えてる？」

ビーストは食べるのをやめ、うつろな目で皿を見おろした。「両親は城門を閉《と》ざし、身の安全のためにだれも城の外には出さなかった。城には司祭《しさい》もいて……それに医者……いや、医者はいなかったかもしれない。とにかく、香《こう》のにおいが城じゅうに立ちこめていたことと、馬にのらせてもらえなかったことははっきりと覚えている」

「国王と王妃《おうひ》は王国の民《たみ》のためになにかした？　苦しんでいるひとたちを救うために」

ビーストはうつろな表情でベルを見つめた。

「両親は……国境を封鎖《ふうさ》した。そのせいで大好物《だいこうぶつ》だった北の国の新鮮《しんせん》なイチゴが食べられなくなってしまい、ひどくがっかりしたことを覚えている。この王国の国境の出入りは、いかなる理由があろうと許されなかった」

「それは賢明《けんめい》な策《さく》ね。でも、国王と王妃は……疫病《えきびょう》が広がるのをふせぐために緊急用《きんきゅうよう》の病院を建てた？　それに、疫病にかかって家から出られなくてこまっているひとたちのために食べ物をとどけさせた？」

ビーストはテーブルの下で足をもぞもぞと動かすだけでなにも答えない。

「してないのね。だったら、ほかにたとえば……」

ビーストはいきなり吠《ほ》え声をあげて立ちあがると、椅子《いす》を後ろに放りなげた。

「両親はすべてをなげうって、できるかぎりのことはした！」歯をむき出しにしてベルに怒鳴《どな》りつける。ベルは思わず背《せ》を向けて、身を守るように手で顔をおおった。ビーストの黄色い歯と怒気《どき》をふくんだ目に恐怖《きょうふ》をかくしきれなかったのだ。

ビーストは、それ以上はなにもいわずに四本足で走りさった。

テーブルの上はディナーの残骸《ざんがい》が散乱《さんらん》している。

ベルはその光景をぼうぜんと見つめていたが、やがてナプキンを手にとって、ふきとりはじめた。
悲しみにしずみながら心のなかでつぶやく。彼《かれ》が野獣《ビースト》であることを一瞬《いっしゅん》たりともわすれては
いけないんだわ……。

＊5　おもにふたりで遊ぶトランプゲーム

28 シャルマントゥのすむ王国

食事室《ダイニングルーム》と皿などを片《かた》づけ終えたときには、ベルはつかれきっていた。厨房《ちゅうぼう》はしんと静まりかえっている。かまどの火は消え、家具や食器類も眠《ねむ》りについたかのようになんの音も出さず、ぴくりとも動かない。

胸《むね》にさびしさがこみあげてくる。こんな気持ちになったのはこの呪《のろ》われた城に来て初めてだ。ひとりでいることがこわいわけじゃない。とにかくさびしくて、だれかと話したかった。ビーストとの関係がうまくいきはじめたと思ってたのに……あんなにはげしく怒《おこ》るなんて、なにがいけなかったんだろう。

召《め》し使い専用《せんよう》の食堂をのぞいてみると、ほっとしたことに、なじみのある召し使いたちがテーブルをかこんでいた。初めて見る召し使いもちらほらいる。壁《かべ》ぎわの大きな暖炉《だんろ》のおかげで部屋はあたたかい。ポット夫人とルミエールとコグスワースはテーブルの奥《おく》にならんでいた。熊《くま》手《で》（呪《のろ》いをかけられる前は庭師だったにちがいない）と刃物《はもの》をとぐのに使う革砥《かわと》はトランプをして、羽《は》ぼうきとパラソルはおしゃべりに花を咲《さ》かせている。

「おじゃましてもいいかしら」ベルは思い切って声をかけた。

みんながはっと動きをとめて、いっせいにベルのほうを見る。

「まあ、もうディナーはお済《す》みですか？」ポット夫人が心配そうにたずねた。

「それが……わたし……ビーストを怒《おこ》らせてしまったみたいなの」ベルは疲《つか》れのにじんだ声でいった。「そこにすわってもいい？」空《あ》いている席を指さす。

「それはまったくもって――」コグスワースが話しはじめる。

「ええ、もちろんですとも」とルミエールは話に割《わ》ってはいると、ぴょんと飛びおりて、さあどうぞというふうに椅子《いす》を引いた。

ベルは、ありがとうといって椅子に腰《こし》をおろした。「たぶん、事《こと》を急ぎすぎたのかもしれない。わたし……考えるよりに先に行動しちゃうところがあるから」といっても母さんほどじゃない。だって、いきなりだれかに呪《のろ》いをかけるのと、いきなり不気味《ぶきみ》な城に入るのとではぜんぜんちがうもの。「それと、みんなにあやまらなきゃいけないことがあるの。じつは、この城のご主人さまとあなたたちに呪いをかけたのはわたしの母。そして、呪いをとくゆいいつの希望を台《だい》無《な》しにしたのはわたしなの。ほんとうに、ほんとうにごめんなさい」

おおまかな事情を知っていたルミエールやコグスワースは平静をよそおったが、ほかの召し使いたちはショックのあまりかたまった。

「心から申しわけないと思ってる。いくら言葉を尽《つ》くしても尽くしきれないくらいに。この城へ来たとき、初めはあなたたちが……もとは人間だったなんて思いもしなかった。てっきり、物に命が宿ったんだと」

「わたくしはキリスト教徒《クレティヤン》であることに誇《ほこ》りをもっています」コグスワースがむっとしたようすをかくそうともせずにいった。「いまは、このように置き時計などという耐《た》えがたいすがたをしておりますが、心をもった人間なのです」

「前よりずいぶんましなすがたになったと思うけどね」ルミエールが軽口をたたく。

「わたしたちはみんな人間だったんですよ」ポット夫人が悲しげにいった。「息子のチップも。呪《のろ》いがかけられたとき、あの子はまだほんの子どもでした。あれからもう何年もたつのにいまだに子どものままみたい。それはそれで、ある意味、幸せなことなのかもしれませんけれど」

「では、あなたはあの偉大《いだい》な魔女《まじょ》の娘《むすめ》ということなのですな」コグスワースが考えこんでいるようすでいった。「そのあなたが、こうしてこの城に来たとは……なんとも奇妙《きみょう》なことだ……」

「魔法《まほう》を使うと、結局はその報いが返ってくる、ということかもしれないわ」ポット夫人がつぶやいた。テーブルをかこんでいるほかの召《め》し使いたちも、そうだなと小声で答えたり、うなずくようなしぐさをしたりしている。

「どういうこと？」ベルはたずねた。

「ああ、夫のアラリックがよくいってたんですよ」ポット夫人が注《つ》ぎ口《くち》をふりながら答えた。「どんな魔法も呪《のろ》いも呪文《じゅもん》も、ちょっとしたまじないだろうと、いったん使ったら消えることはない。かならずその報いが返ってくるって。ほとんどの場合、魔法をかけた本人に返ってきますけれど、あなたがこうしてこの城に来たのは、あの偉大な魔女が使った魔法とかかわりがあるのかもしれません」

「ポット夫人のご主人は魔法使いだったの？」ベルは遠慮《えんりょ》がちにたずねた。

「アラリックが？　いいえ、まさか」ポット夫人はくすくすと笑った。「あのひとはシャルマントゥではありませんよ。あのひとが動物と接するときは、まるで魔法を使っているかのようでしたけれど、それはほんとうの魔法ではありませんしね」

「シャルマントゥって？」ベルは眉根《まゆね》を寄せた。

ルミエールが肩《かた》をすくめるようなしぐさをした。「魔法にかかわっているものの総称《そうしょう》ってところかな。たとえほんのわずかだろうと特殊《とくしゅ》な力があったり、魔法に接していたりすればそう呼《よ》ばれるんです」

ポット夫人がいった。「たとえば、そうですね……ひとのすがたをしているけれどオオカミの耳としっぽをもっていたりとか、地面を歩くよりも空を飛んでいるほうが多かったりとかね。偉大《いだい》な魔女《まじょ》に、台所《キッチン・ウイッチ》を守る魔女。それに、秋になると市場《いちば》でおいしそうなキノコを売る、いつまでも年をとらない不思議な少女とか」

「そういえば妖精《ようせい》がいたっていってたわ……」ベルは図書室でビーストから聞いたことを思い出した。「ここにはシャルマントゥが住んでいたのね」

「ええ、この王国はシャルマントゥが住む場所として有名だったのです」コグスワースが誇《ほこ》らしげに鼻を鳴らした。「ひところは、ですが」

「つまり……母はそのシャルマントゥというわけね」ベルは考えを整理しながらいった。「図書室で調べた記録簿《ぼ》の、ほんとうだったら母の名前があるはずの場所に小さくて奇妙《きみょう》な印がついてたの。なにか重要な意味があるはずだと思うんだけど、あれってシャルマントゥだということをしめす印なのかしら」

みんながどこか気まずそうになる。

「公然たる事実ではありませんでしたが……ええと、その、わが王国の長い歴史において、王家とシャルマントゥは、いい関係だったときもあれば悪い関係だったときもあり……王国内には緊張《きんちょう》の糸がつねに張りつめておりました」コグスワースがあいまいな口調で説明を始めた。「とりわけこの治世《ちせい》においては、自分たちの軍隊をもしのぐ力をもつシャルマントゥをよく思わない考えが優勢《ゆうせい》に立っていたといいますか……」

ベルは記憶《きおく》をさぐり、記録簿《ぼ》の名前の横に印がついていたひとを思いかえした。

「ジラール……フランソワ・ジラールという名前を聞いたことある?」

だれからも反応は返ってこない。

「アイミ・ドゥプレは?」

召《め》し使いたちがそれぞれのやり方で肩《かた》をすくめるしぐさをする。

「じゃあ、クリストフ・ランベールは?」

「ああ、狼男《ルー・ガルー》です」ルミエールがすぐさま答えると、テーブルをかこんでいるほかの召し使いたちもうなずいた。「あいつは大酒飲みで! あの家族は全員、酒に溺《おぼ》れ気味なところがあって。いえね、ふだんはいいやつなんですが、羊がそばにいるとどうも抑《おさ》えがきかないようで。満月が近づくにつれ、酒の量がどんどん増えていって。満月の夜、丘《おか》に駆《か》けあがって、月に向かって吠《ほ》えるすがたは圧巻《あっかん》でしたね」

「あの男はどこへ行っちまったんだろう」庭師の熊手《くまで》が老人のようなしわがれ声でいった。「よく遠吠《とおぼ》えをしていたよ。それをいやがる連中もいたが、わしはむしろ気に入ってたんだ。どこかこうさびしげで、すぎさった日々《ひび》を思いおこさせるというか、なんともいえない魅力《みりょく》があってさ」

「そういやあ、疫病《えきびょう》が流行《はや》り出してしばらくたったころには、シャルマントゥはほとんど見かけなくなったな」革砥《かわと》がいった。

「ほんと、あのころはひどかったわねえ」ポット夫人がぶるっとふるえた。「わたしはひと月も寝《ね》こんだんですよ。でも、運よく回復しましてね！　疫病にかかったひとはみんな高熱を出して、おでこにふれたら火傷《やけど》しそうなほどでした。苦しそうに息をして、どんどんやせ細っていって」

「疫病がおさまったころに生き残っていたのは全国民の半分もいませんでした」コグスワースがうちしずんだようすでいった。「おおぜいのひとが犠牲《ぎせい》になったのです。農民であろうが国王であろうが王妃《おうひ》であろうが関係なく」

ベルはごくりとつばをのみこんだ。

「国王も……王妃も？」

「ええ、お気の毒なことに、どちらも疫病で命を落とされたんですよ」ポット夫人がいった。「まだ十歳《さい》だった王子、つまりわたしたちのご主人さまを残して」

「ああ、なんてこと……」ベルはうろたえ両手に顔をうずめた。吐《は》き気《け》をこらえながらこう続ける。「国王と王妃は疫病で亡《な》くなったのね。それなのにわたしったら、あれもしてない、これもしてないって国王と王妃を責めたてて……だからビーストはあんなに怒《おこ》って部屋を飛び出していったのよ。わたしはどうしようもないばかだわ。大ばか者よ。ビーストのところへ行ってあやまらなきゃ……」立ちあがろうと腰《こし》を浮《う》かす。

「だいじょうぶですよ」とルミエールがやさしくいい、ベルの服のそでをつかんだ。「ご主人さまがいつもの……かんしゃくを起こしたのなら、落ち着くまでひとりにしてさしあげるのがいちばんかと」

ポット夫人がうなずいた。「ええ、そうね、あやまりにいくのは明日の朝まで待ったほうがいいですね」

ベルはしぶしぶながらも椅子《いす》に腰をおろし、こう自分に言い聞かせた。わたしにはやるべきことがある。せっかくこうしてみんなそろってるんだから、呪《のろ》いがかけられる前になにがあったのか、みんなにたずねてみなきゃ。

「わかったわ。あやまりにいくのは明日にする……ところでさっき、疫病《えきびょう》が流行《はや》り出してしばらくたったころには、シャルマントゥはほとんど見かけなくなったっていってたわよね？　記録を見たかぎりでは、シャルマントゥは疫病《えきびょう》で亡《な》くなったわけではないみたいだけど……」

羽《はね》ぼうきがいった。「あいつらが疫病にかかるわけないじゃないですか！　だって、疫病を流行《はや》らせたのはあいつらなんですよ。シャルマントゥのしわざに決まってる！」

「根《ね》も葉《は》もないことをいうものじゃありません」ポット夫人がたしなめた。「よく知りもしないのに憶測《おくそく》で決めつけてはだめよ」

コグスワースがきっぱりといった。「あのおそろしく忌《い》まわしい疫病は、魔法《まほう》とはなんの関係もない。だれが犠牲《ぎせい》になってもおかしくなかった」

「じゃあ、シャルマントゥはどうしてすがたを消してしまったの？」

そうベルがたずねたとたん、みんなだまりこみ、動きをとめた。聞こえてくるのはコグスワースの時計の針《はり》の音だけで、動いているのはルミエールの火だけだ。

ベルはみんなにうったえた。「お願い。なにか知ってるなら教えて。そうすれば呪《のろ》いをとくための手がかりを得られるかもしれない。母がわたしと父を置いてすがたを消したこととも関係してると思うの……母がなにかを伝えようとしている気がするのよ。いまの状況《じょうきょう》を変えたいなら、かくさずに話して」

「じつは……国王と王妃《おうひ》のほかにも……シャルマントゥをよく思っていないひとたちがいて……」ポット夫人がぽつりぽつりと話しはじめた。

「あんなやつら、よく思われなくてとうぜんよ！」羽ぼうきがみんなを見まわしながらむっとした声で話に割《わ》ってはいった。

「先ほども申しましたが、王国内には緊張《きんちょう》の糸がつねに張りつめておりました」コグスワースが重々《おもおも》しい口調でいった。「といっても、たいていは、みんなうまくやっていたのです。ですが……シャルマントゥへの敵意《てきい》をむき出しにするひとたちが目立ってしまう時期もありましてね。この呪《のろ》いがかけられる前がまさにそうでした。シャルマントゥと争って、人間の若者《わかもの》が命を落とす騒動《そうどう》があり、そのあとに乱闘《らんとう》が起きたのです。そのせいで、シャルマントゥこそがこの王国にあらゆるわざわいをもたらす存在《そんざい》なのだと信じるひとがさらに増えてしまい、干ばつも穀物《こくもつ》の不作《ふさく》も家畜《かちく》が子を産まないのも、すべてシャルマントゥのせいだと」

「それと疫病《えきびょう》もね」羽ぼうきが冷ややかな態度でいった。

「シャルマントゥは〝フェアランド〟とかいう、彼《かれ》らの故国《ここく》にもどったというひともいました」

ポット夫人がため息をついた。「けれど、ほんとうのところは消されてしまったんじゃないかしら。薬師《くすし》が死ぬほど殴《なぐ》られたといううわさを聞きました。そのつぎの週には、きれいな絹織《きぬおり》物《もの》を売っていた、かぎ爪《づめ》の男性がいなくなった。跡形《あとかた》もなくこつぜんとすがたを消したんです。なにかおそろしいことが起きているのだと、すぐにわかりましたよ」

「でも、ポット夫人はシャルマントゥじゃなかったんだから、こわがる必要なんかなかったでしょ」羽《はね》ぼうきがいった。

「ばかいわないで。わたしの夫はシャルマントゥではないけれど、同じ目に遭《あ》ったのよ」ポット夫人がいった。

羽ぼうきがいいかえす。「だって、シャルマントゥに肩入《かたい》れしてたでしょ？　有名な話よ。あなたのご主人があの気味の悪い怪物《かいぶつ》みたいなやつらに親切にしたりしなければ、とつぜんすがたを消すことなんてなかったはず。それにわすれたわけじゃないわよね？　あなたに呪《のろ》いをかけたのはシャルマントゥなのよ！　あたしたちみんな、シャルマントゥのせいでこんなすがたになったんだから。あいつらがどれほどおそろしい力をもっていて邪悪《じゃあく》な存在《そんざい》なのかわかってるはずよ。それでもあんなやつらを許せるわけ？」

「ひとりのシャルマントゥがいた」コグスワースがかんでふくめるように話しはじめた。「仲間がいやがらせを受け、追いつめられていくのを見て……自分なりのやり方で仲間を守るために正しいと思うことをした。この王国をむかしのようにもどしたいという思いもあったのでしょう。そのやり方に問題がなかったとはいわない。だが、本人はよかれと思ってしたのだろうし、たったひとりが起こした行動を理由に、シャルマントゥ全員を責めることはできない」

「でも……」

「いまや、おれたちだってみんなシャルマントゥじゃないか！」ルミエールが真鍮《しんちゅう》の手をテーブルにたたきつけた。ベルは、いつもはほがらかなルミエールがこれほどはげしく感情をあらわにしたのを初めて見た。「だから、そんなこともうどうだっていい！　おれたちがわすれさられるよう呪《のろ》いをかけられて、かえって好都合《こうつごう》だったんだ。だって、おれたちの存在《そんざい》が知られたら、悪魔《あくま》に毒《どく》されたものとして殺されるか、サーカスで檻《おり》に入れられて見世物《みせもの》になっていただろうからな！」

ルミエールのはげしい怒《いか》りを聞き、召《め》し使いたちはおたがいに目を合わせるようなしぐさをしたあとうつむいた。

ベルは疲《つか》れを感じながら両手で頭をかかえた。「わからないことがあるの。わたしが育った村は、ここからだと森をぬけて川をひとつ隔《へだ》てた場所にあって、ものすごくはなれているわけじゃない。でも、村には魔法《まほう》を信じてるひとなんていないわ。母がすがたを消したのはこの王国にいたときじゃなくて、村に引っ越《こ》したあとなの。だから、母がその……魔女狩《まじょが》りみたいなことの犠牲《ぎせい》になったはずがないのよ……そうでしょう?」

「ひと晩《ばん》で、なにもかも理解しようなんて無理ですよ」ポット夫人がよたよたと近づきながらやさしい声でいった。つかれているのか動くのがつらそうだ。

「今夜はそろそろお開きにしようか」ルミエールがいった。気持ちを落ち着かせて、いつものようにふるまおうとしているのが態度や声から伝わってくる。

スプーンやカップ、それにモップや庭で使う道具など、さまざまな〝生きた物〟たちが、さわがしい音をたてながら、テーブルから椅子《いす》へ、椅子から床《ゆか》へとぎくしゃくとした動きでおりていく。なかには眠《ねむ》くてまともに動けず、仲間に運んでもらっているスプーンもいる。ベルがそのようすをながめているとき、コグスワースの顔の時計が鳴って時を告げた。もうずいぶんおそい時間だ。〝生きた物〟たちは、ただつかれているだけなのかもしれないけれど、さっきよりも人間らしさが感じられなくなっているような気がする。シンデレラと同じように、夜中の十二時になったら魔法《まほう》はとけてしまうのかもしれない。

「洗い物がまだ少し残ってるんだった」ベルは立ちあがった。

「そのままにしておいてくださいな」ポット夫人がいった。「明日の朝いちばんに、わたしたちが片《かた》づけますから」

「でも、それじゃ申しわけないわ。せっかく今夜のディナーはぜんぶ自分たちでして、みんなに少しでも休んでもらおうと思ったのに」

「あなたには、もうじゅうぶんしていただきましたよ。うそじゃありません」ポット夫人は注《つ》ぎ口《くち》をベルに向けたまま何度も上下に動いた。そのしぐさはまるで、ちゃんとわかってますよ、とほほえみながらうなずいているようだった。「あなたが来てくれたおかげで城のなかが活気づき、見ちがえるようになったんです。この十年間、そんなことはありませんでしたからね」

ベルは表情をくもらせた。

「母が城にあらわれるずっと前から、この王国は呪《のろ》われていたんじゃないかしら。疫病《えきびょう》にシャルマントゥへの迫害《はくがい》……民《たみ》をないがしろにする国王と王妃《おうひ》……」

ポット夫人はため息をついた。「いつもそうだったわけじゃないんですよ。ひところは魔法にあふれた場所だったんです。あらゆる意味でね。さてと……」

ポット夫人は厨房《ちゅうぼう》にもどっていく召《め》し使いたちに追いつこうと、よたよたと危《あぶ》なっかしい動きでテーブルの端《はし》に向かいはじめた。そのすがたを見て、ベルは思わずポット夫人をだきあげ、そっと床《ゆか》におろした。それが、召し使いたちにかけられた呪いの暗黙《あんもく》の掟《おきて》をやぶることになるかどうかはわからなかったが、そうせずにはいられなかったのだ。

ベルがだきあげたとき、手のひらにそのぬくもりが伝わってきたが、ポット夫人はじっと動かなかったので、注《つ》ぎ口《くち》が小刻《こきざ》みにふるえているのに気づかなかったら、ただのふつうのティーポットとしか思えなかっただろう。

「ありがとうございます」といい、ポット夫人は厨房《ちゅうぼう》にもどっていった。

ベルは召《め》し使いたちを見送りながらふと思った。昨日の夜、晩餐会《ばんさんかい》で出るような豪華《ごうか》な料理をごちそうになったけれど、みんなが給仕《きゅうじ》をしてくれているあいだ、小さなカップたちのめんどうはだれが見ていたのかしら？　もとは子守《ナースメイド》だった水差《ピッチャー》しとか？

ベルはこの二日のあいだで大きく変わった自分の人生に思いを馳《は》せ、ため息をもらした。つかれてくたくただった。召し使いたちと同じように重い足取りで自分の部屋へ向かう。手すりをつかんだ指に力をこめ、体を引きずりあげるようにして階段《かいだん》をのぼりながら考えにふける。

いままでたくさんの本を読んできたけれど、冒険《ぼうけん》物語には気まずい沈黙《ちんもく》や会話がぎくしゃくする場面なんて出てこなかった。道徳劇《どうとくげき》*6や笑劇《しょうげき》*7の戯曲《ぎきょく》にも、人種間の対立や群集心理《ぐんしゅうしんり》、大量虐殺《ぎゃくさつ》や疫病《えきびょう》について真剣《しんけん》に議論《ぎろん》する場面なんてほとんどなかった。もちろん科学書にも、驚愕《きょうがく》の事実が明かされる場面なんてなかった。でも、この城に来てからそんな場面ばかり経験してる。

人生とはさまざまなジャンルの本の寄せ集めみたいなものだとよくいうけれど、こんな状態が続くようなら、本でよくあるようなすっきりしたハッピーエンドをむかえられるとはとても思えない……。

ベルは部屋に入った。衣装《いしょう》だんすはどうやら眠《ねむ》っているようだ。もしかしたら、ただじっとしているだけかもしれないけれど。

のろのろと服をぬぎ、ベッドによじのぼる。頭のなかでは、くらくらするほどたくさんの情報が渦巻《うずま》いている。

呪《のろ》いをかけられる前の王国には疫病が蔓延《まんえん》し、残虐《ざんぎゃく》な行為《こうい》がはびこっていた。国王も王妃《おうひ》も、あの古代ローマ皇帝《こうてい》で暴君《ぼうくん》として知られるネロのように冷酷《れいこく》で、民《たみ》が苦しんでいてもほとんどなにもしようとしなかった。

そんな国王と王妃に憤《いきどお》り、仲間が受けた仕打《しう》ちに怒《おこ》った魔女《まじょ》が、十一歳《さい》の王子に呪いをかけた。

でも、まだ十一歳だった王子にそんな運命を背負《せお》わせるなんて……。

そして、わたしがこの城へ来て、うっかり真紅《しんく》のバラにふれたせいで、ハッピーエンドをうんと遠ざけてしまった。ビーストも召《め》し使いたちもいまのすがたのまま、この深い森のなかにあるわすれさられた城で、残りの人生をすごすことにならないようにするためには、母さんになにが起きたのかつきとめないと。もしくは、世界は広いのだから、外へ目を向ければ、母さんと同じくらい強い魔法《まほう》の力をもっているシャルマントゥをさがし出せるかもしれない……。

魔法を使うと、結局はその報いが返ってくる……。

眠《ねむ》りに落ちる寸前《すんぜん》に、ベルの頭にある考えがよぎった。

呪《のろ》いをかけたのはわたしの母さんなのだから、それをとけるのはわたしだけなんだろうか？

＊6　中世演劇《えんげき》の一様式。美徳・悪徳などが擬人化《ぎじんか》されて登場する
＊7　中世にフランスを中心に演じられた単純《たんじゅん》な筋《すじ》の喜劇《きげき》

29

魔《ま》法《ほう》の馬車

モーリスはなすすべもなく、魔法で動く馬車にゆられながら窓《まど》の外をぼうぜんと見つめていた。胸《むね》の内にはもどかしさや嫌《けん》悪《お》感《かん》や焦《あせ》りなど、さまざまな感情が渦《うず》巻《ま》いている。

いまのっているのは、馬が引いているわけでもないのに、まるで目や耳があるかのごとくに進みつづける不思議な馬車だ。この馬車をとめることができて、もっと時間があればよかったのに、ともどかしくてならなかった。そうすれば、あれこれいじりまわしてじっくりと調べ、野獣《ビースト》以外の者からの命令にもしたがうのかどうかたしかめられるのに。

これまで馬に引かれなくても自動で動く乗り物があったらいいのにとどれほど夢見てきたことだろう。だがじっさいにのってみると、わきあがってくる嫌悪感をこらえることができなかった。まさかこんなに気味の悪いものだとは想像もしていなかったからだ。この馬車は車輪の代わりに昆虫《こんちゅう》のような脚《あし》がついていて、耳障《みみざわ》りな音をたてながら大きなゴキブリがちょこまかと走るような動きをするのだ。

そして、焦《あせ》りが体じゅうを駆《か》けめぐっていた。なんとしてでもベルを救い出してくれるひとを見つけなければならない。それもいますぐ。

だが、そんなひとを見つけられるだろうか？　友人と呼《よ》べるようなひとはほとんどいない。ムッシュ・レヴィでは魔法《まほう》の城を襲撃《しゅうげき》するなんてとうていい無理だろう。なにしろ、わたしより二十歳《さい》は年上なのだから。

もっと若《わか》くて腕《うで》っぷしが強くて、武装《ぶそう》した男たちを率《ひき》いて野獣《ビースト》におそいかかれる者がいるだろうか？

そのとき、モーリスの頭にある人物が浮《う》かんだ。そうだ、あいつだ。あいつならベルを助け出せるにちがいない。

村の広場に入ると、モーリスは馬車のドアを力いっぱい押《お》した。だが、予想に反して鍵《かぎ》がかかっていなかったので、ドアが勢いよく開いてしまい、モーリスは冷たく濡《ぬ》れた石畳《いしだたみ》の上に転がり落ちた。その横で、馬車が車体をきしませながらとまった。

「ああ、ええと、ご親切にどうも。ごきげんよう」モーリスはしどろもどろにいった。この不思議な乗り物にどうふるまっていいのかわからなかったが、とりあえず礼儀《れいぎ》正しくしておくに越《こ》したことはない。

すると、馬車はひざを曲げておじぎするかのような奇妙《きみょう》なしぐさをした。それを見たモーリスの頭に、はるか東の国にいるゾウという生き物が、その背《せ》に人間をのせるために身をかがめたすがたが浮《う》かんだ。馬車は耳障《みみざわ》りな音をたてながら大きなゴキブリがちょこまかと走るような気味の悪い動きをしながら去っていった。

モーリスははっとした。雪が降《ふ》っている。ベルを救い出すことにばかり気をとられていて、それまで気づかなかったのだ。濡《ぬ》れた石畳《いしだたみ》で足をすべらせないよう気をつけながら急ぎ足で酒《さか》場《ば》に向かった。

その夜、酒場はいつものように常連客《じょうれんきゃく》が集まっていて、すでにだいぶ酔《よ》いがまわっているようだった。にぎやかな笑い声や歌声が、静けさにつつまれた店の外にまで聞こえてくる。

モーリスがドアを開けたとき、風が吹《ふ》きこんできて、ドアが大きな音をたてて閉《し》まった。意《い》図《と》したことではなかったが、結果的には助かった。客たちが動きをとめていっせいにドアのほうをふりかえったのだ。

「助けてくれ！　助けが必要なんだ！」

「モーリス、いったいどうしたっていうの？」酒場の女中《じょちゅう》が心配そうにたずねた。

「あいつが、あの子をつかまえて城の牢《ろう》に閉《と》じこめてしまったんだ！」

思うように言葉が出てこない。モーリスは話し下手《べた》だ。そんな自分が歯がゆくてならない。

「あの子って？」

ガストンの子分《こぶん》のル・フウがたずねた。ル・フウはガストンとつるんでいなければ、それほど悪いやつじゃない。利発《りはつ》とはいいがたいが忠誠心《ちゅうせいしん》が厚く、何事にも積極的。野獣《ビースト》をおそってベルを救い出すのについてきてもらえたら心強い。腕《うで》っぷしの強いガストンのほうが適任《てきにん》だが、とにかく急がないと。

「ベルだ！　いますぐ助けにいかなきゃならない！　ぐずぐずしているひまはない！」

モーリスがル・フウの腕《うで》をつかみドアのほうへ引っぱっていく。そのとき、ドアのそばの棚《たな》にならんでいる銃《じゅう》などの武器が目に入った。野獣《ビースト》をたおしにいくなら武装《ぶそう》していかなければ……。

「おい、落ち着け、モーリス！　いったいだれがベルを牢《ろう》なんかに閉《と》じこめたんだ？」

ガストンがいきなりモーリスとル・フウのあいだに割《わ》ってはいった。図体《ずうたい》がでかいわりに、おどろくほど動きが速い。モーリスはとりみだした状態ながらも、ガストンには不似合《ふにあ》いな高級そうなズボンにしみがついているのに気づいた。まるで泥《どろ》がついてしまい、よごれが広がらないよう慎重《しんちょう》にふきとったかのようだ。正装《せいそう》で狩《か》りをしにいき、ブタの水浴《みずあ》び場《ば》にでも落ちたんだろうか？

いや、いまはそんなことを考えている場合じゃない。

「野獣《ビースト》だよ。ぞっとするほどおそろしいんだ！」モーリスは野獣の大きさをしめそうと腕《うで》をいっぱいに広げた。

ガストンは聞き耳をたてていた常連客《じょうれんきゃく》たちのほうを向き、あきれたように眉《まゆ》をつりあげてみせた。

「そいつは……でかいのか？」常連客のひとりがたずねた。

「ああ、ばかでかい！」モーリスはぶるっと身ぶるいした。

「おそろしくするどい牙《きば》が生えてるとか？」べつの客がたずねた。

「そうなんだ！　なのに人間のように話して二本足で歩くんだよ！」

「それに……鼻は大きくて醜《みにく》いんじゃないか？」さらにべつの客がたずねる。

「そう、そのとおりだ！」モーリスはいらいらしながら答えた。野獣がどんなすがたをしていようがかまわないじゃないか。とにかく凶暴《きょうぼう》で、そいつにベルがとらわれている。それだけ伝わればいい。「助けてくれるか？」

「いいとも」ガストンが愛想《あいそ》よくいい、同意を求めるかのように常連客たちをあごでしゃくった。「助けてやろう」

「ああ、ありがとう。感謝するよ」モーリスはため息をもらし、ドアに向きなおった。この村には、わたしやベルを変わり者あつかいするひとがおおぜいいるが、いざとなったら力を貸してくれる……。

そのとき、モーリスはいきなりわきの下に腕《うで》を入れられたのに気づいた。たちまちもちあげられて足が床《ゆか》からはなれる。

「助けてやるよ。あんたがここから出ていくのをな！」だれかが大声をあげた。

目の前のドアが開けはなたれたかと思うと、モーリスは冷たく暗い闇《やみ》のなかに放り出された。

「頼《たの》む！」モーリスはすぐさまふりかえってさけんだ。

だが、ドアはばたんと閉《し》められた。

モーリスは力のかぎり、何度もこぶしをドアにたたきつけた。

「うそじゃない！　ほんとうに野獣《ビースト》を見たんだ！　話を聞いてくれ！」

ガストンが店の窓《まど》から顔を出してモーリスに冷たい視線《しせん》を投げ、「頭のへんな老いぼれモーリス」というと、窓《まど》をぴしゃりと閉《し》めた。

「わたしはまともだ！　お願いだ。だれか力を貸してくれ！」

だが、村はしんと静まりかえっている。だれもが家族や愛する者といっしょに家のなかにいて、ドアも窓もかたく閉《と》ざしているのだろう。

「自分でベルを助けにいくしかない」モーリスはきびしい現実を受けいれた。たしかにわたしは夢ばかり追いかけている。発明家としてそれはとても大事なことだが、夢を追いかけているだけでは、いい発明家でありつづけることはできない。金属の性質を見誤《みあやま》ったり、蒸気《じょうき》がふき出す方向をまちがえたりして、実験がうまくいかないこともある。そんなときは直《ただ》ちに実験を中断し、問題の原因をつきとめ、初めからやり直す。実践的《じっせんてき》で現実的で粘《ねば》り強い。真《しん》の発明家であるためには、そういった資質《ししつ》も必要だ。あきらめるな。どうすればいいのか考えろ。

モーリスは冷えこんだ夜道を家に向かって歩き出した。

だが、地面を踏《ふ》みしめながらこう思わずにはいられなかった。妻がそばにいてくれたらよかったのに。なぜだかはっきりとは思い出せないが、妻は……こういう困難《こんなん》なときこそ、力を発揮《はっき》してくれたような気がする……それがどんな力だったのかはよく覚えていないのだが……。

30 母の気配

東の空の縁《ふち》が、ほんのわずか白《しら》んできた。夜明けが近いが、日の出にはまだ一時間くらいはあるだろう。暖炉《だんろ》の火はほとんど燃えつきている。

肌《はだ》を刺《さ》すような冷たい空気を頬《ほお》に感じ、ベルははっと目を覚ました。横になったまま暖炉《だんろ》のほうに顔を向ける。きっちりと積みあげられていた薪《まき》はもう一本も残っていない。薪を補充《ほじゅう》しておいてくれたらいいのに……。

そう思ってしまった自分をベルはすぐにはずかしく思った。この城に来てまだ二日しかたっていないのに、もう召《め》し使いたちに行きとどいた完璧《かんぺき》なサービスを期待するなんて！

ここがわたしの家なら、もっと寒いはずよ。そう自分に言い聞かせ、こんな朝にいつもしているように目をぎゅっと閉《と》じて、えいやっとベッドから出た。まるで凍《こお》った湖に飛びこむような気持ちで。

はねのけたふかふかの上掛《うわが》けをさっともとにもどす。薪をとってきてまたベッドにもぐりこんだときに、少しでも自分の体のぬくもりが残っていますように、と願いながら。足の裏《うら》は家にいるときほど冷たくはない。ここでは分厚い敷物《しきもの》が足を守ってくれるからだ。衣装《いしょう》だんすに期待のまなざしを向けた。あのなかにあたたかい服があるかもしれない。でも、眠《ねむ》っているところを起こしてしまったら悪いわよね。プライバシーの侵害《しんがい》だけではすまされないかもしれないし。

ひんやりした空気から身を守るように両腕《うで》を組み合わせ、むき出しの足を靴《くつ》にすべりこませた。物置か厨房《ちゅうぼう》の奥《おく》の食料貯蔵庫《ちょぞうこ》へおりてみよう。

ところが部屋の扉《とびら》を開けると、目の前にあの蔦《つた》の像《ぞう》が立ちはだかっていた。

ベルは思わず後ろに飛びのいたが、どういうわけか悲鳴は出なかった。夜明け前でまだ眠気《ねむけ》が頭に張りついているせいかもしれないし、寒さのあまり、寒いということ以外はよく考えられないせいかもしれない。

目の前の蔦の像は、前に見たときとくらべると、より人間らしく変化したようだった。といっても人間でないのはまちがいない……。中世のイギリスの教会について書かれた本で見た、印象的なグリーンマン[*8]の挿絵《さしえ》に似ているような気がする。大きな葉がたてがみのように顔のまわりをかこんでいて、小さな葉が平べったい鼻や、じっさいに見えているかどうかはわからない目を形づくっている。足とおぼしきあたりの蔦《つた》がきれいなもようの霜《しも》でおおわれているところを見ると、前のときと同じく、この像《ぞう》は庭から入ってきたにちがいない。ベルが考えをめぐらせていると、とつぜんだれかの声がして思考が中断された。

「まあ、あれはなに？　いったいなんなんですか？」

衣装《いしょう》だんすの声だ。ベルはさっとふりかえり、お願いだから静かにして、と唇《くちびる》に人さし指をあてた。じゃまされたくなかったのだ。

ベルは蔦《つた》の像に向きなおった。「あなたは母さんの使いなの？」

すると、像はとつぜん片方《かたほう》の腕《うで》をあげてベルの背後《はいご》を指さした。

ベルは像が指さすほうをふりかえったが、とくに変わったものは見あたらない。

「窓《まど》の向こうになにかあるってこと……？」と問いかけようと向きなおったが、そのときにはもう像は消えていた。

「いまのあれは、なんだったんですか？　ずいぶん気味の悪いこと」衣装だんすがいった。

ベルは胸騒《むなさわ》ぎにおそわれ、衣装だんすに返事することすらわすれて窓に駆《か》けよった。

象牙《ぞうげ》色のクモの糸が、窓ガラスの下のほうを行ったり来たりしている。ベルはうろたえ、城がどんな状態になっているかたしかめようと窓ガラスに額《ひたい》を押《お》しつけた。

おどろいて息をのんだ。太いクモの糸が、城壁《じょうへき》をのりこえ何本にも枝分かれしながら庭じゅうに広がり、つぎの獲物《えもの》を見定めたかのように城の建物をじわじわと這《は》いあがっている。

ベルは恐怖《きょうふ》に身をふるわせたが、パニックを起こさないようなんとかこらえた。このままでは城じゅうクモの糸におおいつくされてしまう。

窓《まど》ガラスの下のほうが妙《みょう》にくもっている。しばらく見つめているうちに、糸と糸のあいだに薄《うす》い氷の膜《まく》が張っているせいだと気づいた。膜の表面には細かいひびが波紋《はもん》のように広がっている。そこに見えるのは窓の向こうの景色ではなく、まったくべつのものだった。

それはベルの家だ。時間は夜。暗闇《くらやみ》のなか、一頭の馬が近づいてくる。ひとり、いや、ふたりの人物がその背《せ》にまたがっている。猛《もう》スピードで駆《か》けてきた馬が家の前で急停止《きゅうていし》させられ、抗議《こうぎ》するように足を蹴《け》りあげる。

ベルは膜に映《うつ》し出される場面を見ながら思わずあとずさりした。不吉《ふきつ》な雰囲気《ふんいき》がただよっていて、これからなにか悪いことが起きそうな気がしてならない。

手綱《たづな》をにぎっていた乗り手が馬から飛びおり、もうひとりがおりるのに手を貸している。流れ落ちる水のようになめらかな動作で先に馬からおりたのは、背《せ》がすらりと高くやさしい顔つきの若《わか》い男のひとだ。いつの間にか家のドアが開いていて、こぼれ出る黄色い光に男のひとの顔が照らし出される。

「だめ！　外に出ないで！」ベルは思わずささやいた。だが、母はすでに戸口にいて、緊張《きんちょう》した面持《おもも》ちで男のひとに話しかけている。すぐに父もすがたを見せ、男のひとと握手《あくしゅ》を交わし……。

そのあとは映し出されず、また初めから同じ場面が繰《く》りかえされた。

「そんな、とちゅうで終わってしまうなんて」ベルの胸《むね》の内にいらだちがつのってくる。「いまのはなに？　なにが起きてるの？　馬にのっていたふたりのうち、若い男のひとのほうは親《しん》戚《せき》？　わたしのおじさんとか？　どういうこと？　どうしてこんなものを見せるの？　あの男のひとが母さんを裏切《うらぎ》ったの？　身の危険《きけん》を感じて王国から逃《のが》れたのに、あのひとが村までつかまえにきたとか？」

「さあ、どうでしょうねえ」衣装《いしょう》だんすがあくびまじりにいった。「でも、わかったら教えてくださいね。わたしはもうひと眠《ねむ》りしますので……ご健闘《けんとう》を祈《いの》ります……」

ベルは薪《まき》をとりにいくことなどすっかりわすれて、膜《まく》に映《うつ》し出される場面を何度も繰《く》りかえし見た。しばらくして喉《のど》がからからに渇《かわ》き、冷えて足の感覚がなくなってくると、ベッドにもどり、まるくなって眠《ねむ》った。

ベルがふたたび目を覚ましたとき、太陽はすでにのぼっていた。

「おはようございます」衣装《いしょう》だんすが明るい声でいった。「あの蔦《つた》の像《ぞう》の正体《しょうたい》や、膜に映し出された場面がどういうことなのかわかりましたか?」

「いいえ、ぜんぜん……」ベルは言葉をさがしながらこう続けた。「でも、なぜだか……この城のあちこちに母の存在《そんざい》を感じるの。母が生きているのか死んでいるのかもわからない。でも、ここには母の気配があふれている気がするのよ。母の記憶《きおく》……魂《たましい》といってもいいかもしれない。母はまちがいなくわたしになにか伝えようとしているわ」

「でしたら、もう少し不気味《ぶきみ》じゃないやり方で伝えてくれるといいんですけどねえ。そうそう、お召《め》し物を洗濯《せんたく》してアイロンをかけておきましたよ」といい、衣装だんすはぱっと扉《とびら》を開けた。

衣装だんすのいうとおり、ベルの服は洗いたてでぱりっとしていて、まるで新品のようだ。エプロンドレスもしみひとつなく、ブラウスは真っ白で、そでもふんわりとふくらんでいる。

そのとなりにあざやかな黄色のイブニングドレスがかかっていた。丈《たけ》が長くて、そでの先が鐘《かね》の形のように広がっているピンクのワンピースもあり、毛皮でふちどられた赤いマントとセットになっている。

衣装《いしょう》だんすが無邪気《むじゃき》な声でいった。「昨晩《さくばん》は雪が降《ふ》ってとても冷えましたから、スケートにでも行かれたらいかがですか？　それか……」

「スケート？　気づいてないのかもしれないけど、いま不気味《ぶきみ》なクモの糸が城じゅうをおおいつくそうとしてるのよ。城門を出て、凍《こお》った川にスケートしにいくなんて無理に決まってる」

「いえ、でも、城の敷地内《しきちない》の広いほうの中庭に人工《じんこう》の池があるんですよ。厩舎《きゅうしゃ》の先なんですけどね。いまごろはいい具合に凍ってると思うんですけどねえ」

へえ。それは、いいことを聞いたわ。この先、ずっとここに閉《と》じこめられたとしても、中庭で気晴らしはできるってことね。「教えてくれてありがとう」ベルは自分の服に手をのばしながらいった。「あとで行ってみるわ」

といっても、呪《のろ》いをとき、母をふくめシャルマントゥの失踪《しっそう》の謎《なぞ》を解明《かいめい》し、ビーストにもあやまらないといけない……スケートをする時間なんて、とてもとれそうにないわね。

ベルは衣装だんすに服のお礼をいうと、階段《かいだん》を駆《か》けおりた。とても急いでいたので、ほの白く光るキノコが階段の端《はし》にびっしりと生えていることに気づかなかった。だが、ひときわあざやかで毒々《どくどく》しいキノコが群がっているのを視界《しかい》のすみにとらえてはっと足をとめ、よく見ようと近づいた。

そのキノコはまるで、大理石《だいりせき》の灰《はい》色の線のもようから直接、生えてきたかのようだった。笠《かさ》と柄《え》に浮《う》き出た不気味《ぶきみ》な斑点《はんてん》が、死にかけているひとがまだ息はあるのに、顔に白い布をかぶせられそうになって悲鳴をあげてうったえているような表情に見える。

ベルは思わずこみあげてきた吐《は》き気《け》をこらえた。キノコの斑点はかすかにだが動いているようなので、よけいに生きているみたいに思える。

もしかして、このキノコも母さんからのメッセージなの？　でも、母さんが育てていたのはバラとか蔦《つた》とか植物よね。キノコはたしか菌類《きんるい》だったような気がするけど、キノコも植物といえるのかしら……。

「とにかく、なにか食べなきゃ」とベルは声に出していった。そうすれば、元気が出て気分もよくなるはずよ。ベーコンでも食べながらポット夫人とおしゃべりして、にぎやかで快活《かいかつ》なかまどを見たら、この憂《ゆう》うつな気分も吹《ふ》きとぶにちがいない。

だが、厨房《ちゅうぼう》に入ると、そこは今朝のベルの部屋と同じくらい冷えきっていた。かまどの火はほとんど消えかけている。みんなじっと動かず、おしゃべりもしていない。もう日もだいぶ高くなったのに、召《め》し使いたちがまだ眠《ねむ》っているなんておかしい。昨日の夜、わたしが部屋にもどったあと、〝生きた物〟でものめるような魔法《まほう》のお酒をのんで、酔《よ》いつぶれてしまったのかしら。

「みんな、おはよう！」ベルは明るく呼《よ》びかけた。

だが、返事はない。

わけがわからず厨房《ちゅうぼう》のなかを見まわすと、食器棚《しょっきだな》のなかにポット夫人を見つけた。とはいえ、いまは紫《むらさき》とピンクのふたのついた、ただの大きな白いティーポットにしか見えず、つやつやとした磁器《じき》のティーポットが動く気配はまったくない。

そばにカップが積みかさねてあり、ひとつだけ、母親に寄りそうようにして、すぐとなりに置かれた小さなカップがある。あのカップはチップにちがいない。

「ポット夫人？」ベルはそっと話しかけ、食器棚のガラス戸をコンコンと軽くノックしてみた。

「ねえ、どうしたの？」

やはり返事はない。

ベルはあとずさりしながら厨房の真ん中あたりまでくると、静まりかえった部屋のなかをおそるおそる見まわした。ありふれた厨房だ。だれかがやってきて料理を始め、活気づけられるのを待っている……。

うろたえながら髪《かみ》に手をやる。これは夢？

それとも、いまようやく夢から覚めたということなんだろうか。

これまで見たものは、ぜんぶまぼろしだったの？　ひっそりとものさびしい城に迷いこんだせいでおかしくなって、ティーポットがおしゃべりしたり、燭台《しょくだい》が動きまわったりしていると思いこんでいただけ？　いますぐ部屋に駆《か》けもどって衣装《いしょう》だんすに話しかけてみたらどうなるだろう？　もしかしたら、ほこりをかぶったただの家具かもしれない。

　そのとき、食器棚からふっと息をもらす音が聞こえた。

　ポット夫人が金縛《かなしば》りからとかれたかのように、ゆっくりと体をふるわせたのを見て、ベルはほっとしたあまり泣きそうになった。

　わたしは気がへんになったりしていない。よかった！

　まるで厨房がぱあっと一気に明るくなって息を吹《ふ》きかえしたかのようだった。かまどの火が橙《だいだい》色に輝《かがや》き、椅子《いす》という椅子がぴんと背《せ》すじをのばし、壁《かべ》の燭台にいっせいに火が灯《とも》る。

　ポット夫人がベルに気づき、食器棚《しょっきだな》からあわてて飛びおりた。

「まあまあ、なんてこと、この城に来てから寝《ね》すごしたことなんて一度もないのに！　さあ、やかんを火にかけてお湯をわかしてちょうだい！　なんて寒いんでしょう！　ごめんなさい、すぐに、なにかあたたかいものを用意しますからね！」ポット夫人はテーブルの上に移動して食器棚《しょっきだな》のほうを向くと、チップとクリーマー、それにマフィンがのった小皿と銀色のドーム形《クローシュ》のふたに、トレイにならんで、と指示した。「今日はずいぶんといいお天気ですこと。日中はあたたかくなって、雪も少しとけるかもしれませんね。でも、朝のうちはまだ冷えますからホットチョコレートを召《め》しあがれ！」

「ありがとう。ホットチョコレートは大好きよ。めったにのまないけれど」

「ぼくもホットチョコレート大好き！」チップが話に割《わ》りこみ、内緒《ないしょ》話をするように親しげにいった。「あれがカップのなかに入っていると、ぼくにはわかるんだ」

チップってほんとうにかわいらしくて元気いっぱいね。そう思いながら、ベルはこう考えずにはいられなかった。いまは小さな磁器《じき》のカップだけれど、ほんとうは人間の男の子だなんて……。

「何歳《さい》だったの？　その……いまのすがたになったとき」

「五歳だよ！」チップは得意げに答え、胸《むね》を張るようなしぐさをした。

そのとき、真鍮《しんちゅう》のポットが、かまどからテーブルの上にそっと飛びおりた。チップはスパイシーでなめらかなホットチョコレートが注《つ》がれているあいだ、ぼくはもう大きいんだからりっぱに仕事ができるぞ、といわんばかりにじっとしていた。

「えらかったわね」といい、ベルがチップをもちあげてホットチョコレートを口にふくむと、チップはくすぐったそうにくすくすと笑った。そのあと、ベルはあたため直したほかほかのマフィンをふたつ手にとった。「移動しながら食べるなんて行儀《ぎょうぎ》が悪いのはわかってるんだけど、ホットチョコレートとマフィンをもっていってもいい？　図書室でいますぐ調べたいことがあるの。もしかして知ってる？　あなたたちに呪《のろ》いをかけた魔女《まじょ》の名前……つまりわたしの母の名前なんだけど」

ポット夫人は悲しげに注《つ》ぎ口《くち》をふった。「自分の母親の名前がわからないなんて、さぞかしおつらいでしょう。教えてあげられたらいいのですが、わたしも知らないんですよ。たしか夫のアラリックは知っていたはずです……聞いたことがある気がするんですけれど……でもあのころは、シャルマントゥの友人がいると知られるのは危険《きけん》だったんですよ。城で働いているならなおさらね。とはいえ、あなたのお母さまは有名でしたから、ほかの召《め》し使いたちにきいてみたらいかがでしょう？　たしか国王と王妃《おうひ》に三回も会いに来てましたし。魔法《まほう》が必要なことが一度起きると、つぎつぎと重なるものですからね」

「えっ？」ベルは身をのり出した。「母は、三回も城に来たの？」

「ええ、三回目はわたしたちに呪《のろ》いをかけたときです」ポット夫人は皮肉っぽく笑った。「二回目は国王と王妃《おうひ》に呼《よ》び出されたんですよ。疫病《えきびょう》をなんとかしてくれって」

「それで、母はいわれたとおりにしたの？」とたずね、ベルは緊張《きんちょう》しながら答えを待った。

「いいえ」ポット夫人はため息をついた。「そもそも、あなたのお母さまが疫病をしずめる方法を知っていたのかどうか……そこのところははっきりしないんですけど、とにかく、国王と王妃の頼《たの》みをことわり、部屋を飛び出したそうです。ルミエールから聞いた話ですけどね」

ベルはみぞおちに強い一撃《いちげき》を受けたようなショックを受けた。ビーストの両親のことを冷酷《れいこく》だと責める権利《けんり》なんてなかったんだわ……わたしの母さんだって、病《や》んだひとを助けるのをこばんだのだから。

「一回目はなにをしにきたの？」

「祝福《しゅくふく》の言葉を授けるためですよ……王子に、つまりわたしたちのご主人さまに。まだ王子がうんとおさないころでしたわね。ちょうど王子の誕生日《たんじょうび》でした。王族に子どもが生まれたら魔女《まじょ》が祝福の言葉を授けるのは、むかしからの慣《なら》わしなんですよ。ひと目でいいから見てみたかったですねえ」

「でも……それならどうして……」ベルは頭が混乱《こんらん》した。なぜ、祝福の言葉を授けようとした子に呪《のろ》いをかけることができるんだろう。

「けれど、国王と王妃《おうひ》はその申し出をことわったんです。時代おくれだとかなんとかいって。

ばかな話ですよ」ポット夫人は注《つ》ぎ口《くち》から、ふんっと蒸気《じょうき》を出した。「時代を先取りしているつもりなのか、反魔法主義《はんまほうしゅぎ》なのか知りませんけど、魔女がみずからわが子に祝福の言葉を授けにきてくれたのに、それをことわるなんてとんでもない愚《おろ》か者《もの》ですよ！　ええ、ええ、わたしはそう思います」

母さんは祝福の言葉を授けようとした王子に呪いをかけた……。

ベルは頭ががんがんしてきた。ほんの数日前までは、わたしには母親はいないんだと思っていた。それがいまはどう？　まさかこんなに複雑《ふくざつ》な母親がいたなんて。母さんのことをどう理解していいのかわからない。まるで、自分が住んでいる場所がじつは月にあって、まったく異《こと》なる習慣や法律《ほうりつ》にしたがわなければならないと気づいたような気分だ。

いいえ、そんなもんじゃない。それ以上よ。じっさいの母さんは、わたしが想像していた母親像とは大きくかけはなれていたんだから。

まるでキャンディーを差し出すかのようにたやすく呪いをかけ、城じゅうに自分の気配をただよわせることができるような偉大《いだい》な魔女から、どうしてわたしみたいな平凡《へいぼん》な娘《むすめ》が生まれたんだろう。わたしなんて小さな村に住む、ただの本好きな若《わか》い娘《むすめ》にすぎないのに。

どう考えてもありえない。なにかのまちがいじゃないだろうか。

でも……。ベルは気持ちをふるいたたせた。わたしには母さんのような魔法《まほう》の力はないけれど、それでも娘《むすめ》にはちがいないのだから、母さんの意志《いし》が強いところや図太《ずぶと》いところは受けついでいるにちがいない。呪《のろ》いをとくのに、わたしほどふさわしいひとはほかにいないはず。

そうよね？

「ありがとう」とベルはポット夫人にいい、厨房《ちゅうぼう》を出た。

階段《かいだん》をのぼりながらマフィンをひと口かじる。あたたかくしっとりとしていて、舌《した》の上でとろけそうだ。レモンとバニラの味が口のなかにほんのりと残る。おいしくてあっという間に食べ終えると、すぐにもうひとつにかぶりついた。図書室は飲食禁止《いんしょくきんし》なんだからいまのうちに食べてしまわなきゃ、と自分に言いわけしながら。

ホットチョコレートも口にふくむと、チップがくすくすと笑った。チップはくすぐったそうにしているが、あまり体をくねらせないようがまんしているのがわかる。ホットチョコレートはまさしく熱々《ホット》だった。

ベルはホットチョコレートをのみほして、チップに厨房にもどるように伝えると、気持ちも新たに図書室の扉《とびら》を勢いよく開けた。よく晴れた心地よい冬の日に、こんなにたくさんの本がそろっている図書室で読書にふけることができたらどんなにいいだろう。ここには読んでみたい本が山ほどある。ありすぎるくらいに。目を細めて図書室を見まわし、父さんだったらこの図書室をどんなふうに改良するだろうと考えをめぐらせる。あちこちに立てかけてあるはしごの代わりに、車輪のついたカートのようなものを使うかもしれない。カートには自動で本を選《せん》択《たく》して移動させる装置《そうち》がついているのだ。そのほうが、人間がいちいち手で運ぶよりもずっとたくさんの本を上げ下ろしできるし、うっかり落としてしまう心配も減《へ》る。それに、本棚《ほんだな》にそってめぐらされたバルコニーの手すりに自由に動かせるようにした望遠鏡《ぼうえんきょう》をつけるのもいいかもしれない。そうすれば、本棚のうんと高いところにある本もさがしやすくなる……。

そのとき、ベルは図書室のつきあたりにビーストがいることに気づいた。背《せ》をまるめて真剣《しんけん》な表情で本に見入っている。もう何時間もこうしているように見えるけれど、いつからここにいるんだろう。

ベルは足音をしのばせて近づいていった。ビーストはしかめっ面《つら》で、ゆっくりとかぎ爪《づめ》を動かしながら文字をなぞっている。そのまわりには、ビーストのいらだちをしめす残骸《ざんがい》が散らばっていた。とても貴重《きちょう》な古い記録簿《ぼ》が原形をとどめないほどずたずたに引き裂《さ》かれている。この記録簿《ぼ》は、もうネズミの巣になるくらいしか役に立たないだろう。

「ビースト……？」ベルはそっと声をかけた。

「ああ、いま……古いものから順番に調べている。一冊《さつ》は読み終えた。すみからすみまで目を通し、きみの母親らしき人物と思われる名前は、ここに書きうつしておいた」そういってビーストは紙を一枚、差し出した。その紙には小さい穴《あな》があちこちにあいていた。ランタンにかざしたら、穴があいているところが光って星図《せいず》のように見えるかもしれない。紙の上のほうにいくつか大きな字でなぐり書きされた名前はなんとか読めるが、その下のほうははっきりいって、なにが書いてあるのかよくわからない。

「もうずいぶん長いあいだ……字を書いていないのだ……」ビーストがやるせなさと、もどかしさと、みじめさが入りまじったような表情でいったので、ベルは胸《むね》が痛《いた》んだ。差し出された紙を受けとって名前に目を凝《こ》らす。

「すばらしいわ。これこそ、いまのわたしたちに必要な情報よ」

ビーストは深く息を吸《す》った。「わたしの……両親が、その……」

「ほんとうにごめんなさい」ベルは紙をわきに置き、ビーストの手をにぎりしめた。ビーストがはっとおどろいてその手を見つめ、顔をあげる。「知らなかったの。あなたがまだおさないころに疫病《えきびょう》でご両親を亡《な》くしていたなんて。ひどいことをいってしまったと後悔《こうかい》してる」

ビーストは口を開けたまま言葉をさがしているようだったが、やがてしぼり出すようにこういった。「いや、いいんだ。こちらこそ……すまなかった。かっとなると、いつも自分をおさえきれなくて」手をもぞもぞと動かしながら、たどたどしい口調でこう続ける。「夕べのわたしの態度は……ひどかった。頭のなかが真っ白になってしまい、食事室《ダイニングルーム》から飛び出したあとのことは、なにひとつ覚えていない。まったく記憶《きおく》がないのだ。目が覚めたら地下室にいて、口のまわりが血と羽根にまみれていた」

ベルは意識してゆっくりとビーストの手をはなした。こわくてさっと手を引っこめたと思われないように。このかぎ爪《づめ》は、なににふれたの？　このかぎ爪で、いったいなにをしたの？

「こんなことは、いままで一度もなかった」ビーストはいった。ベルの動揺《どうよう》には気づいていないようだ。

ベルはビーストを見つめた。あの大きな口を思い切り開けたら、わたしなんかふた口で、いいえ、ひと口でのみこまれてしまうにちがいない。あの牙《きば》にかみつかれたら、わたしの首なんか簡単《かんたん》にへし折られてしまうだろう。それに、前かがみになったときに背中《せなか》にできる大きなこぶにもつい目がいってしまう。でも、暗い色合いの毛にそぐわない青い目は大きく見開かれ、うっすらとうるんでいる。

「きっと呪《のろ》いがそうさせているのね」ベルは暗い気持ちでいった。「本物の野獣《ビースト》になりかけているのかもしれない。ぜんぶわたしのせいね」

ビーストは弱々《よわよわ》しくほほえんだ。「そもそもは、きみの母親のせいだ」

「ええ……そうね」ベルはビーストのとなりにぺたんとすわりこんだ。「もともとは、わたし・・・たちの親・・・がしたことが原因なのに」

ビーストが思わずというふうにベルの手をにぎった。まるで、わたしをなぐさめようとしてくれているみたい。そう感じてベルがビーストにもたれかかると、ビーストは自分の腕《うで》をベルの肩《かた》にまわして引きよせた。

しばらくそうしていたが、やがてビーストがぽつりといった。「両親は、あそこにいる」

ベルは、えっ？と図書室のなかを見まわした。

「あそこって……？」

「わたしの両親はあそこにいる」ビーストは窓《まど》の外をあごでしゃくった。大きなあごにそぐわない、人間らしいしぐさだ。「ときどき……会いにいく」

「わたしをそこへ連れていって」ベルはおだやかな声でいった。


中庭に行く前に、ふたりはクロークルームに立ちよった。ビーストは昨夜と同じズボンをはいたままだったが、シャツは昨夜どこかでぬぎすててしまったらしい。着古した大きなマントをはおり、金色の留《と》め金《がね》を不器用《ぶきよう》にいじっている。だが意外なことに、すぐに短気を起こしたりしなかった。留め金をこわすことなく、きちんととめる。それが自分にとってとても大切なことだと思っているかのように集中している。

にもかかわらず、ベルは思わず手をのばして留め金をとめた。ビーストはなにもいわなかったが、悲しげに片頬《かたほお》で笑った。

ベルもフックにかけてあった古びたマントをさっとはおって首もとでひもを結んだ。その優《ゆう》雅《が》な手つきはビーストが見とれてしまうほどだった。

準備が整うと、ビーストは扉《とびら》を開けて外へ出た。

ベルもあとに続いたが、敷居《しきい》をまたごうとしたとたん、なにかにつまずいた。ぐらりとよろめき、なに?ととまどいながらビーストに目を向ける。ビーストは顔をしかめながら足もとを指さした。敷居と外壁《がいへき》にそって一直線に土が盛《も》りあがっている。

初め、ベルはモグラかなにかが掘《ほ》ったせいかと思った。でもいまは冬だし、凍《こお》った土をこんなふうに掘《ほ》りおこせるだろうか。

得《え》体《たい》の知れない不安がこみあげてきて、はっとあることに気づいた。

この城はしずんでいるんだわ。

白いカビのように外壁《がいへき》をおおうクモの糸が、城を地中に引きずりこもうとしているのだ。このままでは城は地中にのみこまれ、まるでもともとなにもなかったかのようになるだろう。呪《のろ》いのせいで、この王国や城が永遠にわすれさられてしまう。

ベルは恐怖《きょうふ》にふるえながらビーストを見た。おたがいの目と目が合う。それだけで、なにもいわなくても、ふたりとも同じことを考えているのがわかった。

ベルは深く息を吸《す》い、マントをかき合わせて目の前の景色に視線《しせん》を向けた。

まぶしくて目がくらんだ。

太陽はいつの間にか雲にかくれていたが、空は白く明るい。木や地面も真っ白な雪におおわれている。ふんわりと積もっているだけなので、春のあたたかな風が吹《ふ》きはじめたらすぐに消えてしまいそうだ。とはいえ、いまはどこも白一色に染《そ》まっていて、空からも白い雪がちらちらと舞《ま》い落ちている。いつも薄暗《うすぐら》い城のなかとくらべれば、外はまばゆいばかりだ。

彫像《ちょうぞう》や生《い》け垣《がき》を締《し》めつけるように巻《ま》きついているあのねばねばした象牙《ぞうげ》色の糸でさえ、不気《ぶき》味《み》な光をほのかに発している。

ビーストが中庭を歩き出し、ベルもあとに続いた。ビーストのかぎ爪《づめ》のある足あとをたどっていく。ベルの足は、その大きな足あとの半分にやっととどくくらいだ。

左へ曲がり中庭に入った。ここは戦争のときには防御用《ぼうぎょよう》のとがった杭《くい》で埋《う》めつくされ、平和なときには民《たみ》や商人が集《つど》うような場所だったのかもしれない。だが、いまは、あまり手入れが行きとどいていない散歩用の庭といった風情《ふぜい》で、冬空の下とても寒々《さむざむ》としている。

だが殺風景《さっぷうけい》とはいえ、自然のままの美しさがあった。ジャン・ジャック・ルソー*9のような啓《けい》蒙《もう》思想家でなくても、流行を先取りしたいひとたちなら、この庭は〝自然回帰《かいき》〟を具現化《ぐげんか》しているとほめそやすかもしれない。でも、ビーストやあの熊手《くまで》のすがたをした年配《ねんぱい》の庭師がパリの庭の流行に興味なんてあるかしら。そんなことを想像して、ベルは思わずくすりと笑った。

中庭にはいたるところに蔦《つた》がはびこっていた。城にもっとおおぜいのひとが暮《く》らしていたときは、こんなことはなかったはずだ。鳥も好き放題《ほうだい》にふるまっていて、空から急降下《きゅうこうか》してきたキツツキが大きな音をたてながら朽《く》ちた木の洞《うろ》をつついて虫をつかまえ、あちこちで数《すう》羽《わ》ずつ集まっているハトが、犬や猫《ねこ》がいないのをいいことにわが物顔《ものがお》で地面に落ちた種をさがしている。

ベルはビーストのあとについて木を格子状《こうしじょう》に組んだアーチをくぐったとたん、はっと息をのんだ。ここは、かつては宝石箱《ほうせきばこ》のように美しいバラ園だったにちがいない。ベルサイユやローマの宮殿《きゅうでん》にある庭のように巨大《きょだい》ではないけれど、ほどよい広さのスペースにバラの木がセンスよく植えられ、そのあいだを曲がりくねった石畳《いしだたみ》の細い歩道がのびていて、まるでどこまでも続くバラの迷路といった雰囲気《ふんいき》だ。

背《せ》の低いノバラの上にツルバラが分厚い壁《かべ》をつくるように広がり、ミニチュアローズが植えられた石のプランターをハマナスがかこんでいる。植えられているのはバラだけだが、雑草《ざっそう》もずいぶんはびこっている。それだけでなく、蔦《つた》がバラ園をおおいつくさんばかりに石畳《いしだたみ》の歩道にそって這《は》っている。

ベルは不安な気持ちであたりを見まわし、いまは伸《の》び放題《ほうだい》のトピアリー[*10]にできた裂《さ》け目に目をとめた。あの裂け目から、枯《か》れて茶色くなった蔦でできた、あの気味の悪い蔦の像が出てくるかもしれない……。そう思いながら目を凝《こ》らしたが、そんなことは起こらなかった。

ベルの母が残したバラ園とはちがい、ここではほとんどのバラが冬の寒さで枯れていた。しおれた花もそのままだし、剪定《せんてい》もされず、もうずいぶん長いあいだきちんと手入れをされていないように見える。咲《さ》き終わった花や栄養分をうばうバラの実《ローズヒップ》を摘《つ》みとっていないせいで、枝は弱々《よわよわ》しく垂《た》れている。

いつもだったら、ベルは真っ赤なローズヒップをためらいもなくもぎとって、ぽんと口に放りこんでいただろう。すっぱいけれど、ビタミンと夏の太陽のなごりが口いっぱいに広がるのを味わったはずだ。母がつくったローズヒップティーを、父が家の棚《たな》の奥《おく》にかくしているのは知っている。父はそれをのもうとはしなかったが、それが入っている光沢《こうたく》のある袋《ふくろ》を鼻にあてて熟成《じゅくせい》した香りを吸《す》いこんでいるのを、ベルは何度か見たことがあった。

ここにいると悲しくなってくる。悲しいというより、切ないといったほうがいいかもしれない。失われたもの、あるいは手にしたことがないものを思って少し泣きたくなるような気持ちになる。

そう、母さんを思って。

母さんとずっと暮《く》らしていたら、こんなバラ園に連れてきて、バラの名前をひとつひとつ教えてくれただろうか。花を摘《つ》んで、わたしの髪《かみ》に飾《かざ》ってくれた？　娘《むすめ》のわたしのためにローズヒップティーをつくってくれた？

母さんがいたら、わたしが初潮《しょちょう》をむかえたときに、ラズベリーリーフティーをいれてくれただろうか。あのとき母さんがいてくれれば、痛《いた》みをおさえてくれるお茶や薬を自分で調べる必要はなかったかもしれない。

行き場のない気持ちをどうすることもできず、雪を踏《ふ》む足についカがこもった。

ビーストはベルの前を黙々《もくもく》と歩いている。ビーストはこのバラ園のことをどう思っているんだろう。とくにふさぎこんでいるふうでもないし、いつもの――怒《おこ》っていないときの――ビーストと変わらない。前かがみになって歩くようすからして、二本足で歩くのはビーストにとって不快《ふかい》で不自然であるだけでなく、苦痛《くつう》ですらあるのかもしれない。

走ってビーストに追いついたベルは、目の前にあるものを見てはっと足をとめた。そこは古い墓地《ぼち》だった。

これほど美しい墓地を見たのは初めてだった。

凝《こ》った装飾《そうしょく》が施《ほどこ》されたモダンな鉄の柵《さく》がこぢんまりとした敷地《しきち》をかこんでいて、柵の先のとがった部分は金箔《きんぱく》でおおわれている。墓碑銘《ぼひめい》を見て、ここに埋葬《まいそう》されているのは歴代《れきだい》の王や王《おう》妃《ひ》などの王族だとわかった。王位をつぐ前におさなくして命を落とした赤ん坊《ぼう》や子どもたちの墓《はか》もある。

ベルとビーストの正面《しょうめん》に、ほかのものより新しい墓があった。大理石《だいりせき》でできた表面は氷のようにつややかで美しく、まったく古びていない。墓石《ぼせき》の上部のまるみを帯びた部分に髑髏《どくろ》と十《じゅう》字架《じか》とバラの装飾《そうしょく》と、流れるような文字の碑文《ひぶん》が刻《きざ》まれている。

早逝《そうせい》せし国王と王妃、ここに眠《ねむ》る

しゃがんでじっとふたつの墓を見つめていたビーストは、大きな手をのばして墓に積もっている雪をはらい落とした。

ベルはビーストのとなりにひざをつき、その肩《かた》にそっと手をのせた。

「両親が亡《な》くなったとき、わたしは十歳《さい》だった」ビーストは力のない声でいった。「なぜ、両親が命を落としたのか理解できなかった。疫病《えきびょう》から身を守るために、できるかぎりのことはしたのだから。国境を封鎖《ふうさ》して城に閉《と》じこもり、ひどくまずい薬だってのんだのに……」味を思い出したのか、苦笑いを浮《う》かべる。「わたしはあれが大嫌《だいきら》いだった。のむたびにはき出しそうになって。城では、ほかにだれひとり死ななかったのに、両親だけが助からなかった。疫病にかかってから三日もしないうちに亡《な》くなったのだ。ふたりにふれることも、会うことさえ許されなかった。さよならをいう機会さえあたえられなかった」

そのとき、ベルはふとあることを思い出した。父さんと引きはなされて、牢《ろう》でわたしが泣きながら、さよならもいわせてもらえなかった、といったあと、ビーストの態度がそれまでとは少し変わった。わたしがこういったのを聞いていて、なにか感じるものがあったせいかもしれない。

「わたしまで死んでしまったら、この王国の王位継承者《おういけいしょうしゃ》がいなくなってしまう……だから、城のみんながわたしを守ろうとしたのだろう。両親から疫病《えきびょう》がうつらないように」ビーストは悲しげにいった。「だが、命を引きかえにしたってよかったのだ。母に最期《さいご》にだきしめてもらい、父から最期の言葉をかけてもらえるなら。ふたりがいなければ……生きていたってしかたがないと思ったしね」

ベルの頬《ほお》を涙《なみだ》が伝って落ちた。母親のことを知らないのと、知っていて失うのとどちらがましなんだろうか。

ビーストは体をふるわせた。「そのあと、城に残っていた者たちは、こぞって逃《に》げ出した……統治者《とうちしゃ》のいない王国にいたっていいことなんてないだろう？　十歳《さい》の王子しかいない時代おくれの王国なんて、そのまま落ちぶれていくのが目に見えるようじゃないか」

「ビースト……」ベルはやさしい声でいい、ビーストの太い腕《うで》をぎゅっとつかんだ。

ビーストは深いため息をついた。

「慣例《かんれい》にしたがい、一年間、王国は喪《も》に服した。そして喪が明けて、わたしの戴冠式《たいかんしき》をおこなうことになり、その前の晩《ばん》に……」

「わたしの母があらわれて、あなたを野獣《ビースト》のすがたに変えたのね」ベルが静かな声であとの言葉を引きとった。

「変えただと？」ビーストは暗い顔で皮肉っぽく笑った。「きみの母親、つまりあの魔女《まじょ》は、このままだったら魔法《まほう》なんか使わなくたって、わたしが野獣のように乱暴《らんぼう》な支配者になるにちがいないと思っていたのだ。まだ十一歳《さい》の少年に呪《のろ》いをかけるなんてあんまりだとは思うが、あの魔女がわざわざ戴冠式の前の晩《ばん》にやってきたのはなぜだと思う？　わたしが両親みたいなひどい支配者になるか試すためだ。そして、わたしはその試験に失敗した」

　ベルは口を開きかけた。わたしも十一歳《さい》の子どもに呪いをかけるなんてあんまりだと思うと伝えようとしたのだ。でも……もっと視野《しや》を広げてちがう角度から見ると、母さんがしたこともわかるような気がする。先代の国王と王妃《おうひ》は、人びとが豊かに幸せに暮《く》らしていた王国を、殺伐《さつばつ》として悪夢のような場所に変えてしまった。疫病《えきびょう》で苦しみながら死ぬひとがいようが見向きもせず、ほかのひととちがうというだけの理由でシャルマントゥが乱暴《らんぼう》されても、すがたを消してさえ、なにもしようとしなかった。

　母さんは王国から人びとやシャルマントゥがどんどん減《へ》っていくことに胸《むね》を痛《いた》め、残されたひとたちを守ろうとしただけなのかもしれない。

だとしても、やっぱり、十一歳の王子にあんな呪《のろ》いをかけて、親の重荷を代わりに背負《せお》わせるなんて、してはいけないことだと思うけれど。

「わたしだって両親がいい統治者《とうちしゃ》とはいえないと薄々《うすうす》気づいていた。子どもながらに両親のやり方はまちがっていると感じることもあった。両親に土地をとりあげられた王国の民《たみ》が、どうか返してほしいとうったえに来ても、いつも相手にせず追いはらっていた。それに、強盗《ごうとう》におそわれ、なんとかしてほしいと頼《たの》みに来たひとがいても、いつだって強盗は罰《ばっ》せられることなく野放《のばな》しにされていた……両親のことを、乳母《うば》が読んでくれた物語に出てくる暴君《ぼうくん》のようだと思ったこともある。

だから、夕べはかっとなったのだ。きみのいうとおりだと自分でもわかっていたから。だが……そんな両親も、もうこの世にはいない」ビーストの声がうなるように低くなっていく。「両親はたしかに過《あやま》ちをおかしたかもしれないが、もう終わったことだ。いまさら責めたてなくてもいいではないか！」

うなるような声が、吠《ほ》えるような声に変わる。ビーストは牙《きば》をむき出しにして目を閉《と》じると、声のかぎりに咆哮《ほうこう》した。それは、怒《いか》りや嘆《なげ》きが入りまじった、身を切るような悲痛《ひつう》な叫《さけ》びだった。ベルは、こんなにつらい叫びを聞いたのは初めてだった。ベルの頭に、大きな影《かげ》のようなものが失われたものをさがしもとめて、さびしそうに、いにしえの森をさまよいつづけているすがたが浮《う》かんだ。

雪がはげしくなってきた。ビーストの吐《は》く息は魔物《まもの》がふく火のように荒々《あらあら》しく、まるで雪をもとかしそうに思える。

ベルは雑草《ざっそう》や蔦《つた》がはびこるバラ園と、悲しみのただよう古い墓地《ぼち》を見つめた。とつぜん肌《はだ》を刺《さ》すような冷気を感じたかと思うと、大きな雪片《せっぺん》が舞《ま》い落ちていることに気づいた。なんだろう、と指でふれてみて気づいた。さわってもとけないなんて、これは雪じゃない……灰《はい》だ。この灰は、これから争いが起き、この地が焼きつくされて終わりをむかえることを暗示《あんじ》しているんだろうか。

フランスの森の奥《おく》深くにある、シャルマントゥが住むという王国を、善悪《ぜんあく》の判断すらまともにできないふたりの暴君《ぼうくん》が好き勝手に治めていた……そして、わたしの母がみずからの手で罰《ばっ》をあたえようと決断し、その子どもを試して呪《のろ》いをかけた。三人のふるまいは、まるでおのれこそ神だといわんばかりに傲慢《ごうまん》だ……。

ベルは深く息を吸《す》った。「ごめんなさい、ビースト」

ビーストは悲しげに笑みを浮《う》かべた。「こんなすがたになる前は、わたしにも名前があったのだ。ほんとうの名前が」

「なんていうの？」

「そんなもの、いまさらもうどうだっていい」ビーストは首を横にふりながらこう続けた。「たとえ……万《まん》が一《いち》、人間のすがたにもどれたとしても、もう以前のわたしとはちがう」

「そんな……」ベルは目に涙《なみだ》があふれてくるのを感じ、唇《くちびる》をかんだ。

「いや、それもそれほど悪いことではない」ビーストはおだやかな声でいい、ベルの手に自分の手を重ねた。まるでベルをなぐさめるように。「変わったほうがいいこともある。それを教えてくれたのはきみだ」

そう聞いて、ベルはなぜだか泣きたくなった。あの魔法《まほう》のバラを台無《だいな》しにしたのがわたしじゃなくても、呪《のろ》いをかけたのがわたしの母さんじゃなくても、ビーストを助けるためなら、なんだってしたい。はっきりとそう思えた。ベルはそんなふうに思う自分を不思議に思った。こんな気持ちは、これまで父さんにしか感じたことはないのに。

ベルはもう片方《かたほう》の手をビーストの手に重ね、ぎゅっとにぎった。

「なんとしてでも呪いをときましょう。ふたりで」

ビーストははっとしてベルを見つめたが、やがてもう片方の手をベルの肩《かた》にまわした。ベルがビーストのぬくもりのある体に身をあずけ、ふたりはそっと寄りそった。

＊8　顔の一部を植物であらわした人頭像《じんとうぞう》のこと。口もとから枝や葉がのび出た形になっているものが多く、イングランドの教会などに見られる

＊9　十八世紀フランスを代表する作家、啓蒙《けいもう》思想家。「自然に帰れ」と説《と》いた（一七一二年―一七七八年）

＊10　幾何学《きかがく》もようや動物の形などに刈《か》りこんだ樹木《じゅもく》。または、その技法

31 ガストン

少し前までの活気がうそのように、酒場《さかば》は重苦しく寒々《さむざむ》とした空気がただよっていた。真夜中をすぎていたが、夜明けの光をおがむにはまだ遠く、よからぬことをたくらむにはうってつけの時間だ。大きな暖炉《だんろ》の薪《まき》は残り少なく、火はほとんど尽《つ》きかけている。

ひとつだけ明かりの灯《とも》ったテーブルがあり、そのまわりに三人の人影《ひとかげ》が集まっていた。酒場にいるのは三人だけなのに、だれにも聞かれたくないとでもいうふうに顔をつき合わせている。

三人のうちのひとりは、いうまでもなくガストンだ。その特徴的《とくちょうてき》な大きな横顔は見まちがえようがない。そのとなりにすわっているのは、ガストンの子分《こぶん》のル・フウ。タンカード[*11]に入ったリンゴ酒《シードル》を、せわしなくちびりちびりとのんでいる。三人目は骨《ほね》と皮ばかりにやせこけた男だ。まるでミイラのように肌《はだ》につやがなく、ぱっと見ただけでは何歳《さい》くらいなのかわからないが、ガストンが注《つ》いだ高級リキュールの入ったグラスをもつ手つきは案外《あんがい》しっかりしている。妙《みょう》にてかてかした長い髪《かみ》をなでつけて、リボンで結ぶことなく後ろに垂《た》らし、話したり笑ったりするたびに見える歯は自前なのか入れ歯なのかわからないが、やけにきれいにならんでいる。

男からはいやなにおいもした。といっても男の体からではなく、服やマントや帽子《ぼうし》からただよってくるようだった。危険《きけん》な化学物質や腐敗物《ふはいぶつ》、嘔吐物《おうとぶつ》や排泄物《はいせつぶつ》が長い年月をかけて染《し》みついたような臭気《しゅうき》に鼻をむっとおそわれ、ガストンはさりげなく男から顔をそむけた。

「平日に、しかも真夜中に病院をはなれることはめったにないのだが、悪い話じゃないと聞いたものでね」男はそういうと、じっとだまりこんだ。グラスに置かれている黄ばんだ指を動かすこともない。

「おっしゃるとおりです。ムッシュ・ダルク」ガストンは精いっぱいていねいな口調でいった。気取《きど》った男を相手にするのは慣れていない。そういう必要にせまられることなどめったにないからだ。ガストンはコートのポケットから金貨《きんか》の入った袋《ふくろ》をとり出すと、テーブルの上に放りなげた。

ダルクは一瞬《いっしゅん》、むっとした表情を浮《う》かべた。ガストンの乱暴《らんぼう》な態度か、あるいは袋の大きさが気に入らなかったのか、どちらかはわからない。だが、ためらうことなく手をのばし、袋のひもをほどいてなかに入っている金貨を見るなり目を輝《かがや》かせた。口もとにはぞっとするような笑みが浮かんでいる。

「いいだろう……話を聞こう」

「じつはだな」ガストンは、まるでこれから敵《てき》の城を占拠《せんきょ》するかのように意気込《いきご》んで話しはじめた。「厄介《やっかい》なことになっちまって。ベルと結婚《けっこん》するつもりなんだが、そのためにはちょっとばかりベルを説得する必要があるんだ」

「ちょっとばかり説得する必要があるだって？　ベルにはきっぱりとふられたじゃないか」ル・フウが横から口をはさんだ。

ガストンはリンゴ酒《シードル》の入ったタンカードをもちあげるなり、おまえはだまってろというふうにル・フウの口に押《お》しつけた。ル・フウはぶつぶつ文句《もんく》をいいながらもガストンにしたがった。

ガストンは気をとり直すと、身ぶりをまじえながら話を続けた。「ベルの親父《おやじ》が変人だってことはみんなが知ってるが――」

「そんな言葉をむやみに使うべきではない」ダルクが静かだが威圧感《いあつかん》のある口調でいった。

「モーリスはいたってまともだ」

ガストンは怒《いか》りをあらわにしてテーブルにこぶしをたたきつけた。

「やつは今夜ここに来て、野獣《ビースト》がベルをつかまえて城の牢《ろう》に閉《と》じこめた、などとふざけたことをほざいたんだぞ！」

ダルクはガストンにちらりと視線《しせん》を投げ、かすかに眉《まゆ》を動かしただけで大きな反応は見せなかった。

「おそらく冗談《じょうだん》をいったのだろう」

ル・フウが首を横にふった。「いや、冗談でいってるようには見えなかった。するどい牙《きば》が生えていて、ばかでかい野獣だとかなんとかまくしたてて――」

「そうだ」ガストンがあきれたように肩《かた》をすくめて話に割《わ》ってはいった。「なのに、人間のように話すともいってたぞ」

「ほう、人間のように話す野獣か。そんな話はあまり聞いたことがない」ダルクは身をのり出した。「くわしく話してくれないか」

「そんなこと、どうだっていいだろう？」ガストンはわめいた。「大事なのは、モーリスはついに完全におかしくなっちまったってことだ。病院に閉《と》じこめられたモーリスを救い出すためなら、ベルはなんだってするはずだ」

「そうさ。ガストンと結婚だってするだろうね」とル・フウがいうと、ガストンはル・フウをにらみつけたが、否定《ひてい》はしなかった。

「なるほど」ダルクがぎらついた笑みを浮《う》かべた。「ふだんのわたしなら、きみが美しい娘《むすめ》さんと結婚するために、まともな人間を病院に放りこむなんて計画に手を貸したりはしないんだがね。たとえ金を積まれようとも。だが、きみの話には大いに好奇心《こうきしん》をそそられた……わかった。協力してやってもいい」

「よしきた！　じゃあ乾杯《かんぱい》といこう！」ガストンがビールの入った大きなタンカードを勢いよくかかげると、白い泡《あわ》がこぼれた。ル・フウはリンゴ酒《シードル》の入った小さなタンカードをかかげる。続いて、ダルクがリキュールのグラスをもちあげたが、その目には邪悪《じゃあく》な光が宿っていた……。

＊11　取っ手とふたのついた大ジョッキ

32 暴《あば》かれた罪

雪が舞《ま》い落ちるなか、ベルとビーストは静かに寄りそっていたが、しばらくするとビーストが立ちあがり、ベルに手を差し出した。ベルがその手をとって腰《こし》をあげ、ふたりは来た道をもどりはじめた。

「せっかく城の外に出てきたことだし、厩舎《きゅうしゃ》を見てみたいんだけど案内してもらえる？」ベルはふと思いついたことを口にした。

ビーストはおどろいたようにベルを見た。

「いきなり、どうしてだ？」

「自分でもよくわからない……でも、アラリック・ポットがすがたを消したことが気になって……。まだ夜が明ける前に、窓《まど》ガラスにできた氷の膜《まく》に馬にのっているひとが映《うつ》っているのを見たんだけど、あのまぼろしには意味がある気がするの。あの乗り手がアラリックじゃなかったとしても、馬になにか関係があるはずよ。この城で馬にかかわる場所といえば厩舎しかないいし、行けばなにか気づくことがあるかもしれない」

「そのまぼろしに映《うつ》っていた乗り手が、どんな外見をしていたか覚えているか？」ビーストが興味深げにたずねた。

「氷の膜《まく》に映っていた場面は夜で暗かったから、はっきりとは見えなかったんだけど、父と母と知り合いみたいだった。すらりとして背《せ》が高くて、ちょっとがに股《また》で……」

「アラリックもすらりとして背が高かった。だが、わたしはまだ子どもで小さかったから、大人のことはだれでもそう見えただけかもしれないが……」

ベルはくすくすと笑った。「小さいあなたなんて想像もつかない」

ビーストもつられて照れくさそうに笑う。と、そのとき、耳がぴくりと動いたかと思うと、ビーストはさっとふりむいた。ベルもビーストの視線《しせん》の先を追う。すると、スズメが伸《の》び放題《ほうだい》のトピアリーのすきまにいるのが見えた。ビーストのもとになっている動物が犬かオーロックス[*12]かなんなのかはわからないが、ビーストがスズメを見てわれをわすれ、興奮《こうふん》してしっぽをふっているのはどうやらまちがいない。

ベルはビーストの手首をたしなめるようにそっとたたいた。

ビーストははっとわれに返り、決まり悪そうに苦笑いすると、ふたたび歩きはじめた。

厩舎《きゅうしゃ》は城壁《じょうへき》の外ではなく城の主要な大小の塔《とう》の近くにあり、ここも、ベルの部屋がある塔と同じように象牙《ぞうげ》色のクモの糸におおわれはじめていた。石づくりの古い厩舎の一点をめがけて蛇行《だこう》してきた太いクモの糸が、何本にも枝分かれしながらじわじわと壁《かべ》を這《は》いのぼり屋根に向かって広がっている。

この先どんなことが待ちうけているのかはわからないけれど、このクモの巣がおそろしい結末を暗示《あんじ》しているのはまちがいない……。でも、うろたえてはだめ、落ち着くのよ、とベルは自分に言い聞かせた。

糸と糸のあいだに、ベルの部屋の窓《まど》ガラスと同じように薄《うす》い氷の膜《まく》が張っていて、ベルはその前で足をとめた。また、まぼろしが見えるかもしれない。

思ったとおりだった。

氷の膜に映《うつ》っていたのは酒場《さかば》だった。酒場はとてもにぎやかそうに見えるのに、音がまったく聞こえないせいで、ものさびしくて薄気味《うすきみ》悪く感じられる。父のモーリスがいて、ふたりの男と乾杯《かんぱい》している。男のうちの片方《かたほう》はおだやかにほほえみながらビールをのみ、もう片方は薄《うす》い笑みを浮《う》かべているが、その目は石炭《せきたん》のように真っ黒で、どこか不穏《ふおん》な暗い光を帯びている。

「ねえ、これを見て――」とベルがいいかけたとき、雲間《くもま》から日が差して照らされたとたん、まぼろしは消えた。どうやらこのまぼろしは日の光に弱いらしい。

ビーストは厩舎《きゅうしゃ》の両開きの扉《とびら》を開けてなかに入ろうとしているところだった。ベルも寒さから逃《のが》れられることにほっとしながら急いであとを追う。なかは、かびくさいにおいがこもっていて、排泄《はいせつ》したばかりの馬の糞《ふん》のにおいも新しい干《ほ》し草のにおいもまったくしない。えさは、おそらくネズミに食い荒《あ》らされたのか飼《か》い葉桶《ばおけ》にわずかに残っているだけで、薄《うす》茶色に干《ひ》からびている。

「どうやらこの十年間、ここには足を踏《ふ》みいれていなかったみたいね」ベルは馬房《ばぼう》をひとつひとつのぞきこみながらいった。

「最後に来たのは、馬たちを自由にしてやったときだ」ビーストはため息をついた。「といっても、それ以前も、めったに来ることはなかった。アラリックが……すがたを消したあとしばらくして、両親はべつの厩舎長《きゅうしゃちょう》を雇《やと》ったんだが、その男は、王子たる者が厩舎なんかにしょっちゅう出入りするのはよくないという考えだったのだ。だからわたしは、すでに鞍《くら》をつけて連れてこられた馬にのるだけになった。どれほどここに来たかったたか。ここは居心地《いごこち》がよくて、ほっとできたからね。馬のやわらかい毛にさわるのも、馬のにおいも好きだった……」ビーストはそういいながら、眉《まゆ》をひそめて鼻をひくつかせた。

「お気に入りの馬はなんていう名前だったの？」ベルは飼い葉桶のなかをつつきながらきいた。

「ライトニング。足の速い、大きくて美しい馬だった」

ビーストはそう答えながら、なにかが気になっているようすだった。

厩舎のなかには、厩舎長が仕事をするためのスペースが確保《かくほ》してあり、作業用の大きな机《つくえ》が置いてあった。近くの棚《たな》には、鞭《むち》などのさまざまな道具や、薬の入った小さな袋《ふくろ》などがならんでいる。ベルは自分がなにをさがしているのかもわからないまま、ひとつずつ調べていった。

棚はほこりにまみれていたが、とくに変わったものは見あたらない。

ベルはため息まじりにいった。「わからない。こんなことをしてなにになるのかしら……」

そのとき、ビーストが大きく鼻を鳴らしながらきょろきょろしはじめた。ベルはおどろいて思わずあとずさりした。

「ネズミでも狩《か》るつもりなの？　そんなの見たくないからやめて」

「ちがう……これはなんのにおいだ？」ビーストは大きな鼻にしわを寄せた。「こんなにおいは、いままで嗅《か》いだことがない」

ベルはにおいに集中しようと目を閉《と》じた。前に読んだことのある『ワイン商人による、フランスのワインを正しく分類するための入門書』には、高級ワインからほのかに立ちのぼるさまざまな香りについて書いてあった。粘板岩《ねんばんがん》や樹皮《じゅひ》、チェリーや聞きなれない名前のハーブ……どれもどんな香りなのか想像するしかなかった。ベルの住む村にはリンゴ酒《シードル》と産地のわからない安い食卓用ワイン《ヴァン・オルディネール》しかなかったからだ。

そんなベルに嗅《か》ぎ分けられたのは、かびくさいなかにかすかにただよう、古い干《ほ》し草とほこりとネズミのにおいだけだった。

「かびくさいにおいくらいしかしないけど」

「いや、なにかが……腐《くさ》ったようなにおいがしないか？　長いあいだ、なにかが放置されたまのような……」

ビーストはベルをそっと押《お》しのけると、ヘビや猟犬《りょうけん》のように頭を動かしながら、石づくりのひんやりとした厩舎《きゅうしゃ》のなかを這《は》うように進んだ。その動きは獣《けもの》のようにしか見えなくて、ベルは思わず目をそむけそうになった。

「ここだ」とビーストはいい、いちばん大きな馬房《ばぼう》のすみを指さした。トリュフをさがすブタのように土を掘《ほ》りはじめる。

「でも、わたしにはそんなにおいは……」

そのとき、ベルはあることに気づいた。ビーストが掘っている場所はほかよりも土が盛《も》りあがっていて、周囲の石壁《いしかべ》もところどころ欠けている。まるで、その部分を掘りおこそうとしたときにシャベルがあたってしまったみたいに。

ビーストがかぎ爪《づめ》で掘るようすを見ていても、ほかよりも土がやわらかそうだ。

とつぜん、なにかが大きく裂《さ》けるような音がした。

ベルはその音におどろき、肩《かた》をびくりとさせた。

ビーストのかぎ爪に布切れがひっかかっていた。青い薄手《うすで》の織物《おりもの》だ……城のこういった場所の力仕事で使いそうな厚手《あつで》のキャンバス地の袋《ふくろ》でもなく、革製《かわせい》の鞍《くら》や荷鞍《にぐら》や馬用の毛布《もうふ》の一部でもない。

どう見ても、服の切れ端《はし》だ。

「掘りつづけて」とベルはふるえる声でいった。土の下に埋《う》まっているものを想像しまいとしても、どうしても頭に浮《う》かんできてしまう。

ビーストはかぎ爪にひっかかっていた布切れを放りなげ、アナグマのように勢いよく土をかき出しはじめた。ベルは見たくないと思いながらも、気づくと身をのり出していた。

ビーストがとつぜん地面にすわりこんだ。ゆっくりとした動きで、そっと土をはらいのけていく。

「見つけた」ビーストはしずんだ声でいった。

ベルはそこにあるものをたしかめようとビーストの肩《かた》ごしにのぞきこんだ。声にならない悲鳴が喉《のど》をつきやぶる。

穴《あな》の底には、朽《く》ちて骨《ほね》があらわになった死体が横たわっていた。


ぼうぜんとしていたベルは、しばらくしてわれに返った。どうやら気は失わなかったらしい。本に出てくるヒロインは、ときにはヒーローでさえも、骸骨《がいこつ》や死体を見つけるとたいてい泣きさけんだり、悲鳴をあげたりして過剰《かじょう》な反応をしめす。

だがじっさいに経験してみると、声すら出なかった。それに、ぼろぼろの服のあいだに見える乾燥《かんそう》した皮膚《ひふ》、象牙《ぞうげ》色の頭蓋骨《ずがいこつ》や落ちくぼんだ眼窩《がんか》を見たショックから立ち直ってくると、ベルは自分が少なからず死体に魅《み》せられているのに気づいた。これほど傷《いた》んだ死体をこんなに近くで見たのは初めてだったのだ。

ビーストは顔をしかめて低いうなり声をあげていたが、やがて横向きになった死体の上に身をのり出すと、かぎ爪《づめ》を引っこめた手でまさぐりはじめた。しばらくそうしていたが、ふと手をとめて、なにかをもちあげた。それは、ベルトのバックルだった。革《かわ》の帯の切れ端《はし》がぶらさがり、上部には馬の頭の飾《かざ》りがついている。

「この死体は……アラリック・ポットにちがいない」ビーストがかすれた声でいった。「このバックルがついたベルトは、アラリックへの結婚祝《けっこんいわ》いとして、わたしの両親が贈《おく》ったものだ……」

ベルははっと口に手をやった。ふっと気を失いそうになる。だれだかわからない死体を見るのと、さっきまで話題にしていたひとが、朽《く》ちて骨《ほね》になったすがたで目の前にいると理解するのとではまったくちがう。この遺体《いたい》はビーストが大好きだった厩舎長《きゅうしゃちょう》であり、あの小さなチップの父親なのだ……。

「両親は、アラリックが王国から逃《に》げ出したといっていた。それも、このわたしのせいで!」

ビーストは、この日、二度目の悲痛《ひつう》な叫《さけ》びをあげた。その咆哮《ほうこう》が厩舎じゅうに響《ひび》きわたり、ベルは思わず耳に手をやった。なんて悲しげな叫び声なんだろう。

やがてビーストは口をつぐみ、バックルを遺体《いたい》の上にそっと置いた。まるで英雄《えいゆう》ベーオウルフ*13の亡骸《なきがら》に魔除《まよ》けや剣《けん》を横たえるように。

「でも……どうしてアラリックはここに……」ベルは〝埋葬《まいそう》された〟といおうとしたが、こんなところに遺体を埋葬するわけがない。

ビーストは悲しみと怒《いか》りがまじった表情を浮《う》かべながらも、掘《ほ》った穴《あな》のなかから遺体をそっと運び出した。遺体を地面に仰向《あおむ》けに寝《ね》かせたとき、胸《むね》にナイフがつき刺《さ》さっているのがはっきりと見えた。

ベルははっと息をのんだ。

動揺《どうよう》をおさえながらこうつぶやく。「殺されたのよ。アラリックはだれかに殺されたんだわ」

ビーストは遺体《いたい》をじっくりと調べたあとこういった。「ただ殺されただけではない。正面《しょうめん》から刺《さ》されている。ふたりがかりで、反撃《はんげき》されないようひとりが後ろからアラリックを羽交《はが》い締《じ》めにしたとも考えられるが、おそらく顔見知りのだれかに殺されたのだろう。それもいきなり」

ベルは遺体のそばにひざをついた。頭のなかをさまざまな考えが駆《か》けめぐる。目の前のこんなすがたになってしまったアラリックが、まぼろしのなかで馬にのっていたひとと同一人物なのかどうかはわからない。「それはどんなナイフ?」

ビーストは少し乱暴《らんぼう》ともいえる手つきで、アラリックの胸《むね》からナイフを引きぬいた。顔を近づけて観察《かんさつ》しながら眉《まゆ》をひそめる。料理や狩猟《しゅりょう》などで日常的に使うナイフとくらべるとずいぶん細長い。柄《え》もふくめてすべて金属でできていて、柄《え》の先端《せんたん》は細くてハート形になっている。

「変わったナイフだ」ビーストがいった。

ベルは眉間《みけん》にしわを寄せた。「ナイフというより、外科医が手術で使う器具みたいね。フランスの医療《いりょう》器具開発者が手術について書いた本にのっていたのと似てるわ」

「どうして手術について書いてある本なんか読んだのだ？」ビーストがいぶかしげにたずねた。

ベルは肩《かた》をすくめた。「去年の冬、村の書店にそれしか新刊本《しんかんぼん》がなかったのよ。ほかに読む本がなくて。そんなことより、どういうことかしら。アラリックは医者か医者の助手に殺されたということ？　それとも、アラリックがこの器具を馬に使ってたとか？」

「いや、ちがうだろう。アラリックが大きな馬の世話をするのに、そんな繊細《せんさい》な器具を使っていたとは思えない」

ベルは顔をしかめた。「ほかに、なにか手がかりになりそうなものはある？」

ビーストが複雑《ふくざつ》な表情を浮《う》かべたのを見て、ベルは、ビーストがアラリックをとても慕《した》っていたことを思い出した。たとえビーストが子どものころ、王族と召《め》し使いはちがう階級だと考えていたとしても、亡骸《なきがら》をあちこちさわるのは亡《な》くなったひとを冒瀆《ぼうとく》するようで抵抗《ていこう》があるのかもしれない。だが、アラリックのためにもベルのいうとおりにしたほうがいいと思い直したのだろう。手がかりになりそうなものをさがして遺体《いたい》を調べはじめた。

ぼろぼろのジャケットの下に手を入れてさぐっていたとき、ビーストが大きく目を見開いた。なにか見つけたらしい。引っぱり出すと、それは革表紙《かわびょうし》の手帳のようだった。

ベルはビーストのそばへ行き、その大きな手から手帳を受けとると、慎重《しんちょう》な手つきでページをめくりはじめた。湿《しめ》り気《け》を帯びた手帳は腐《くさ》りかけていて、いまにもばらばらにくずれ落ちそうだ。

「なにが書いてある？」ビーストがせっついた。

ベルは開いてあったページに目を凝《こ》らしながら読みあげた。「〝六月四日。クラリッサはきれいだ。だが、身持ちのかたい女性ではないようなので、残念だが結婚《けっこん》相手にはふさわしくなさそうだ。といっても、ながめているぶんにはいい〟ああ、これは日記みたいね」

ビーストは、日記の内容があまり気に入らなかったのか軽く肩《かた》をすくめるとこういった。「続けてくれ」

「〝六月二十一日。チャンピオンの右の後ろ脚《あし》のひざの下に小さな膿瘍《のうよう》ができていて心配だ。動物の言葉を話せるシャルマントゥはみんないなくなってしまった……ボールドリックの湿布《しっぷ》を貼《は》ってまじないをかけてもらえればすぐに治るだろうに。どうすればいいんだ？〟」

「馬か」ビーストはうれしそうに笑みを浮《う》かべた。「馬は女性と同じくらい大事ということだな」

「・・・・・・・・・アラリックにとってはそうかもしれないわね」ベルは、女性と馬をいっしょくたにあつかうなんて、と少しむっとしたが、なるべく客観的に聞こえるよう意見を述べると、こう続けた。

「じゃあ、最後の日づけを読むわね。〝八月十日。これじゃ馬たちがかわいそうだ。国境を封鎖《ふうさ》するのが最善《さいぜん》の策《さく》だというのはわかるが、こんな状態が続けば馬たちもおかしくなってしまうだろう。とりあえず、今夜Mのところへ行くときは、どこかべつの場所から馬を調達《ちょうたつ》するしかない〟

「Mってだれかしら。だれであろうと、馬で行かなきゃいけない場所に住んでるってことよね」

「アラリックを殺した人物についてなにか書いてないのか？」ビーストがじれったそうにたずねる。

「書いてないわね……あっ、ううん、あった。〝おれを殺しにだれかが階段《かいだん》をのぼってくる。その正体《しょうたい》は……！〟

「厩舎《きゅうしゃ》に階段はないぞ」

「ごめんなさい、冗談《じょうだん》よ。だれかと仲たがいしたとか、そういったことすら書いてないわ」ベルはページをめくった。「最後のページはリストみたいね……人名とか地名なんかがずらりと書いてある……ノース・カントリー・ロード、サウス・ボールダー・バイパス、リバー・ラン……知ってる？」

「この王国を出入りするのに使うおもな道路の名前だ」ビーストはベルの肩《かた》ごしに手をのばし、手帳のリストをかぎ爪《づめ》でつついた。「人名のいくつかには見覚えがある……たしか、衛兵隊《えいへいたい》の隊長たちだ。これは、彼《かれ》らのうちのだれが、いつ、どの国境を警備《けいび》しているかをまとめたリストだろう」

「でも、ふつう厩舎長《きゅうしゃちょう》がそんなことに興味をもつ？　密輸《みつゆ》をたくらんでいたなら話はべつだけど……」ベルはどういうことか考えながらページを前のほうにめくった。「〝五月十六日。厩舎の干《ほ》し草置き場に小鬼《こおに》のゴブリンの友人がかくれているのを見つけた。かわいそうに、シャルマントゥを標的《ひょうてき》にしているやつらにつかまりそうになり、森をぬけて国外へ逃《に》げようとしたのに、国境にいた衛兵《えいへい》たちに追いかえされたらしい。それもかなり乱暴《らんぼう》に。どうしたらいいんだ？〟

〝六月十七日。ゴブリンの友人はまだ厩舎にいるが、薄々《うすうす》感づいていそうなひともいる。もし、おれがシャルマントゥをかくまっていることが国王か王妃《おうひ》の耳に入ったら、おれもゴブリンもただではすまないだろう……。とりあえず、今日も城の厨房《ちゅうぼう》からゴブリンが食べられそうなものを分けてもらった。Bの寛大《かんだい》さと口の堅《かた》さに感謝だ〟　Bってだれのことかしら」

「ベアトリス《Beatrice》だろう」ビーストがいった。「ベアトリス・ポット夫人」

「ベアトリス……」とベルは繰《く》りかえし、磁器《じき》のティーポットが人間のすがたになったところを思いうかべようとした。だが、うまくいかなかったので、ふたたび日記を読みはじめた。

「〝六月十八日。いよいよ計画を実行する。深夜零時《れいじ》をすぎたら、ゴブリンを大きな馬にのせて森をぬけて川をこえ、Mが住んでいる村へ行こう。むかしからある狩猟《しゅりょう》用《よう》の道を行くか、あるいは西側の道を行って見逃《みのが》してくれそうな衛兵《えいへい》をさがすか、どちらかだ。とにかく国境をぬけられれば、Mとその妻が力を貸してくれるはずだ〟」

「アラリックはシャルマントゥが王国から逃《に》げ出すのを助けていたようだな」ビーストが思案《しあん》顔《がお》でいった。「だが、それだけの理由でひとを殺すだろうか。どれほど魔法《まほう》を嫌《きら》っていようと、シャルマントゥをひとり助けただけで命までうばうとは思えない」

ベルはさらに前のほうのページを開いた。

「〝二月二十七日。今日はおれの結婚式《けっこんしき》だった！　Bと一生、幸せに添《そ》いとげるつもりだ。願わくば、Bの手料理で、おれのこのひょろひょろした体がもう少しりっぱになってくれたらいいのだが！〟」

「その日のことは覚えている」ビーストがしんみりといった。「城のみんなが、といっても召《め》し使いたちのことだが、心からふたりの結婚を祝福《しゅくふく》していた。ケーキやシャンパンもふるまわれて。わたしも自分の部屋をぬけ出して、こっそりのぞきにいったのだ」

ベルは続きを読みはじめた。

「〝Mとその妻も結婚式《けっこんしき》に出席できたらどんなによかっただろう。だが、ふたりは手を尽《つ》くしてバラの花をお祝いとして贈《おく》ってくれた。天にものぼるようないい香りのする白いバラだ。これがおそらく魔法《まほう》のバラだとはBにもほかのだれにもいっていない。Bには目のつくところには置かず、キャビネットの奥《おく》に大切にしまっておくようにとは伝えたが〟」

ベルは目を見開いた。

「魔法のバラ？　じゃあMって……モーリス《Maurice》よ！　アラリックはゴブリンをMが住んでいる村へ連れていった。それって、わたしの家よ！　でも、どうしてわたしはそれを覚えていないのかしら」

「そのころのきみは、まだおさなかった。しかも夜更《よふ》けだ。ご両親は、きみを守るために、そういった危険《きけん》なことから遠ざけようとしたんじゃないだろうか」

ベルは手で額《ひたい》をこすった。娘《むすめ》や夫を置いてすがたを消し、十一歳《さい》の子どもに呪《のろ》いをかけたひとが、自分や家族を危険にさらしてまでも迫害《はくがい》から逃《のが》れようとしている仲間をかくまい、逃《に》がすのに手を貸した。母さんはなぜこんなにも複雑《ふくざつ》なんだろう。おとぎ話に出てくるフェアリーゴッドマザーみたいにいいことしかしないとか、邪悪《じゃあく》な魔女みたいに悪いことしかしないとかいうのだったらわかりやすいのに。

ベルはさっき読んだページが気になって読み直した。「〝薄々《うすうす》感づいていそうなひともいる。

もし、おれがシャルマントゥをかくまっていることが国王か王妃《おうひ》の耳に入ったら、おれもゴブリンもただではすまないだろう〟」ページがぼろぼろのせいで、さっきは読み落とした箇所《かしょ》があった。「〝それに、計画を実行したらRやRの家族までも危険に巻《ま》きこむことになる……〟」Rってだれ？

そのとき、ビーストがいぶかしげに遺体《いたい》を見つめながらこういった。

「やはり、シャルマントゥをひとり助けただけで命までうばうとは思えないのだが……」

ベルは肩《かた》をすくめた。「そうね、わたしもそう思うけど……真相《しんそう》はわからない。でも、母もアラリックもすがたを消し……ふたりは知り合いで、いっしょに仲間を助けようとしていた……。それに、母はわたしにこう警告《けいこく》したの。城の鏡の破片《はへん》に映《うつ》し出されたおそろしい顔がいったのよ。裏切《うらぎ》り者がいるって。どういうことかしら」

ビーストは片方《かたほう》の眉《まゆ》をあげた。「アラリックに裏切られて、きみの母親がアラリックを殺したんじゃないいか？」

「城じゅうに呪《のろ》いをかけたり、蔦《つた》の像《ぞう》を思うままにあやつったりできるひとが、だれかを殺そうとするときに、刃物《はもの》で刺《さ》すという方法を選ぶとは思えない」ベルは冷静に分析《ぶんせき》した。「でも、あなたの推測《すいそく》どおり、アラリックが顔見知りのだれかに殺されたのなら、その人物はわたしの母と父とも知り合いだったかもしれない。きっと、母と父とアラリックの三人とも裏切《うらぎ》っただれかよ」

ビーストは大きな手で首の後ろを掻《か》いた。途方《とほう》に暮《く》れたときによく見せるしぐさだ。

しばらくしてビーストが口を開いた。「それが、きみの母親を見つけることとどう関係があるんだ？」

「わからない。でも、わたしの母に対する見方が変わったのはたしかよ」

母さんは、わたしや父さんを置いてみずからすがたを消したんじゃないのかもしれない。きっと、どこかへ連れさられたか……殺されたんだわ。ベルは母親が殺されたなんて考えたくもなかったが、胸《むね》の奥《おく》にひそんでいた痛《いた》みがやわらいでいくのを感じた。何年ものあいだかかえつづけてきたわだかまりがとけていく。母さんなんかいなくても、父さんがいれば幸せよ、といつもいっていたけれど、それは自分を守るための強がりだったといまになってようやく気づいた。

わたしは母さんに捨《す》てられたわけじゃない。

「もし、きみの母親が亡《な》くなっていたら、呪《のろ》いをとくことなんてできるのだろうか」ビーストがいった。ベルには、ビーストがいらだちをこらえ、なるべく落ち着いた口調で話そうとしているのがわかった。

「わからない。わたしにもわからないのよ」

ベルはため息をつき、手がかりをさがして日記をめくりはじめた。

「ねえ、聞いて。〝四月三日。今日、おれは父親になった。息子の名前はシャルルマーニュ・アリステア・ポット。今朝、大きな産声《うぶごえ》をあげて生まれてきた！　元気いっぱいだ。Bもおれが世話してる馬に負けないくらい、いたって元気でほっとしている。この子とMの小さな娘《むすめ》がいずれ会う日が来るかと思うとわくわくする！　おれは年上の女性が好きだから、シャルル坊《ぼう》やもそうなるかもしれないぞ！〟」

ベルは、わたしのいいたいことわかる？という目でビーストを見つめた。でも、ビーストは案《あん》の定《じょう》、なにがいいたいのかさっぱりわからない、という顔をしている。

「このシャルルはチップよ」

「それはわかっているが……」ビーストは、だからどうしたという表情でベルを見つめかえす。

ベルはしびれを切らしてこういった。「わたしがいいたいのはね、チップとわたしは、じつは年が近かったんだってこと。チップは十年前、呪《のろ》いをかけられたとき五歳《さい》だった。いまもずっと五歳《さい》のままだけど、ほんとうなら、チップはわたしより少し年下なだけなのよ。ふつうに年を重ねていたら……ティーカップに変えられていなかったら」

「ああ、なるほど。そうだな、ほんとうならチップはいまごろ十五歳になっているはずだ。わたしの従者《じゅうしゃ》になっていたかもしれないし、成功を夢見て広い世界へ飛び出していたかもしれない。だが……結局は、そんなチャンスさえあたえられなかった」ビーストは体をふるわせた。いつもだったら怒《いか》りが爆発《ばくはつ》する寸前《すんぜん》にこんな動きをする。だがいま、その大きな目には悲しみが満ちていた。

ふたりはだまりこんだ。宙《ちゅう》に目を向けたり、日記に視線《しせん》を落としたりしていたが、じつのところふたりともなにも見てはいなかった。

しばらくして、どちらからともなく見つめ合った。目を見れば、おたがいが同じことを考えているのがわかった。

「もどりましょう。ポット夫人に伝えなきゃ」ベルはかすかにふるえる声でいった。

「いや、ここにいたい。いっそのことずっといたっていい。ネズミをとって暮《く》らして……」

「アラリックのことを、ずっとポット夫人にだまっているつもり？　どんなにつらくても、知らないままより知ったほうがいいこともあるわ」ベルは深いため息をもらした。村でだれかが亡《な》くなると、父は柩《ひつぎ》をかついだり、墓を掘《ほ》ったりする役を引きうけることがあった。いつもは変わり者あつかいされていたけれど、いざというときは親切でしっかりした人物として頼《たよ》りにされてきた。文明の進んだこの十八世紀においても、日々《ひび》の暮《く》らしから完全に死を追いやることはできない。悲しみやつらいことにも向き合わなければならないのだ。

ベルがビーストの腕《うで》をとると、ふたりは重い足取りで城へもどっていった。

＊12　ウシ科の哺乳類《ほにゅうるい》に属する絶滅種《ぜつめつしゅ》。ヨーロッパ系の家畜《かちく》牛の祖先《そせん》とされている

＊13　イギリス最古の英雄叙事詩《じょじし》。作者未詳《みしょう》。頭韻《とういん》を踏《ふ》んだ長詩で八世紀初めの作。英雄ベーオウルフが怪物《かいぶつ》や火を吐《は》くドラゴンを退治《たいじ》する武勇物語

33 永遠の眠《ねむ》り

アラリックの葬儀《そうぎ》は簡素《かんそ》で悲しみに満ちたものだった。ビーストの強い主張で、アラリックは王族のための墓地《ぼち》に埋葬《まいそう》され、墓石《ぼせき》には、彼《かれ》がいかに勇敢《ゆうかん》で無私無欲《むしむよく》な男であったかが刻《きざ》まれた。城の秘書官《ひしょかん》——いまは物のすがただが、かつては人間だった——が取り仕切る葬儀には城じゅうの召《め》し使いが参列し、コグスワースやルミエールなど多くの仲間たちが、アラリックの魅力《みりょく》あふれる人柄《ひとがら》をほめたたえ、思い出を語った。

羽《はね》ぼうきは、アラリックがシャルマントゥを助けたことに嫌悪感《けんおかん》を抱《いだ》いているようすだったが、葬儀のあいだはそんなことを口には出さず、むっつりとだまりこんでいた。ベルは羽ぼうきを見つめながら考えをめぐらせた。母さんが警告《けいこく》した〝裏切《うらぎ》り者〟って、この羽ぼうきのことだろうか。たしかにこの羽ぼうきはシャルマントゥに対して偏見《へんけん》をもっている。でも、だからといってアラリックを殺したとは思えない。といっても人間だったとき、どんな人柄《ひとがら》だったのかはわからないけれど……。

雪がちらつきはじめた。だが、ここにいる〝生きた物〟たちは雪の冷たさを感じることはできないだろう。ベルは物たちが、それぞれなにか黒いものを身につけているのに気づいた。衣《い》装《しょう》だんすは黒いレースの小さな敷物《しきもの》を身につけ、コグスワースとルミエールは体の細い部分に黒いリボンを結んでいる。

　ポット夫人は黒いティーポットカバーをかぶっていた。悲しみをこらえながら気丈《きじょう》にふるまい、チップと寄りそっている。チップはとまどいと悲しみをかかえているように見えた。父親は十年以上も前に亡《な》くなっていた。チップの心のなかでは、父親は伝説や神話のなかに出てくる登場人物と同じような存在《そんざい》なのかもしれない。愛し、愛されるはずだった父親については、なにかおそろしいことが起きて命を落とした、ということぐらいしか知らないのだ。

　凍《い》てついた地面に割《わ》れ目を入れ、その下のやわらかい土を掘《ほ》りすすめるにはビーストの力が必要だった。そして、掘った穴《あな》に急ごしらえでつくった柩《ひつぎ》をおろしたのもまたビーストだった。召し使いたちは、それぞれの体の手の代わりになるような部分を使って順番に柩の上に土を落としていった。最後に、庭師の熊手《くまで》とその弟子《でし》たちが墓前《ぼぜん》を整えた。

　召し使いたちが列をつくってぞろぞろと城へもどりはじめても、ポット夫人はその場に残ってアラリックの墓《はか》を見つめていた。チップは、ほかの子どもたちといっしょに列の前のほうにいる。チップにわかっているのは、なじみのない、悲しくて重苦しいことが終わったということだけだ。ベルは雪の積もる地面にひざをつき、ポット夫人に寄りそった。

「ほんとうにごめんなさい」

なんだかわたし、この城へ来てから、ごめんなさいってあやまってばかりいる。ベルは、ふと気づき悲しくなった。

「あなたがあやまる必要なんてありません。あのひとを見つけてくれて感謝してるくらいなんですよ」ポット夫人はアラリックの墓《はか》のほうを向いたまま、注《つ》ぎ口《くち》を小さくふるわせながらいった。「少しですが、心が安らかになったんですから。あのひとになにが起きたかわかったおかげで……。あのひとは英雄《えいゆう》です」秘密《ひみつ》を打ちあけるようにしてこう続ける。「あのひとがなにをしているのか、薄々《うすうす》感づいてはいたんです。厨房《ちゅうぼう》の食べ物をこっそり分けてほしいとよく頼《たの》まれていたものですから。けれど、くわしいことは話してくれませんでした。なにか起きたときに、わたしやチップを巻《ま》きこみたくなかったんでしょうね」

「妻と息子を守りたかったのね」ベルはうなずいた。ベルもビーストも、アラリックに刺《さ》さっていた刃物《はもの》をポット夫人にまだ見せていなかった。夫が遺体《いたい》となって見つかったショックから立ち直るまで、少し待ったほうがいいと判断したのだ。

「ただ……」ポット夫人は声をふるわせながらいった。「心のどこかで期待していたんです。

あのひとは、シャルマントゥといっしょにすがたを消しただけなんじゃないかって。小妖精《エルフ》の美しい女王にさらわれて、常夏《とこなつ》の国に連れていかれたのかもしれないって。どこかでまだ生きていて、いつかもどってくるはずだって……」

ポット夫人は小刻《こきざ》みに体をふるわせながらも気丈《きじょう》にふるまっている。

ベルはポット夫人から顔をそむけてそっと涙《なみだ》をぬぐった。ポット夫人が悲しみに耐《た》えているのに、わたしがとりみだすわけにはいかない。ほんとうはポット夫人だって泣きさけびたいはずなのに。

「あのひとが生きていたら、なににすがたを変えられていたでしょうね……。馬の鞭《むち》とか？　でも、あのひとは馬に鞭を使うのが嫌《きら》いでしたから、頭絡《とうらく》*14かしらね。それとも蹄鉄《ていてつ》とか……しゃべる蹄鉄なんておかしいわね……」

ポット夫人は独《ひと》り言をつぶやき、ひょこひょこと動きながら城へもどっていく。ベルとビーストもあとに続いた。

城壁《じょうへき》をこえて侵入《しんにゅう》してきていた不気味《ぶきみ》なクモの糸は、さらに勢いを増していた。雪の積もった庭には象牙《ぞうげ》色の糸が縦横《じゅうおう》に走り、城の外壁《がいへき》もだいぶ糸におおわれていて、まるで白い蔦《つた》が薄《うす》気味《きみ》悪く這《は》っているかのようだ。

より合わさった太い糸のあいだを、その太い糸をささえるように細い糸がいくつも交差していているようすは、見ようによってはステンドグラスのようにも思える。日の光があたっていない場所には、糸にかこまれている部分がガラスのようにきらめいているところもあり、そこにまたもやまぼろしが映《うつ》っていた。どれも母の記憶《きおく》の一部のようだ。バラを摘《つ》んでいるところ、呪文《じゅもん》を唱《とな》えているところ、たくさんのグラスにひとつずつワインを注《つ》いでいるところ……。

ベルは無意識のうちにとめていた息をふっとはき出した。この城は、ある意味わたしの母がどんな人物だったかを物語る、生きた記念碑《きねんひ》といってもいいかもしれない。こんなふうに、どこにいても母の存在《そんざい》が感じられるのだから。

ベルはまぼろしに心をうばわれながらも恐怖《きょうふ》を感じていた。

「これはまるで……わたしの魔法《まほう》の鏡のようだな」ビーストがおどろきと恐《おそ》れが入りまじったような声でいった。「自分ではなく、ほかのだれかを映《うつ》し出す鏡」

「クモの糸は、城じゅうをおおいつくそうとしてるわ。もう、とめられないかもしれない」ベルはかすれた声でいった。

ビーストの顔に、かくしようのない絶望の色が浮《う》かび、アラリックを葬《ほうむ》った暗く悲しい気持ちがさらにしずんでいく。

ふたりは言葉もなく顔を見合わせ、城のなかへ入っていった。

どちらも雪で全身真っ白で、ビーストは犬のようにぶるぶると体をふるわせて雪をふり落とした。大きな頭から首、胸《むね》、そして下半身へと震《ふる》えが伝わっていくのを見て、ベルは一瞬《いっしゅん》、ほほえみそうになったものの、すぐにまたしずんだ気持ちに逆《ぎゃく》もどりした。

ベルはクロークルームのフックにマントをもどしたが、そんなささいな動作ひとつで、残っていた力をすべて使い果たしたように思えた。よろめきながらあとずさり、壁《かべ》に背《せ》をあずける。このまま城ごと冷たい地中に引きずりこまれるのも悪くないかもしれない。どうせここにいたってみじめで悲しくなるだけなのだから。

ビーストはいらだたしげにたてがみをかきあげたが、そのしぐさは獣《けもの》というより、人間のようだった。「きみの母親も殺されて、アラリックが殺されたことと関係しているのかもしれない。シャルマントゥを助けていたこととなんらかのかかわりがあるのかもしれないが……そうだとして、どう関係してるのだ？」

ベルは力なくビーストに視線《しせん》を向けたとき、ビーストの目が充血《じゅうけつ》しているのに気づいた。

「わたしたち、少し休憩《きゅうけい》をとって気晴らししたほうがよさそうね。つかれてくたくたでしょう？わたしだってそう。いまの状態でなにか考えようとしたって無理よ。考えが堂々《どうどう》めぐりするだけだと思う」

でも、どうすればいい？　呪《のろ》いをかけられた城に閉《と》じこめられ、恐怖《きょうふ》におびえ、意気消沈《いきしょうちん》し、つかれきってなにも考えられないとき、どうすれば気が晴れる？　お茶をのむ？　パーティーをする？　それともトランプをするとか。

どれも、ビーストがよろこんで同意するとは思えない。

わたしは気分が落ちこんだとき、いつもどうしてる？

「いいことを思いついたわ。図書室へ行きましょう。こんなときは本を読むのがいちばんよ」

ビーストは、怒《おこ》ったヤギの鳴き声と濃霧《のうむ》のなかを進む船が発する霧笛《むてき》がまざり合ったような声を発した。

「最後までちゃんと話を聞いて」ベルはやさしくほほえんだ。「読書は好きじゃなかった、とあなたから聞いたことはちゃんと覚えてるわ。だからわたしがあなたに本を読むのはどう？　元気が出そうなお話を。わたしのお気に入りのお話のなかから」

「まあ、おもしろい話ならかまわないが」ビーストはしぶしぶうなずいた。「ハッピーエンドで終わるような」

「ええ、とってもおもしろくて、ハッピーエンドで終わる、とっておきのお話があるわ。『ジャッ

ク と豆の木』っていうんだけど、貧《まず》しい少年がおどろくようなピンチをのりこえて大男を退治《たいじ》し、いつまでも幸せに暮《く》らすお話よ！」

「大男はなぜ退治されなければならなかったんだ？」ビーストはふくれっ面《つら》でたずねた。

「悪い大男だったからよ。あなたとは似ても似つかない。さあ、行きましょう！」

図書室へ着くと、魔法がかけられたかのように椅子《いす》や長椅子《ながいす》がひとりでに床《ゆか》を移動していた。この魔法の城なら、そんなことが起きてもおかしくないが、よく見ると、コグスワースとルミエールが動かしているのだとわかった。ベルとビーストの会話を聞いて先まわりしていたらしい。暖炉《だんろ》の前にすわってくつろげるようにしてくれているのだ。

「どうもありがとう」とベルはほほえんだ。コグスワースとルミエールの行動は純粋《じゅんすい》な親切心からのものであり、べつの思惑《おもわく》があるとはうたがいもせずに。「ふたりで少し……静かにすごしたいなと思って」

「ええ、ええ、それがよろしいですね、いとしいひと《マ・シェリ》」といってルミエールがおじぎすると、橙《だいだい》色の火がゆれた。コグスワースのほうを意味ありげに見る。

コグスワースはぎこちなく笑った。「はい、ぜひともそうなさいませ。こうして、おふたりがくつろげるようにいたしましたし。なにかご入《い》り用であればなんなりとお申しつけ……いただいても、今日は対応《たいおう》できないかもしれませんが」

ベルとビーストはおどろいて目をぱちくりさせた。

「いや、じつはですね。仲間うちでアラリックを偲《しの》ぶ会を開こうと思っておりまして」ルミエールがあいだに入って説明した。「ともにすごした大切な仲間を、みんなで弔《とむら》ってやりたいのです。ご主人さまのお許しをいただけるのでしたら」

「もちろん、かまわない」ビーストはぶっきらぼうにいった。「おまえたちの気持ちはよくわかる。できたら、わたしのワインセラーを開けてワインをそなえてやってほしい」

ルミエールの火がさっとゆれた。まるで、おどろいてまばたきしたかのように。

「お心遣《こころづか》いに感謝いたします、ご主人さま」コグスワースが代わりにあわてていい、おじぎした。

そして、ルミエールを引きずるようにして図書室から出ていった。それと入れかわるようにして、チップと小さなカップたちがいそいそと列をなして入ってきた。書斎《しょさい》から上掛《うわが》けを運んできてくれたようだが、一生懸命《いっしょうけんめい》なあまりキルトの上掛けを引きずっているのにだれも気づいていない。

小さなカップたちは葬儀《そうぎ》のせいでつかれているようには見えなかった。といっても見た目はティーカップなのだから、そう見えなくてとうぜんなのかもしれないけれど。

「どうもありがとう」ベルはていねいにお礼をいい、上掛けを受けとり長椅子《ながいす》の上に置いた。

「ママがもっていってあげなさいって。ママはいそがしいから、ぼくたちがもってきたの。ねえねえ、ベルは王子と結婚《けっこん》するんでしょ？」チップがとつぜんたずねた。それも大きな声で。

ほかのティーカップたちはくすくすと笑ったり、カップの取っ手の部分をぶつけ合ったりしている。

「わたしたち、まだ知り合ったばかりなのよ」ベルは、いきなりそんなことをきかれておどろいてしまい、そう答えるのが精いっぱいだった。それに、相手は野獣《ビースト》なのよ。人間と野獣の結婚について、村のコルベール神父《しんぷ》さまならなんていうかしら。

ベルは手をやさしく扉《とびら》のほうに向けて、チップたちに厨房《ちゅうぼう》にもどるようにうながした。

「おやすみなさい。それと、上掛けをもってきてくれてありがとう！」

「えーっ」チップは文句《もんく》をいった。「ぼくたちもここでいっしょにお話を聞きたい！」

「うるさくしないから」べつのティーカップが甲高《かんだか》い声でいった。この声は女の子？　見た目はみんな同じだからはっきりとはわからない。「テーブルの上でお話を聞いてもいいでしょ？お願い」

ベルは小さなティーカップたちを見つめた。なんて不思議な光景だろう。卵《たまご》の殻《から》のように白い磁器《じき》のカップたちが、そろいもそろって寝《ね》る前のお話を読んでほしいと必死にせがんでくるなんて。

「ねえ、お願いだよ」チップがぽつりといった。「ぼく、眠《ねむ》れないいんだ。パパが死んじゃって悲しくて」

ベルはその言葉に胸《むね》をつかれた。チップは自分でもよくわからないままに、あるいは、ただお話を聞きたくてこういっているだけかもしれない。でも……。

「いいわ。じゃあ……動きまわらないで静かに聞くのよ。わかった《ダコール》？」

「うん、わかったあ！」チップは元気よく答えた。

ティーカップたちは、くすくす笑ったり、カチャカチャと音をたてたりしながら天板が大理《だいり》石《せき》になっている小さなテーブルの上に移動した。テーブルにはきれいなキルトのティーマットが敷《し》いてあり、チップたちは、これから眠《ねむ》りにつこうとしている子犬のように、それぞれが居《い》心地《ごこち》のいい場所をさがしながら体を寄せ合った。

ティーカップたちが落ち着くと、ベルは、じゃあ始めるわね、というふうにうなずき、いろいろな国の物語がならんでいる本棚《ほんだな》へ軽い足取りで歩いていった。『ジャックと豆の木』はイギリスのおとぎ話だから、たしかこのあたりにあるはずなんだけど……。ぎっしりと本がならんだその棚は、本の重みで少したわんでいた。ベルは背表紙《せびょうし》に金色の文字が印字《いんじ》してある革《かわ》装丁《そうてい》の本を一冊《さつ》引きぬいた。ぱらぱらとめくってみると、ほとんどのページに白黒ではあるが美しい挿絵《さしえ》がある。この本には、ベルのお気に入りの『ジャックと豆の木』だけでなく、ジャックという名前の主人公が登場するさまざまなお話がのっていて、ベルは胸《むね》が高鳴《たかな》った。

ジャックの物語って、こんなにたくさんあったのね！

この魔法《まほう》の城には、ほんとうにおどろかされてばかり！

ベルは、その本のあとに読もうと、もう一冊棚《さつたな》から引きぬいて、みんながいる場所へもどった。そして、くるりと体の向きを変えて長椅子《ながいす》に腰《こし》をおろし、上掛《うわが》けをひざにかけた。

上掛けはとてもあたたかく、そうして暖炉《だんろ》の前にいるとなんとも心地よかった。ビーストのぬくもりも伝わってくるが、ビーストは失礼にならないようベルに体を押《お》しつけまいとしているのか、脚《あし》を引っこめながら縮《ちぢ》こまっている。そのようすや、ベルから体をはなすようにして長椅子のひじ掛《か》けに腕《うで》を重ねているところなどは、まるで大きな犬みたいだ。

ビーストがため息まじりにいった。「とてもいい雰囲気《ふんいき》だ。あの絵みたいに……ニンフ[*15]やアテナ[*16]が神や女神に本を読んできかせている絵があるだろう？」

「へえ、くわしいのね。お勉強はあまり好きじゃないんだと思ってたけど」ベルはからかうようにいった。

ビーストは胸《むね》を反《そ》らした。「わたしは王子だぞ。王子としてふさわしい教育は受けているに決まっているじゃないか。それにニンフはなんといってもきれいだから一度見たらわすれない」

ベルは声をあげて笑った。

「一日じゅう見ていても飽《あ》きないくらいだ」ビーストはなにげない口調でいったが、その視線《しせん》はベルに注《そそ》がれている。

ベルは顔を赤らめることなく、ビーストをまっすぐに見つめかえした。目をそらそうとは思わなかった。

窓《まど》の外では雪がちらちらと降《ふ》っていた。ティーカップたちは、もぞもぞと体を動かしながら、お話が始まるのをいまかいまかと待っている。

ベルは心が安らいでいくのを感じながら本を開いて読みはじめた。

「〝昔むかし……〟」

*14 馬の頭につける装具《そうぐ》で、乗り手の合図や命令を伝えるもの
*15 ギリシア神話に登場する、山、川、樹木《じゅもく》、花、洞穴《ほらあな》などの精霊《せいれい》。若《わか》く美しい女性のすがたで、歌とおどりを好む
*16 ギリシア神話の女神。学問、技芸、知恵《ちえ》、戦争をつかさどる

34 拉致《らち》

モーリスは気力をふるいたたせながら、城に向かって夜の森のなかを進んでいた。もう若《わか》くはないし、休むことなく歩きつづけているので、体力も限界《げんかい》に近づきつつあった。愛馬《あいば》のフィリップは何事もなかったかのように家の馬小屋にもどってきたが、モーリスが大きな声で命令しようが、手綱《たづな》を引っぱろうが、頑《がん》として動こうとしなかった。まるで冒険《ぼうけん》は終わったんだといわんばかりに。

それでしかたなく、小さなランタンをかかげて行く手を照らしながら、こうして寒くて暗い森をひとりで歩いている。役に立ちそうなものをあれこれつめた袋《ふくろ》を背負《せお》っているので、風変わりなサンタクロースがさびしげに歩いているように見えるかもしれない。袋のなかにはロープやフックや火薬など、ベルを逃《に》がすために必要な思いつくかぎりのものが入っている。それに野獣《ビースト》が金になびくかもしれないので、なけなしの金も入れてきた。ベルをとりもどすためなら、城の壁《かべ》をよじのぼることだって、火薬で壁を吹《ふ》きとばすことだっていとわないつもりだ。

歩いているあいだ、たびたび奇妙《きみょう》な考えにとらわれた。森のこの道には発明コンクールに向かうとちゅうで初めて迷いこんだと思っていたのだが、それ以前にもここを通ったことがあるような気がしてならない。それに、国境を警備《けいび》する衛兵《えいへい》につかまるのではないかという不安がなぜだかつきまとう……。まさか、ばかばかしい。こんな森の奥深《おく》くにだれかいるわけがないじゃないか。

そのとき、「モーリス」と呼《よ》びかけられてモーリスは足をとめた。

「こんな森の奥深くにだれかいるわけがないじゃないか」と今度は声に出していい、ランタンをかざしながらゆっくりとふりかえる。

すると、おどろいたことにガストンとル・フウがもっと大きなランタンをかざして立っていた。ル・フウは寒さに凍《こご》えているが、ガストンは寒さなどものともしないようすだ。

「ガストン！」モーリスはほっとしたあまり大きな声でさけんだ。「来てくれたんだな！わたしがここにいると、よくわかったな」

ガストンがにやりと笑った。「あんたのおかげで、ずいぶんと楽しい捜索《そうさく》をさせてもらったぜ。こんな寒い夜に出かけるわけがないと思ってまずはあんたの家に行ってみた。そのあとは村の書店だ……」

ル・フウはといえば、寒さに身を縮《ちぢ》め、疲《つか》れととまどいと恐《おそ》れが入りまじったような表情を浮《う》かべている。

「だが、どっちにもあんたはいなかった。それで、足あとを追うことにしたのさ。おれほど腕《うで》のたつ猟師《りょうし》なら、あんたを見つけ出すことくらいお手のものさ」ガストンは、またもやにやりとすると、肩《かた》にかついでいる大きな袋《ふくろ》とこん棒《ぼう》をぽんぽんとたたいた。

「さすがはガストンだ！」モーリスはいった。「きみがいてくれたら、野獣《ビースト》をやっつけるなんて楽勝だ。ところで、銃《じゅう》はもってこなかったのか？」

「はっ、野獣をやっつけるだと？」ガストンはげらげらと笑った。「まったく、あんたはおもしれえやつだな、モーリスよ。よけいな手間《てま》をとらされたくはねえんだ。そろそろおとなしくしたがってもらおうか」

「おとなしくしたがう……？」

モーリスはようやく自分がどんな状況《じょうきょう》に置かれているのか理解した。ル・フウは落ち着きなくそわそわし、ガストンは勝ちほこったような表情を浮かべている。銃はなく、大きな袋をもっている。あの袋は……。モーリスはあとずさりしはじめた。「うそじゃない、ガストン……野獣はほんとうにいるんだ。話をでっちあげてるわけじゃない。野獣の毛皮をかぶったおかしな人間かもしれないが、そいつにベルがとらえられているのはまちがいないんだ。ベルを救い出すのに力を貸してくれ！」

「おれには無理だが、ムッシュ・ダルクならあんたを助けてくれるだろう。そして、あんたを助けることで、おれも助けてもらうことになる」ガストンがモーリスへ手をのばしはじめる。「ベルを手に入れるためにな」

「ダルクだって？」

ダルクがこんなことに関係しているわけがない。だって……だって……。なぜ、こんなふうに思うのだろう。だが、その理由を思い出す前に、モーリスはこん棒で殴《なぐ》られて意識を失った。

35 強行突破《きょうこうとっぱ》

ベルは奇妙《きみょう》な夢を見ていた。小さな雑種犬《ざっしゅけん》がいる。ペットとして飼《か》うことになったのだ。父は、ようやく娘《むすめ》に友だちをつくってやることができた、とうれしそうにほほえんでいる。犬はとてもすてきな首輪をしている。ベルが明るい色合いのウールの端切《はぎ》れを見つけてきて、一生懸《いっしょうけん》命《めい》に縫《ぬ》ったのだ。犬が跳《と》びはねたり、走ったり、棒《ぼう》きれをくわえたり、はあはあと息をするのを見て、夢のなかのまだおさないベルは、白くてぽっちゃりした手をたたきながら大よろこびする。そして犬をだきしめ、そのあたたかい毛に頬《ほお》をこすりつけ……。

ベルは目を覚ました。まだはっきりしない意識のなかで最初に思ったのは、あの犬はどうなったんだろうということだ。あの犬に会いたい。

でも、犬を飼ったことなんかないはずだ。

そのとき、となりに大きな犬がいることに気づいた。

いいえ、ちがう。犬ではなくビーストだ。

ジャックが主人公のお話を三つか四つ読んだあたりで、ふたりとも眠《ねむ》りに落ちてしまったらしい。目を輝《かがや》かせてお話に聞きいっていたビーストが、つぎの瞬間《しゅんかん》には本をぱたんと閉《と》じるようにに目をつぶったことは覚えている。目をぱちぱちさせたり、眠気《ねむけ》をこらえようとしたり、うつらうつらすることもなかった。起きているか眠っているか、そのどちらかしかないようだ。まるで野生《やせい》の動物みたいに。

ベルは、これほどまで安らかに眠りに落ちたことに自分でも少しおどろいていた。いつの間にかビーストとふれていた脚《あし》から伝わってくるぬくもりが心地よい。ビーストの毛のにおい——強いがいやなにおいではない——が上掛《うわが》けを通してただよってくる。

なるほど、それで犬の夢を見たってわけね。

そばにあるテーブルの上では、小さなティーカップたちが、かすかに上下に動きながら寝息《ねいき》をたてたり、小さくいびきをかいたりしている。なんてほほえましいのかしら。これほど愛くるしくて不思議な光景を見たのは初めてだわ。

この城に永遠に閉《と》じこめられて、世間からわすれさられるのも、そう悪くないのかもしれない。毎日、お茶会を開き、寝《ね》る前にお話を読んで聞かせて、こうしてみんなで眠りにつく……そのうちにわたしはおばあさんになって、ビーストの毛も白くなり……そんな人生があってもいいかもしれない……。

そのときビーストが体の向きを変えたので、上掛《うわが》けが引っぱられてベルからはがされた。ビーストは肩《かた》をもぞもぞと動かしながらあくびをした。町をひとのみしそうなほど大きく開かれた口から、おそろしい音が長々《ながなが》と響《ひび》き、ベルは思わず身をすくめた。

ビーストは目を閉《と》じたまま体を掻《か》いていたが、手足をのばしたひょうしにつま先がベルの足にあたり、ぱっと目を開いた。

ビーストの、しまった、いつの間にか眠《ねむ》ってしまった、という表情を見て、ベルはおかしくてふき出しそうになった。

「いつ……」

ベルは人さし指を唇《くちびる》にあて、ティーカップたちを指さした。

ビーストは寝《ね》ぼけた顔のまま眉《まゆ》を片方《かたほう》あげたが、チップたちがまだ眠っているのに気づくと、わかったというふうにうなずいた。そして、はずかしそうに首の後ろを掻きながらささやき声でいった。「どうやら……知らぬ間に眠ってしまったようだな」

「いいのよ」ベルは笑顔でささやきかえした。自分も眠ってしまったことは内緒《ないしょ》にしておくことにした。

「すごくおもしろい話だった！」ビーストは声をひそめたまま言いわけするようにいった。「べつに退屈《たいくつ》だったわけではない！　あまりにも心地よくて、悲しい葬儀《そうぎ》でつかれていたし、暖炉《だんろ》の前はあたたかくて……」

「だいじょうぶだから気にしないで」ベルは笑顔のままいった。「褒《ほ》め言葉として受けとるわ」

ふたりのあいだに沈黙《ちんもく》が落ちた。

急に気まずくなる。

ベルはスカートを整え、つま先をのばすふりをしながら、ビーストにふれていた脚《あし》をさりげなく引きよせた。

ビーストは、まるで姿勢指導《しせいしどう》の先生にしかられたかのように、さっと背《せ》すじをのばし、足の裏《うら》を床《ゆか》にきっちりとつけてすわり直した。ひじ掛《か》けをそわそわと指先でつつきはじめる。

「その……ひと晩《ばん》じゅう、ここで眠《ねむ》っていたんだろうか」

「いいえ、数時間ってところね」

「そうか」ビーストがぶっきらぼうに答える。

小さな声で話していたとはいえ、ふたりの会話が聞こえたのか、とうとうティーカップたちが目を覚ました。もぞもぞと動いておたがいにぶつかったりしながら、むにゃむにゃとつぶやいたりしている。それはまるで、まるくなって眠っていた子猫《こねこ》やヒヨコが目覚めるのを見ているようだった。

「もう一回だけお話を聞かせて……」チップがあくびをしながら眠そうな声でいった。

ベルはくすくすと笑いながらやさしくいった。「ベッドに行く時間よ」

「やだあ！」

「ママに怒《おこ》られちゃうよ！」ほかのティーカップがわめいた。

その言葉が合図になったかのように、図書室の扉《とびら》がきしむ音をたてて開き、ポット夫人が入ってきた。ポット夫人のことをよく知らなかったら、扉の外で聞き耳をたてていたのか、とうたがうほど、ばつぐんのタイミングだ。ポット夫人は黒いティーポットカバーはもう身につけていなかったが、取っ手に黒いリボンを巻《ま》いていた。

ポット夫人は有無《うむ》をいわさぬ口調でいった。「さあ、チップ。寝《ね》る前のお話の時間はもうおしまいよ。自分のベッドへ行って、きちんと寝なさい」

「あのね、ママ。とーっても楽しかったんだよ！」とチップが跳《と》びはねながらいったので、ベルはさっと身をのり出した。チップがテーブルから落ちるのではないかと心配になったのだ。

「また、こんなふうに集まってもいいでしょ？」

「そう、それでね、ベルのお話を聞きたいの！」べつのティーカップもせがむ。

ティーカップたちは、ぴょんぴょん跳《と》びはねながらテーブルの端《はし》に一列にならぶと、まるで子ガモのように、つぎつぎと飛びおりた。床《ゆか》に着地するたびにカップが割《わ》れそうな音がする。ティーカップたちにとっては、いつものことなのかもしれないが、それを見ているベルはひやひやした。

「ベルは大事なお仕事があって、とてもいそがしいのよ」ポット夫人がきびしい口調で諭《さと》す。「おやさしい方だから、今日はこうしてお話を読んでくださったけど、つぎがあるのがあたりまえなんて思ってはいけませんよ。さあ、行きなさい！」

ベルはほほえんだ。「いいのよ。これからもときどき、寝《ね》る前のお話を読んであげたいわ。お話を聞いているあいだ、みんな、とってもお利口《りこう》さんだったのよ」

「まあ、そうかもしれませんが……」と答えながらも、ポット夫人は、この子たちがじっとおとなしくしてるなんて、とにわかには信じがたいという口ぶりだ。「それより、お茶とお夜食をお持ちしましょう……というより、もう朝食といったほうがいいかもしれませんけれど、とにかく、すぐにご用意しますね。この子たちよりもっと静かな食器にもってこさせます」そういってポット夫人は図書室の扉《とびら》に向かったが、動きはゆっくりでぎこちなかった。つかれているのだろう。いまにもとまってしまいそうだ。

ポット夫人が出ていくと、ビーストがいった。「きみはとてもやさしいのだな」

「だって、あの子たちといると、とっても楽しいんだもの」ベルはため息まじりにこう続けた。

「うちにも、おおぜいほしいくらいよ」

「子どもを？」ビーストが眉《まゆ》を大きくあげて目を見開く。

「しゃべるティーカップを」

「ああ、なるほど、そうだよな」ビーストはほっと肩《かた》の力をぬくと、思案顔《しあんがお》でこう続けた。「わたしたちは、まるでおとぎ話の世界で生きているみたいだな。きみが聞かせてくれた話にも、歌う竪琴《たてごと》が出てきたじゃないか」

「ええ、あなたのいうとおりかもしれない」ベルはそう答えながら、ふと考えこんだ。もしも、わたしはまだ夢のなかにいるのだとしたら？　そう考えると背《せ》すじがぞっと冷たくなった。ペットの犬が現実に存在《そんざい》するもので、ビーストのほうが夢のなかに存在するものだったら？　本を読みながら眠《ねむ》ってしまってまだ目覚めてなくて、夢の世界を現実だと思っているだけだとしたら？

いいえ、夢なんかじゃない。だってビーストのこの毛の強いにおいが、現実のものでないなんてありえない。

「最初の話がいちばん気に入ったよ」ビーストが少し照れくさそうにいった。「きみが好きだといっていた話だ。大男が出てくる。きみのいうとおり、大男は退治《たいじ》されてとうぜんだ」

「ええ、わたしもやっぱり、あのお話がいちばんのお気に入りよ」ベルはため息をもらした。「おさないころに父が話して聞かせてくれて、それ以来ずっと好きなの。といっても父の話では、歌う竪琴《たてごと》が勝手にぜんまいじかけの発明品に変えられてたんだけど。自分で読めるようになってからは村の書店のムッシュ・レヴィのところへしょっちゅう通って……ムッシュ・レヴィはいつ行っても親切で本を貸してくれるの。お金はいらないよっていって……」

ビーストがはっと目を見開いた。「いま、なんていった？」

「お金はいらないよっていってくれるのよ。この村で、わしに負けないくらい本が好きなのはベルだけだからって……」

「いや、そうじゃない」ビーストはもどかしそうに首を横にふった。「名前だ。その書店の店主の」

「ムッシュ・レヴィだけど……」ベルはとまどいながら答えた。

「その名前をどこかで見た気がする……」

ビーストは長椅子《ながいす》の上のクッションをつぎつぎと乱暴《らんぼう》にもちあげはじめた。かぎ爪《づめ》にひっかかった上掛《うわが》けを、悪態《あくたい》をつきながら床《ゆか》に放りなげる。ベルは、そんなことをしてはだめ、と注意しようとしたが、いまはやめておこうと思い直した。なにかを必死にさがしているのはまちがいない。ビーストは長椅子の下をのぞきこむと、手をつっこんでなにかを引っぱり出した。それは人口調査《じんこうちょうさ》の記録簿《ぼ》だった。前に調べていたときに、いらいらして放りなげたのかもしれない。

「これだ……たしかこれに、その名前がのっていたはずだ……あったぞ！」ビーストは得意げにいうと、記録簿をベルのほうに向けて、ならんでいる名前のひとつをかぎ爪《づめ》で指した。

ベルは息をのんだ。

そこにはムッシュ・デイヴィッド・レヴィという名前と、書店主という職業が記《しる》してあり、名前の横に、あの小さくて奇妙《きみょう》な印がついていたのだ。

「だけど、ムッシュ・レヴィはふつうのひとよ。魔法《まほう》なんて使えるわけな……」ベルは記録の日づけに目をとめ、言葉を失った。百年以上も前の日づけになっている。正確にいうならいまから百十年前だ。

「まさか、あのムッシュ・レヴィが不老不死《ふろうふし》の存在《そんざい》かなにかで、百年以上も本を売りつづけているっていうこと？」

「そのようだな」

「ムッシュ・レヴィがそんなに長生きしてて、シャルマントゥなら」ベルは気持ちがたかぶるのを感じた。「母を知ってるかもしれない。きっと母のことを覚えてるはずよ！」

ビーストは眉根《まゆね》を寄せた。「どうしてそう思うのだ？」

「だって、ご両親の……ではなくあなたの王国は、いちばん栄えたころでも、それほど大きな国ではなかったわよね」ベルは興奮《こうふん》した口調でいい、記録簿《ぼ》をもちあげた。「記録によると、世帯数《せたいすう》は三千くらいしかないもの。シャルマントゥはそのなかのほんの一部だし、おそらくほとんど顔見知りだったんじゃないかしら。しかも、うそみたいな話だけど、ムッシュ・レヴィが王国から転居《てんきょ》した村に、母も移り住んだのよ。ただのぐうぜんとは思えない」

「なるほど、たしかにそうだな」ビーストはうなずいた。「きみは、ムッシュ・レヴィと親しいわけか？」

「この世界で父のほかにいちばん好きなひとを挙《あ》げろといわれたら、ムッシュ・レヴィと答えるわ」

「それで、彼《かれ》はまだきみの村に住んでいるんだな？」

「ええ、そうよ」

「だったら話を聞きにいくべきだ」

ベルは図書室の窓《まど》の外に目を向けて大きくため息をつくと、少し皮肉な口調でこういった。

「あのクモの巣の存在《そんざい》をわすれたの？　わたしたち、囚《とら》われの身なのよ」

「ベル、『ジャックと豆の木』のジャックなら、こんなときどうすると思う？」

するどい質問ね。ビーストったらいつの間に、物事をこんなに深く考えるようになったのかしら。

ベルはあごに指をあて、唇《くちびる》をとがらせながら考えた。「そうねえ、ジャックならとびきり賢《かしこ》い解決策《かいけつさく》を考え出すでしょうね」

ビーストはベルを見て苦笑いした。「この城でいちばん賢いのはきみだが、そのきみですらいい解決策を思いついていない。ということは、力ずくでいくしかないのではないか？　城を包囲《ほうい》されているのなら、強行突破《きょうこうとっぱ》するしかない。わたしはそう思う」

「たしかにそうね」ベルは笑みを浮《う》かべてうなずいた。

「まずは……刃物《はもの》や先のとがったものをできるかぎり集めよう。それから金槌《かなづち》や木槌《きづち》も。糸のあいだに張った氷の膜《まく》を割《わ》らないといけないからな」

「承知《しょうち》しました、王子殿下《でんか》」ベルは目を輝《かがや》かせながら敬礼《けいれい》した。

城壁《じょうへき》にはいくつか門があるが、村へもどるのだから、ベルが村から来たときに使った門から出ることにした。それがいちばん時間のむだが少ないはずだ。門は内開きで、掛《か》け金《がね》も内側にあってクモの糸や氷をどければ外せたので、門をこわさずになんとか開けることはできた。

だが、門の向こうには、おどろくほど大きな障害物《しょうがいぶつ》が立ちふさがっていた。象牙《ぞうげ》色のクモの糸とそのあいだに張った氷でできていて、まるで水晶《すいしょう》のように美しい形をしているが、そう簡《かん》単《たん》にはつきくずせそうにない。

氷の膜《まく》には母が映《うつ》し出されているものもあり、ベルは吸《す》いよせられるように見つめた。なかでもとくに引きつけられたのは、母が鏡の前に立って魔法《まほう》で髪《かみ》や服の色を変えながら、首をかしげてポーズをとっているものだ。

「わたしだったら……こんなふうにすまして鏡の前でポーズをとったりしない」ベルはつぶやいた。

でも、もし気分に合わせて見た目を変えられる魔法の力をもっていたら、わたしだって同じようなことをするかもしれない……。

城門のそばの前庭には、ベルとビーストに力を貸そうと、おおぜいの召《め》し使いたちが集まっていた。雪の積もった前庭に、見た目がばらばらの家具やら骨董品《こっとうひん》やらがいて、なかにはまるで人間だったころにもどったかのように、ぼろぼろの布をスカーフ代わりにかぶっているものもいる。ポット夫人はルミエールといっしょにみんなから少しはなれたところにいて、ルミエールがポット夫人を守るように燭台《しょくだい》の枝の部分をティーポットのまるみを帯びた部分にまわしている。その近くには、役に立ちそうな古い武器（〝生きた物〟ではない）が山積みになっていた。

ビーストは障害物《しょうがいぶつ》の氷の膜《まく》のなかでも、いちばん大きくて薄《うす》そうな膜に狙《ねら》いをさだめると、うなり声をあげながらそこをめがけて体あたりした。その瞬間《しゅんかん》、銅鑼《どら》を打ったような音が鳴りひびいて膜がたわんだが、すぐにもとにもどってしまった。

ビーストはもう一度、体あたりすると、今度はかぎ爪《づめ》で膜をひっかいた。不快《ふかい》な音が響《ひび》きわたり、見守っていたベルや召《め》し使いたちは思わず悲鳴をあげて耳をふさいだ。

「戦槌《せんつい》[*17]を寄こせ！」ビーストが命令した。

コグスワースが指示を出し、召し使いたちが戦槌を運びながらビーストのほうへ走っていく。ビーストは戦槌を受けとると、神話に出てくる巨人《きょじん》のように力強い声をあげながら頭上で大きく三回ふりまわし、その勢いのまま氷の膜にふりおろした。

すると、奇妙《きみょう》なことが起きた。

氷の膜《まく》の表面に細いぎざぎざした亀裂《きれつ》が入ったのだが、その広がり方がふつうの氷とはちがった。亀裂が一気に走ることなく、目を欺《あざむ》くようにとまったり進んだりを繰《く》りかえしながらじわじわと広がっていく。しかも、膜にできた亀裂のあいだには、またもやベルの母が映《うつ》し出された。前に見たのと同じ場面でも、わずかに時間がずれていたり、少しちがう角度からとらえたものだったりする。

ビーストは大きなうなり声をあげ、ふたたび戦槌《せんつい》を氷の膜へふりおろした。

バリバリと氷が割《わ》れるような音が空中に響《ひび》きわたるとともに膜にもっと亀裂が入って、さらに細かくなっていく。

そのとき、ベルははっと気づいた。象牙《ぞうげ》色の糸がどこからともなくのびてきて亀裂をつぎつぎとふさいでいく。

「待って！」と大声をあげ、ベルは戦槌をふりおろそうとしていたビーストの腕《うで》をつかんだ。

ビーストは動きをとめ、とまどった顔でベルを見た。

「氷の膜《まく》はどんどん強度を増してるわ」ベルは膜を指さした。「あなたが戦槌を打ちつけるたびに！」

ベルのいうとおりだった。象牙色の糸が蛇行《だこう》しながら亀裂をふさぎ、その部分はどんどん厚みを増していく。さらに、糸は亀裂のない部分もおおっていき、いっこうに衰《おとろ》える気配を見せず、これでは何度やっても同じことの繰《く》りかえしだ。

ビーストは怒《いか》りの吠《ほ》え声をあげ、戦槌を投げすてた。その迫力《はくりょく》に召《め》し使いたちがたじろぐ。

「コグスワース、甲冑《かっちゅう》を連れてきて」ベルはさけんだ。

「はい、直《ただ》ちに!」コグスワースがあたふたと去っていく。

すぐさま甲冑たちが行進してきた。事情を知らなければ、その光景を見てふるえあがっただろう。呪《のろ》いですがたを変えられる前は衛兵《えいへい》だったのだろうが、彼《かれ》らが進んでくるすがたは、いまや不気味《ぶきみ》なゴーレム*18のようだ。

ベルは指示を出した。「いい? ビースト。戦槌を氷の膜に打ちつけたら、さっとわきにどいて。そしたら、すぐに甲冑たちのだれかが打ちつけたところに剣《けん》をつきさすの。糸が亀裂をふさぐ前に。さあ、やってみて!」

氷の膜に戦槌を打ちつけるすさまじい音と、剣をつきさす甲高《かんだか》い音が交互《こうご》に鳴りひびく。まるで正確に時を刻《きざ》む黒い森《シュヴァルツヴァルト》*19の鳩時計《はとどけい》のように規則正しく。

すると、ついに氷の膜に穴《あな》が開き、氷のかけらが障害物《しょうがいぶつ》の向こう側の雪の積もった地面に落ちた。

ルミエールやコグスワースやポット夫人が歓声《かんせい》をあげる。

「すごいわ！　続けて、もっと速く！」ベルが大きな声ではげます。

甲冑《かっちゅう》たちの動きがさらに速くなった。一列にならび、剣《けん》をつきさし終わるとすぐに列のいちばん後ろに移動して、つぎの甲冑に順番をゆずるのだ。

ビーストが息を切らし、苦しそうにうめきはじめた。戦槌《せんつい》をふりおろすたびに、よだれや汗《あせ》が顔から飛び散る。

さらに氷のかけらが障害物《しょうがいぶつ》の向こう側に落ちて、氷の膜《まく》に開いた穴《あな》がだんだん大きくなっていく。象牙《ぞうげ》色の糸もしのびよってくるが、綿菓子《わたがし》のように細くて弱々《よわよわ》しい。

あともう少しで通りぬけられるくらいの穴が開きそうだが、すばやく動かないとあっという間に糸に穴をふさがれてしまうだろう。ベルはその瞬間《しゅんかん》を待って身がまえた。肩《かた》には毛皮で縁《ふち》どられたあの赤いマント（これを着たいといったら、衣装《いしょう》だんすはとてもよろこんだ）をはおり、手にはビーストのフードつきの大きなマントと魔法の鏡やそのほか必要なものをつめこんだかばんをしっかりとにぎっている。

ビーストは歯をむき出しにしてうめき声をあげながら、あらんかぎりの力をこめて氷の膜に戦槌をふりおろした。

そのあとに起きたことは、まるでスローモーションになったかのようにはっきりと見えた。戦槌が氷の膜にあたってさらに細かい亀裂《きれつ》が入り、膜の向こうにつきぬける。それと同時になにかが爆発《ばくはつ》したような、かがり火が爆《は》ぜたような、大砲《たいほう》が火をふいたような音が前庭じゅうに響《ひび》きわたり、氷のかけらやばらばらになった象牙《ぞうげ》色の糸があたり一面に飛び散った。

「**いまだ！**」ルミエールがさけんだ。

ベルは両手で頭をかばいながら、目の前の穴に飛びこんだ。穴の縁《ふち》のぎざぎざしたところが服と皮膚《ひふ》を引き裂《さ》き血がにじみ、服の裂け目から冷気が入りこんでくる。

勢いよく障害物の向こう側に転がり出たベルのすぐあとにビーストも続く。クロマツの谷じゅうに響きわたる咆哮《ほうこう》とともにつきすすむビーストのすがたは、教会のステンドグラスを破《は》壊《かい》する悪魔《あくま》のようだ。

ベルとちがって四本足で向こう側に着地すると、ビーストはすぐさま服についた氷のかけらや糸をふりはらった。

ベルはくぐったばかりの穴をふりかえった。象牙色の糸が気味の悪い音をたてながら、これまでにない速さで地面を這《は》ってくる。まるで、穴を開けられたことに怒《おこ》っているかのように。穴が糸でふさがれていくにつれ、コグスワースとルミエールとポット夫人のすがたがだんだんかすんでいく。ルミエールの枝の先の火がきらめき、小さく手をふったのがちらりと見えたのを最後に、穴《あな》は完全にふさがれた。

「幸運をお祈《いの》りします！」召《め》し使いたちがさけぶ声が聞こえた。

あたりがしんと静まりかえる。また、雪が降《ふ》り出した。

ベルは立ちあがり、かばんを肩《かた》にかけた。呪《のろ》われた城にとりのこされたみんなを思うと、悲しみがあふれてきた。呪いをとくゆいいつの希望を台無《だいな》しにしたのはわたしなのに、自分だけが呪いから逃《のが》れたようで後ろめたくなる。いまのわたしは、逃《に》げようと思えばパリへだってどこへだって逃げられる。そして、何事もなかったように暮《く》らすことだってできるのだ。だって呪いがとけなかったら、王国も城も召し使いたちも、すべて呪われたまま、永遠にわすれさられてしまうのだから。わたしだって、すべてわすれてしまうだろう。

ベルは涙《なみだ》をこらえながら、糸と氷の障害物《しょうがいぶつ》の向こうに手をふった。うっすらとでもいいから、みんなに見えていますようにと願いながら。

ビーストがベルを見つめながらきっぱりといった。

「なにがあろうと、かならずここへもどってくる。いまはわたしが、この王国の……王なのだ。だからこの王国の民《たみ》は、わたしが守らなければならない」

ビーストの言葉を聞いて、ベルはなぜだかもっと泣きたくなった。

「きみだって、まだ危険《きけん》な状況《じょうきょう》にいることに変わりはない」ビーストがベルの気持ちを察《さっ》したのか真剣《しんけん》な面持《おもも》ちでいった。「森に野獣《ビースト》とふたりきりでいるのだから。呪いはますます強くなっている。わたしも、いつまで自分をコントロールできるかわからない」

ベルの脳裏《のうり》にある光景がよぎった。横たわる自分に血に染《そ》まった雪。まるでおそろしい結末をむかえるおとぎ話のようなその光景を、ベルはふりはらった。

「だいじょうぶよ。あなたは決してわたしを傷《きず》つけたりしない」

ビーストは力なくほほえむと、かがんでベルの額《ひたい》にキスした。

「きみを傷つけるくらいなら死んだほうがましだ」

降りしきる雪のなか、ふたりは無言《むごん》で歩き出した。城から続く足あとは、砂の上に冷たい波が押《お》しよせるように雪におおいかくされていった。

*17 中世ヨーロッパの歩兵が使った長柄《ながえ》の甲冑《かっちゅう》打撃用《だげきよう》の槌《つち》

*18 ユダヤの伝説における魔法《まほう》の力によって生命をあたえられた動きまわる土人形

*19 ドイツ南西部の森林地帯。鳩時計《はとどけい》の発祥《はっしょう》の地としても世界的に有名

36 再会

囚《とら》われびとの女は手術台にぐったりと横たわっていた。これからまたあの施術《せじゅつ》がおこなわれるのだ。

手術台の上の女は何年も暗い地下の独房《どくぼう》に閉《と》じこめられ、痛《いた》めつけられてきたせいで、あらゆる感情が失われ、だんだんなにも考えられなくなっていった。ただ、ひとつだけ残っているのは〝なぜ？〟という問いだけだ。

男は考えつくかぎりの医学的な治療を施《ほどこ》したおかげで、最初にやろうとしたことのほとんどは達成できていた。女の血液《けつえき》に鉄剤《てつざい》を注射《ちゅうしゃ》し、腹部《ふくぶ》にメスを入れて天然磁石《てんねんじしゃく》を埋《う》めこんだ。するどくとがらせた刃物《はもの》で女の頭を切開《せっかい》し、魔法《まほう》の力の源《みなもと》をさぐりあてようとした。魔法の力をなくすために科学的に調合《ちょうごう》した薬（男の主張するところによると、あくまでも秘薬《ひやく》であって毒ではない）を女の喉《のど》に何度も無理やり流しこんだりもした。

ほかの囚人《しゅうじん》への拷問《ごうもん》まがいの施術から得た情報などもとりいれ、試行錯誤《しこうさくご》を繰《く》りかえしたおかげで、男は暗黒時代以降《いこう》最大の偉業《いぎょう》をなしとげた。

女の魔法の力をほとんどとりのぞくことに成功したのだ。

女はそれを感じていた。男も実感していたはずだ。特殊《とくしゅ》なノギス[20]や目盛《めも》りつきのビーカー、そのほかの計測器《けいそくき》を使って、その目でたしかめているのだから。

魔法の力が残っていたとしても、長い時間をかけて力をふりしぼれば、髪《かみ》の色を変えられるほどの力くらいしかないだろう。あるいは、スズメの折れた翼《つばさ》からとれた羽根を一枚だけつけ直したり、カップに入った紅茶《こうちゃ》に魔法をかけて、肺炎《はいえん》にかかったひとの咳《せき》を一時間ほどとめたりするくらいのことなら、まだできるかもしれない。

だが、すがたを変えたり、相手を破滅《はめつ》に追いやったりするような強い力はもう残っていない。女はもはや魔女《まじょ》ではないといっていい。

男は勝利をつかんだのだ。

だったらなぜ、まだこんなことを続けているのだろう。

暗闇《くらやみ》のなか手術台に横たわる女の耳に、くぐもった叫《さけ》び声や床《ゆか》を乱暴《らんぼう》に踏《ふ》みつける音が聞こえた。ずいぶんさわがしいが、また、だれかがつかまえられたのかもしれない。怒《おこ》って暴《あば》れまわるその人物に、ブーツを蹴《け》りつけている音もする。

何年も前、女がここに監禁《かんきん》されたばかりのころは、毎週のようにだれかが連れてこられ、ときには一度に数人ということもあった。なかには施術《せじゅつ》する価値すらないと判断される者もいて、そういった者たちは引きずられながら廊下《ろうか》のつきあたりにある黒いドアの向こうへ消えていった。それきり、手術準備室だろうと女がいまいる手術室であろうと、彼《かれ》らを見かけることは二度となかった。といっても、最近は新たな犠牲者《ぎせいしゃ》が連れてこられることもめっきり減《へ》っていた。

さわがしい音がだんだん近づいてきた。さっきよりも暴《あば》れまわる音が大きくなり、それをとめようとする音が小さくなっているのは、この犠牲者がおとなしくいうことを聞く気はないということだ。

「はなせ、この悪党《あくとう》どもめ！」とわめく声がする。

女は心臓《しんぞう》がとまるかと思うほどおどろいた。

この声を知っている。

どうかあのひとではありませんように、と全身で願いながらも、あのひとだったらどんなにいいだろうという思いをとめることができない。女は固定具でおさえつけられた頭を精いっぱい動かして、開きっぱなしのドアの向こうに目をやった。そこにいたのは、まさに女が思っていたとおりの人物だった。肉づきのいい中年の男で、覆面《ふくめん》をかぶった三人の見張りに引きずられながらも、抵抗《ていこう》しようと必死にもがいている。まちがいなくモーリスだ。この見張りたちに馬車にのせられ、無理やり連れてこられたのだろう。

女がモーリスを最後に見たのはもう何年も前になるが、モーリスはそのときとほとんど変わっていなかった。髪にはだいぶ白髪《しらが》がまじっているが、まるくて血色《けっしょく》のいい頬《ほお》はむかしのままだ。

モーリスの目のまわりにめがねのあとがついているのに気づき、なつかしさで胸《むね》がきゅっと痛《いた》んだ。あの不格好《ぶかっこう》な溶接《ようせつ》用の保護《ほご》めがねをいまもまだ使っているのだろう。

覆面をかぶった見張りのひとりが、モーリスのわき腹《ばら》にひざ蹴《げ》りを入れた。モーリスがうっとうめいて前かがみになる。頭をもちあげようとしたき、ふとその視線《しせん》が女をとらえた。

モーリスの顔がゆっくりと恐怖《きょうふ》にひきつっていく。

あのひとが、わたしを見てあんな顔をするなんて。女は傷《きず》ついたが、すぐに気づいた。

モーリスは、目の前にいる女が自分の妻だとわからないのだ。傷《いた》んでぼさぼさの髪《かみ》には乾《かわ》いた血がこびりつき、やせこけた頬や額《ひたい》には傷《きず》がいくつもあって、ぞっとするような形相《ぎょうそう》になっているにちがいない。長い監禁《かんきん》生活のあいだ痛めつけられてきた体はやせ細ってゆがんでいる……むかしの面影《おもかげ》など残っていないだろう。

それだけでなく、女は家族を守るためとはいえ、おろかにも〝忘却《ぼうきゃく》〟の呪文《じゅもん》をかけたのだ。

乾《かわ》いてからっぽの胸《むね》に悲しみが広がり、嗚咽《おえつ》がこみあげてくる。

それでも、最後の希望を託《たく》して声のかぎりにかすれた声で呼《よ》びかけた。「モーリス……」

モーリスの目が大きく見開く。「ロザリンド？」

その顔が怒《いか》りで赤くなっていく。

「ロザリンド！」

モーリスは見張りたちをふりほどこうと腕《うで》をふりまわし、脚《あし》を蹴《け》り出した。その腕は重い金属片《へん》や機械をもちあげているおかげで太くなり、その脚は愛馬《あいば》のフィリップの機嫌《きげん》が悪いときに、煉瓦《れんが》や金属片を山と積んだ荷車を押《お》しているおかげで鍛《きた》えられている。

モーリスは狂戦士《ベルセルク》*21のごとく見張りたちを蹴散《けち》らすと、手術室のロザリンドのもとへ駆《か》けよった。そして、その頬《ほお》にやさしくふれて額《ひたい》をなでると、すぐさま肉厚《にくあつ》の手で、ロザリンドの首をおさえつけている固定具を外そうとした。

ロザリンドは一瞬《いっしゅん》、また夢を見ているのではないかとうたがった。この地下の独房《どくぼう》に監禁《かんきん》されたばかりのころは、夢と現実の区別がつかなくなることがよくあった。暗闇《くらやみ》のなかにひとりきりでいると、モーリスとベルがほんとうにそばにいて、この地下の独房こそ悪夢だと思えたのだ。

だが、必死に妻を自由にしようとしているモーリスを近くで見ているうちに、これは夢ではなく現実だとはっきりとわかった。モーリスの左目のそばには、何年も前に離《はな》ればなれになったときにはなかった傷《きず》がある。それに額《ひたい》が少し広くなったし、おなかのあたりにも少し肉がついたようだ……働き盛《ざか》りの男にふさわしい量の食事をきちんととり、ベルといたわり合いながら、つつがなく暮《く》らしているのだろう……。

そのとき、革《かわ》でおおわれたこん棒《ぼう》がモーリスのうなじに思い切り打ちつけられた。モーリスは意識を失い、無言劇《むごんげき》の俳優《はいゆう》のようにばったりと床《ゆか》にたおれた。

「だめ！」ロザリンドは声をふりしぼった。

見張りたちが、ぐったりと横たわるモーリスの手首と足首をつかみ、死体をあつかうように手荒《てあら》くもちあげて歩き出す。見張りたちの歩みに合わせて、モーリスの胴体《どうたい》がぶらんぶらんと左右にゆれる。

「やめて！」ロザリンドはあらんかぎりの声を出してさけんだ。「このひとには魔法《まほう》の力なんてない！」どういえば見張りたちに伝わるのかと必死に言葉をさがす。「このひとは……シャルマントゥじゃない！　穢《けが》れもないし罪もない！　**連れていかないで！」**

だが、手術室の奥《おく》のドアが開き、ばたんと閉《し》まる音がして、ロザリンドはひとり残された。

そして孤独《こどく》の深淵《しんえん》にしずんでいく。

＊20　本尺《ほんじゃく》のほかに、移動できる副尺《ふくしゃく》をもつ精密測定器具《せいみつそくていきぐ》。ふたつの爪《つめ》のあいだに物をはさんだり、物の内側にあてたりして厚さや直径などを測定する

＊21　北欧《ほくおう》の伝説に登場する戦士。戦場で狂暴《きょうぼう》になり無敵《むてき》の強さをしめしたとされる

PART 3

37 鏡のなかの真実

　雲が低くたれこめる夕闇《ゆうやみ》の空の下、ベルはビーストと雪が舞《ま》い落ちる村を歩いていた。ずいぶん長いあいだこの村をはなれていたような気がする。そういえば、ひとりで村から出たのは今回が初めてだ。父につきそって泊《と》まりがけで発明コンクールに出かけたことは何度かあるし、父と森へキノコ狩《が》りに行き、夢中でアミガサタケやトリュフを集めて何日か野宿《のじゅく》したこともある。でも、せいぜいそれくらいで、いつもそばには父がいた。

　通り沿《ぞ》いにならぶ、明かりの灯《とも》ったこぢんまりとした家にひとつひとつ目を凝《こ》らす。どこか変わったところはない？　違和感《いわかん》を覚えるところはない？　ここには田舎《いなか》特有の偏屈《へんくつ》な考え方のひともいるけれど、この村のことは大好きだ。清潔《せいけつ》で安全だし、この村で育ってよかったとも思っている。でも……こうしてあらためてながめてみると、きれいなばかりで、おもしろみがない風景画のように見える。いつか、この村に郷愁《きょうしゅう》を感じることがあるかもしれない。けれど、いまは故郷《こきょう》を思って切なくなるような気持ちはめばえていない。この村はいってみれば卵《たまご》のようなものだ。わたしはそのなかに閉《と》じこめられたまま成長し、そしていま、そこから飛び出して自由になろうとしている。でもそのためには、かたい殻《から》をやぶらなければならない。

「ここが、きみが育ったところなんだな?」ビーストが深くかぶったフードの下からくぐもった声でいった。

「ええ。でも、わたしの家はもっと向こうの村の外れにあるの。丘《おか》にかくれてるから、ここからでは見えないわ」ベルは遠くを指さしながらいった。

出てきたばかりの森をふりかえる。うっそうとした木々《きぎ》と深い谷のせいで、城のいちばん高い塔《とう》さえ見えない。

「なんだか、もう城が消えてしまったみたい」ベルはつぶやいた。

ビーストがベルの言葉を受けてしんみりといった。「呪《のろ》いをかけられていなかったとしても、遅《おそ》かれ早かれ同じことになるだろう。人間だろうと物だろうと、いつかは消えてなくなるのだ」

ひらひらと降《ふ》りつづける雪のなか、ふたりはだまりこんだ。

しばらくして、ベルが憂《ゆう》うつな気分をふりはらうようにいった。「さあ、まずはうちへ行きましょう。父のところへ。父とはなれたあと城であったことを話したら、どれほどおどろくかしら」

「いや、書店に行くのが先だ」ビーストはおだやかだがきっぱりとした口調でいった。

「でも、父はわたしをすごく心配しているはずよ！」

「ベル。わたしたちには時間がない。城がしずみかけているのを見ただろう？　まずは呪《のろ》いをとく必要がある。再会をよろこぶのはそのあとでもできるだろう」

ベルはうつむいた。ビーストのいうとおり。そもそも、わたしがあんな衝動的《しょうどうてき》で身勝手な行動さえとらなければ、こんなことにはならなかったのに。これまでは父さんをのぞいて、だれかのためになにかしたり、自分よりほかのひとのことを優先《ゆうせん》したりすることなんてなかった。でも、これからはみんなのためになることをしなきゃ。

「わかったわ。まずはムッシュ・レヴィのところへ行って、父のところへ行くのはそのあとね」

馬はいないので、ふたりは川をわたることにした。そのほうが時間が短縮《たんしゅく》できる。橋は増水して凍《こお》った川にうもれて使えなくなっていたが、流れが速くて凍っていない場所に小さな舟があった。小舟は川の両岸にわたされたロープとつながっていて、そのロープをたぐっていけば向こう岸へ行けるようになっている。ベルは、小舟がビーストとふたり分の重みに耐《た》えきれるか心配だったが、いざのってみると、少ししずんだだけですんだ。ビーストはこういったものを見るのは初めてのようだったが、ベルがロープをもちあげると、すぐにどういう仕組みなのか理解し、ロープをたぐりはじめた。釣《つ》り針《ばり》に魚のかかっていない釣り糸を巻《ま》きとるかのように軽々《かるがる》と手を動かしている。

「煙《けむり》のにおいがする」ビーストが川を半分ほど進んだところで、顔をしかめながらいった。

「そう？　そろそろ日もしずむし、みんな外でなにかしたりせずに、あたたかくて居心地《いごこち》のいい家のなかにいると思うけど」

トンボが水面をかすめて飛んでいくように、冷たい風が川を吹《ふ》きぬけていく。ビーストがなにもいわずにさりげなくベルのそばに移動して、寒さからかばった。ビーストの体はほのかに熱を放っていて、まるでウシやヤギのようだったが、においはウシやヤギよりずっとよかった。ビーストとふたりきりの小舟はとても居心地がよくて、ベルはもう少しこうしていたかったと残念に思いながら村の砂利道《じゃりみち》におりたった。

寒くて雪も降《ふ》っているので、どの店も早じまいしたようだった。通りには人影《ひとかげ》もまばらだが、ビーストはフードを深くかぶったまままわずかな明かりも避《さ》け、街灯《がいとう》や看板《かんばん》のかげにかくれながら暗がりを忍《しの》び足で進んだ。

とちゅう何人かとすれちがったが、だれもベルだとは気づかずに通りすぎていったので、ベルはほっとしたような、がっかりしたような複雑《ふくざつ》な気持ちになった。雪よけにフードをかぶっているとはいえ、いつもとちがう服装《ふくそう》をしているだけで、こんなにも気づかれないものかしら。

村のひとたちは新品で上等な赤いマントしか目に入らなかったんだろうか。

そんなことを考えているとき、どこからか煙《けむり》がただよってくるのに気づいた。さっき小舟でビーストが嗅《か》いだ煙はこれだったのかもしれない。暖炉《だんろ》で薪《まき》を燃やしているときに煙突《えんとつ》から出てくるような煙じゃない。火が消えてしばらくたつのに、まだくすぶっているときにいつまでも薄《うす》くただよっている煙に似ていて、においはそれほどひどくない。それどころか、なぜだが、とてもなじみのある物が燃えたときに出るにおいのような気がする。

「クリスマスのかがり火を焚《た》くにはまだ早いし……」ベルはどういうことだろうと考えながら大通りを右にそれた。書店に近づくにつれ、煙が濃《こ》くなっていく。

角《かど》を曲がると、とうとう煙の出どころがわかった。

ベルは、あっとさけんで、その場にくずおれた。

ムッシュ・レヴィの書店が、見るも無残《むざん》に焼け落ちていた。建物の骨組《ほねぐ》みくらいしか残っていない。土台の上の柱は煤《すす》け、屋根は梁《はり》以外は焼け落ちてまだくすぶっていて、それ以外は灰《はい》や炭と化している。

ムッシュ・レヴィ！　ああ、本がぜんぶ燃えてしまった……。

近くの小さな家にも火の粉《こ》が飛んだようだが、屋根を少し焦《こ》がしただけで、どの家もぶじだ。

村の顔なじみのひとたちが何人かいて、片《かた》づけをしている。火事が起きてから、ひと晩《ばん》以上はたっているようだ。熱帯に咲《さ》く花の花びらのような黒い灰が、風も吹《ふ》いてないのにひらひらと空を舞《ま》っている。あたり一面、灰だらけで、すみには吹き溜《だ》まりがあって、時おりくるくると舞《ま》いあがる。

燃えかすのなかには、まだ文字が読みとれるものもあった。本が灰になってしまった。ベルは悲しみに胸《むね》を引き裂《さ》かれそうだった。もう、もとにはもどらない。

服をしっかりと着こんだ男のひとが急ぎ足で通りかかったとき、ベルは地面にすわりこんだまま無意識のうちにそのコートをつかんだ。ビーストはちょうどベルをなぐさめようとしていたところだったが、どこかにかくれたほうがいいととっさに判断したのだろう。近くの戸口の暗がりへさっと身を寄せた。

「あの……」ベルは涙《なみだ》をこらえながらいった。「ここでなにがあったの？」

「ベルじゃないか」男のひとがおどろいてベルを見た。ムッシュ・ソーヴテールといって、村の高級衣料品店の店主だ。「どこへ行ってたんだ？　モーリスがどれほど心配していたことか……」

「話すと長くなるの」ベルはもどかしさを感じながら立ちあがった。「ねえ、ここでなにがあったの？　ムッシュ・レヴィはいったいどこ？」

「ああ……まったく気の毒にな」ソーヴテールは灰《はい》にまみれた焼け跡《あと》に目をやった。「おそらく放火だろう。火は店のなかから出た。レヴィはただの本好きなじいさんで、だれかの恨《うら》みを買ったとは思えんが。だれがこんなひどいことを」

「レヴィはぶじなのよね？」ベルは心配でたまらなかった。

ソーヴテールは肩《かた》をすくめた。「さあ……死体が見つかったとは聞いてないし、留守《るす》にしてたんじゃないか？　おそらくそのすきを狙《ねら》って火をつけられたんだろう。いま、どこにいるかはわからない……。ベル、悪いがそろそろ家に帰らないといかん。子どもたちが腹《はら》をすかせて、おれの帰りを待ってるからな。ベルも早く家に帰ってやれ！　モーリスが死ぬほど心配しているはずだ！」

ソーヴテールが去っていくと、ベルはふたたびその場にへたりこんだ。

ビーストが戸口の暗がりからすっともどってきて、ベルの前に立った。無言《むごん》でベルを見守っている。

しばらくふたりでそうしていたが、やがてベルがいった。「店のなかに入りましょう」

ベルは気力をふりしぼってなんとか立ちあがると、かろうじて残っているドアの枠《わく》をくぐり、重い足取りで店のなかに入っていった。履《は》き古した靴《くつ》に煤《すす》がつこうが灰《はい》がつこうが気にならなかった。

「ここが……きみのお気に入りだった場所か……」ビーストがベルのあとから入ってきていった。

「ええ、世界でいちばん好きだった場所よ。自分のベッドよりも居心地《いごこち》がいいくらいに」ベルは悲しみをこらえながら答えた。「ここへ来るといつも、まだ足を踏《ふ》みいれたことのない見知らぬ場所が、こころよくむかえいれてくれるように思えたの。いつだって新しい物語との出会いが待っていた。そして、ムッシュ・レヴィは、わたしを未知《みち》の世界へ連れていってくれる友人でもあり、案内役でもあり、探検家《たんけんか》でもあった。ここはわが家も同然の場所だったのよ」

ベルは棚《たな》に目をやった。どの棚も黒く焦《こ》げた本の残骸《ざんがい》ばかりで、まだ読めそうなものはほとんどない。かろうじて燃えのこっている本も炎《ほのお》の高熱のせいで、ページとページがくっついてしまっている。ここへ来るたびにかならずすわっていたお気に入りの椅子《いす》は、座面《ざめん》の布や中身が燃えつきてしまい、脚《あし》や背《せ》などの木の骨組《ほねぐ》みが弱々《よわよわ》しいすがたで残っているだけだ。

「ベル……とても……残念だ」ビーストはベルの肩《かた》に手を置いた。

その手をつかんだとたん、ベルの目からこらえていた涙《なみだ》がこぼれ落ちた。とめどなく頬《ほお》を伝いつづける。

「わたしも……きみのお気に入りの場所を見るのを楽しみにしていたのだ」ビーストがぎこちない口調でいった。

「わかってるわ」ベルが鼻をすすりながら答える。

「書店にかぎらず、店というものには一度も行ったことがなくてね」ビーストがおどけた口調でいった。ベルの気分を少しでも明るくしようとしているのだろう。

「えっ？」ベルは服のそでで頬の涙をぬぐった。「うそでしょう？」

「うそじゃない。商人たちのほうから城へやってきて、商品をあれこれ見せてくれるから、わざわざ店に出向く必要なんてなかったのだ。しかも、城に出入りできるのは一流の商人ばかりだから、あつかっている商品も本物の金箔《きんぱく》を貼《は》っているボールとか、スズの兵隊とか、本物のクマの毛皮とガラスの目玉でつくったクマのぬいぐるみとか……」

ベルは首を横にふりながらさえぎった。「ありがとう……わかったから、もう、それくらいでじゅうぶんよ」

「わたしはただ……きみの気持ちを少しでもまぎらわせようと……」

「ええ、わかってるし、あなたの気づかいにはとても感謝してる」ベルは現実の問題にもどらなきゃ、と肩《かた》をゆらして力をぬき深呼吸《しんこきゅう》するとこうたずねた。「このあたりで……遺体《いたい》のにおいはする？　厩舎《きゅうしゃ》でアラリックを見つけたときのように」

ビーストは眉間《みけん》にしわを寄せたあと、鼻の穴《あな》を広げた。「ネズミが火事に巻《ま》きこまれて何匹《びき》か死んだようだが、それくらいだ」

ベルはほっとして大きく息をはいた。

「よかった。それにしても鼻がよくきくのね」

書店が焼けてしまったことはとても悲しいけれど、謎《なぞ》をときあかすことに集中しよう。母さんが魔女《まじょ》で、ムッシュ・レヴィが不老不死《ふろうふし》の存在《そんざい》かなにかだとわかったとたん、書店が焼かれて、レヴィ自身もすがたを消した。

これが、たんなるぐうぜんだとは思えない。

「階段《かいだん》はまだ使えそうだから、二階へあがってみるよ」ビーストがいった。

ベルはビーストをとめはしなかったが、いっしょに行こうとは思わなかった。レヴィの部屋へ勝手に入るのは気が引けた。レヴィのプライベートな空間に土足《どそく》で踏《ふ》みこむように思えたのだ。レヴィのことをまったく知らないひとがするなら、まだ許されるような気がする。

「とくに不審《ふしん》な点はない」ビーストが二階から呼《よ》びかけた。「屋根が焼け落ちてしまった以外は、いたってふつうだ」

ベルは額《ひたい》に手をあてて考えをめぐらせた。レヴィはどこにいるんだろう。これまでにも、年に数回、大きな街で開かれる書籍見本市《しょせきみほんいち》に行ったり、旅行に出かけたりして留守《るす》にしたことはあった……でも、いまは？　なんらかの方法で、店が襲撃《しゅうげき》されると知ってその前にどこかに逃《に》げたんだろうか。店に火をつけられたのは、レヴィがシャルマントゥだから？　わすれられた小さな王国でシャルマントゥに向けられていた暴力が、川をこえてこの村でも牙《きば》をむいたということ？　彼《かれ》らにとって安全な場所なんてないの？

ベルはなにか手がかりを求めて机《つくえ》を調べてみることにした。この机で、レヴィは店で売り買いした本の金額《きんがく》を集計したり、わずかながらに稼《かせ》いだ金を保管したりしていた。ベルにもよく分けてくれたピスタチオが入った小袋《こぶくろ》も、いつもこの机のひきだしから出してきた。でも、いまはほとんど焼けてしまい、残っているのは錠《じょう》のかかる木箱の金属製の蝶番《ちょうつがい》と、そのなかに入っていた硬貨《こうか》くらいだ。それともうひとつ、灰《はい》色にくすんだこれは……。

鏡だ。小さくて、なぜだかなつかしさを覚える鏡……。

形はまるく、男性のベストのポケットや女性の化粧《けしょう》ポーチに入れるのにちょうどいいくらいの大きさだ。煙《けむり》のせいで煤《すす》けているが焼けてはいないようだ。縁《ふち》に小さなバラの飾《かざ》りが施《ほどこ》してある。鏡面を服のそででこすると、すぐに明るく輝《かがや》き出した。

「ビースト、これを見て！」ベルはさけんだ。

ビーストはベルの声にただならぬものを感じとり、返事をする間ももどかしく、くずれかけた階段《かいだん》を飛ぶようにおりてきてベルのもとにもどった。

ベルは手のひらにのせた小さな鏡を見せた。

すると、ベルの手のぬくもりのおかげで生きかえったかのように、銀色の鏡面が小さく波打ったかと思うと、少女の顔が鏡いっぱいに映《うつ》し出された。

この顔には見覚えがある。ずいぶんおさないけれど……母さんだわ。ベルははっと気づいた。母の顔をこんなに間近《まぢか》ではっきりと見たのは初めてだ。その緑色の目をじっとのぞきこむ。

鏡のなかのおさないころの母は満足げにほほえんでいる。あごが猫《ねこ》のように少しとがっているけれど、とてもきれいな顔立ちだ。ぱっと見たかぎりでは、どこにでもあるような肖像画《しょうぞうが》にも思えるけれど、目を凝《こ》らすとなにもかも見透《みす》かすようなその目に知性があふれているのがよくわかる。

おさないころの母が真剣《しんけん》な表情でうなずき、ほつれた髪《かみ》を耳にかけたとき、ベルはおどろいて鏡を落としそうになった。

「きみにそっくりだ」ビーストがつぶやく。

「わたし……」ベルはなんて答えていいのかわからなかった。わたしもそう思う、とか？

そのとき、鏡のなかの母の輪郭《りんかく》がゆらゆらしたかと思うと、だんだんぼやけはじめた。

ベルは手がふるえているせいかもしれないと思って鏡をゆらさないようにしたが、その必要はなかった。ぼやけていた輪郭が、自然とまたはっきりとしてきたからだ。ビーストの銀の手鏡とちがって、見たいものを声に出して命令する必要はないらしい。

今度は若《わか》い娘《むすめ》に成長した母が映《うつ》し出された。パーティーでも開かれているんだろうか。両親――ベルの祖父母《そふぼ》――がほかの大人と立ち話をしている横で、少し退屈《たいくつ》そうにしている。金色の飾り帯《サッシュ》がついたとてもすてきなあわいピンクのワンピースを着ていて、上品に見せたいのか、友だちが誘《さそ》いにきて引っぱっていかれるときにもワンピースが乱《みだ》れないよう気をつけているのがわかる。

その友だちの足先にはひづめがある。

「これって……」ベルがいいかけた。

「おそらく……ファウナ[*22]だろう」ビーストがいった。ちょっとめずらしい動物だというくらいの反応で、とくにおどろいているようすはない。

そのとき、ベルのもどかしさが伝わったかのように、鏡のなかの場面がつぎつぎと変わりはじめた。どの場面も興味を引かれるものばかりだが、レヴィの行方《ゆくえ》を知ったり、呪《のろ》いをといたりするための手がかりになるようなものではなさそうだ。母の目を通して見ているであろう王国のさまざまな場面が映《うつ》し出されていく。お祭り、クリスマス、雨が続いた春に起きた洪水《こうずい》……。そのうち、ある騒動《そうどう》の場面が映し出された。ふたりの若者《わかもの》が殴《なぐ》り合いをして、片方《かたほう》が魔法《まほう》の光に打たれて命を落とし、それを見ていたひとたちのあいだで口論《こうろん》が起こる。鎮圧《ちんあつ》しようと駆《か》けつけてきた衛兵《えいへい》たちが、いっせいにシャルマントゥたちの頭をなぐって地面におさえつけ、さらになぐりつける。

衛兵が出てくる場面がさらに続く。シャルマントゥの若い娘《むすめ》が人相《にんそう》の悪い男たちからひどいいやがらせを受けようが、シャルマントゥの若者がはげしく殴《なぐ》られようが、衛兵たちは見向きもしない。シャルマントゥのなかには歩けないほど痛《いた》めつけられるものもいる。ときには目を閉《と》じたまま二度と立ちあがれないほどに。

「父さん！」鏡のなかに父があらわれた瞬間《しゅんかん》、ベルはさけんだ。

ベルとビーストが見ている前で、魔女《まじょ》である母と発明家である父の住まいが映《うつ》し出される。

どうやら路地のそばのアパートメントのようだ。母と父は夜おそくまでパーティーを開き、友人と楽しそうにすごしている。だがやがて、いつまで待っても友人があらわれない場面が映《うつ》し出され、王国の状況《じょうきょう》が変わるにつれて、ふたりの暮《く》らしは平穏《へいおん》で幸せに満ちたものから、不安と怒《いか》りが渦巻《うずま》くものになっていく。

鏡のなかのベルの母が城に向かっていく……。

「父上、母上」ビーストがつぶやいた。

母は、シャルマントゥへの迫害《はくがい》をやめさせて罪のない民《たみ》を守ってほしいと国王と王妃《おうひ》にうったえているようだ。だが、国王も王妃も母を追いかえしてしまう。

ビーストがそんな両親を恥《は》じて、だめだ……と喉《のど》の奥《おく》から、すすり泣きとも罵《のの し》りともつかない声をしぼり出す。

つぎに映し出されたのは、ベルが誕生《たんじょう》する場面だ。出産のシーンは直視《ちょくし》できなかったのか、ビーストはそっと目をそらす。

シャルマントゥがひとり、またひとりとみずから王国を去ったり、すがたを消したりするにつれて、王国じゅうが殺伐《さつばつ》とした空気におおわれていき、それを見ているベルとビーストの胸《むね》の内にも悲しみと恐《おそ》れが広がっていく。

疫病《えきびょう》が猛威《もうい》をふるい、香《こう》が焚《た》かれて遺体《いたい》が焼かれ、国境が封鎖《ふうさ》されるが遅《おそ》きに失したようだ。暴力と疫病が蔓延《まんえん》する王国から幼子《おさなご》を連れた夫婦が逃《に》げ出していく。

夜中に馬を駆《か》る人物は……。

「アラリックだ」ビーストが悲しげにつぶやいた。

アラリックは村の小さな家に何度もやってくる。たいていは月の出ていない暗い夜で、かならず後ろにもうひとりかふたりのせている。ベルの両親が、逃《に》げてきたシャルマントゥを家のなかに案内し、王国へもどるアラリックのために食べ物やホットワインをもたせてやっている。そして、つぎの晩《ばん》になると、できうるかぎりの食べ物や、さらにはいくらかの金までわたして、シャルマントゥが少しでも安全な世界へ旅立っていくのを見送るのだ。

それを見ているベルがゆっくりと口を開く。「ひとりだけじゃなかったんだわ……。こんなにおおぜいのシャルマントゥが逃げ出すのに力を貸していたなんて。まるで王国じゅうのシャルマントゥを助けているよう……。だからアラリックの手帳に、衛兵隊《えいへいたい》の隊長たちがいつ、どの国境を警備《けいび》しているかをまとめたリストがあったのね。アラリックはたしかにある意味、密輸《みつゆ》をしてた。シャルマントゥを密出国《みつしゅっこく》させていたのよ。それも数えきれないほどたくさん」

ベルは、アラリックがシャルマントゥを連れてくる場面に自分が一度も登場していないことに気づいた。父さんも母さんも、まだおさないわたしを危険《きけん》なことから遠ざけようと守ってくれていたのかもしれない。

やがて、アラリックの訪問《ほうもん》がふっつりと途絶《とだ》える。青白い顔をした国王と王妃《おうひ》がベルの母を城に呼《よ》び出して助けを求めるが、母はそれを拒絶《きょぜつ》する……。ベルはそれを見てはずかしく思いながらも、疑問《ぎもん》を抱《いだ》かずにはいられない。どうして母さんはシャルマントゥ以外のひとを助けようとしなかったんだろう……。

ベルは疑問をかかえながら、つぎの場面に見入った。城から家にもどった母が遠くを見つめながら指をふっている。ふたたび城が映《うつ》し出され、城にいる人びとの上に、きらきらと輝《かがや》く銀色の光がバラの花びらが舞《ま》い落ちるようにつぎつぎと降《ふ》りそそぐ。ベッドで眠《ねむ》っているまだおさない王子がその光を受けとめて、体をもぞもぞと動かしながら、うれしそうにほほえむ。

「いまの場面って、母が魔法《まほう》をかけたということかしら」ベルはとまどいながらつぶやいた。場面が切りかわり、母がムッシュ・レヴィに小さな鏡をわたし、自分の手をレヴィの手に重ねてしっかりとつつみこむ。

それを最後に、鏡に映し出された場面は消えた。

＊22　ヤギの角《つの》と脚《あし》をもつとされるローマ神話の森・牧畜《ぼくちく》の神。男性形はファウヌス

38 ビーストの願い

「いま見たのは……まるで日記のようだな」

ビーストが先に口を開き、するどく核心《かくしん》をつく意見をいった。「わたしの魔法《まほう》の鏡は、いまこの瞬間《しゅんかん》を映《うつ》し出すが、この鏡はきみの母親の……記憶《きおく》を映し出している」

「母はこの鏡をムッシュ・レヴィに手わたしていたわ……」ベルは手のひらの上にある小さなまるい鏡をひっくりかえしながら考えをめぐらせた。「まるで自分の身になにか起きたときのために、これをもっていてほしいと頼《たの》んでいるみたいだった。自分の未来を予見《よけん》していたのかもしれない。それで、この鏡をムッシュ・レヴィに託《たく》した。残されるわたしのことを考えて。わたしのことなんかどうでもよくなって捨《す》てたわけじゃなかったのね……」

「ベル、きみの母親が大切な娘《むすめ》を捨てたりするわけがない」ビーストがやさしくいった。

わたしが母のことをわすれていたのは、やっぱり魔法をかけられたせいね。それに、わたし自身も母のことは長いあいだずっと考えないようにしてきたし……。母という存在《そんざい》が、わたしの人生にとつぜんもどってきた。母は想像していたよりもずっと複雑《ふくざつ》なひとだったけれど、それだけじゃなく、ずっと母親としての愛情に満ちているひとだった……。

ベルは母に対する思いを頭の奥《おく》に押《お》しやった。もっと母について考えていたいけれど、いまはほかに集中して考えなければならないことがある。「城から家にもどった母は魔法《まほう》をかけていたみたいだったけれど、どんな魔法かしら」

「そういえば城にいた子どもや赤ん坊《ぼう》は、だれひとり疫病《えきびょう》にかからず元気だった。わたしもふくめてね。それを奇跡《きせき》だというひともいたが、もしかしたらきみの母親が魔法をかけてくれたのかもしれない」

「でも、母はあなたのご両親は死なせてしまったわ……ほんとうにごめんなさい」ベルは申しわけなさで胸《むね》が痛《いた》んだ。

「さて、つぎはどうする？」ビーストは居心地《いごこち》が悪そうに話題を変えた。そのことについては、もう考えたくないのだろう。

「父に会いに行きましょう。この鏡に映《うつ》し出される場面を見せたら、父の記憶《きおく》がよみがえって、いまかかえている問題の解決の糸口《いとぐち》になるかもしれないもの」

「そうだな。では、ベルの父親のところへ行こう」といってビーストが腕《うで》を差し出すと、ベルはその腕《うで》をとり、ふたりで戸口に向かった。いまや灰《はい》や炭と化した家具や本の残骸《ざんがい》の上を歩いているとき、ベルはつらくて顔をゆがめた。

ビーストはベルのそんな悲しげな表情を見るのが耐《た》えられないのかこういった。「すべてうまくいったら……呪《のろ》いがとけて……戴冠式《たいかんしき》をおこない、正式に王になったら……わたしがこの書店を建て直す。もっと大きくしよう。もしかしたら……きみの書店を建てることだってできるかもしれない」

ベルは悲しみとよろこびがまじったような笑みをビーストに向けた。「ありがとう。約束よ」

ふたりはそれぞれ自分の考えにふけりながら無言《むごん》のまましばらく歩きつづけた。

「あそこよ」やがて、ベルが目を輝《かがや》かせながらいった。自分の家が見えてきたとたん、自然と笑みがこぼれた。小さいけれど、とても居心地《いごこち》のいい家だ。といっても少し……変わったところもある。たとえば、これまで通りすぎてきたほかの家にはない、小型風力発電機《こがたふうりょくはつでんき》が屋根の上についていたりする。

「その、なんというかとても……あたたかみの感じられる家だ」ビーストはなんとか褒《ほ》め言葉をしぼり出した。

「見て、明かりがついてる！　台所のテーブルの上の小さなランタンよ！　父さんは家にいるんだわ！」

玄関《げんかん》の前まで来てドアを開けようとしたとき、ベルはとちゅうで手をとめてビーストのほうをふりかえった。

「先に……わたしひとりで入ったほうがいいと思うの」ベルはできるだけやわらかな口調でいった。「なんといっても、あなたは父を牢《ろう》に放りこんだわけだから」

ビーストはしゅんとうなだれた。

「あのときのことは、きちんと謝罪《しゃざい》するつもりだ」

「そうしてくれるとうれしいわ」ベルはビーストの手をぎゅっとにぎった。「でも、あなたと父がまた顔を合わせる前に、これまでに起きたことを父に説明しておきたいの。それがすんだら、あなたを呼《よ》ぶから家の裏口《うらぐち》のそばで待ってて」

「わかった」ビーストはぼそりとつぶやいた。「それまで、家の裏手《うらて》のあの茂《しげ》みにでもかくれているとしよう」

「ありがとう」ベルはつま先立ちになってビーストの頬《ほお》にキスした。「すぐに呼ぶから」

ベルがドアに向きなおると、ビーストは影《かげ》のように気配を消してすばやく家の裏側に移動し、雪の積もった茂《しげ》みに身をひそめた。

ドアが閉《し》まる音がしたあと、ビーストはなかのようすをうかがおうと耳をすましたが、ドアはかたく閉《と》ざされているうえに窓《まど》の数も少ないので、なんの音も聞こえてこなかった。

知らず知らずのうちにうめき声がもれる。まったくなんてざまだ。わたしは王子、いや、いまは国王だというのに、寒空の下、こんなところに身をかくさなければいけないとは。しかも、とてつもない力と大きな体をもつ野獣《ビースト》の身でありながら、小さなウサギのように縮《ちぢ》こまって人《ひと》目《め》にふれないようにしているのだぞ。

わたしがもし……人間のすがたをしていたら……ベルをエスコートして家に入ることができるだろうか。娘《むすめ》が国王にエスコートされているのを見たら、ベルの父親はなんというだろう？ そのあとはどうなる？ わたしとベルが結《けっ》婚《こん》するなんてことがありうるだろうか。わたしの王国にはもう、王族ではない者と結婚することを反対する者などいないだろう。

とはいえ、ベルの気持ちは？

ベルもわたしを好きでいてくれるだろうか。

城から出たあと額《ひたい》にキスしたとき、ベルはいやがらなかったし……さっきはベルのほうから頬《ほお》にキスしてくれた。ということは見込《みこ》みはあるのかもしれない。

このところ、先のことや複雑《ふくざつ》で抽象的《ちゅうしょうてき》なことを考えるのがだんだんむずかしくなってきていた。このことをベルに明かすのは避《さ》けているが、理性よりも本能のままに行動することが多くなってきている。空腹《くうふく》を満たすためだけに食べ、走りたいままに走り、体のどこかがかゆければ人目《ひとめ》もはばからずに掻《か》くし、においに対してもさらに敏感《びんかん》になってきた。直視《ちょくし》したくないが、これが現実だ。

キツネのようにふさふさしたしっぽを動かしたひょうしに、茂《しげ》みの上に積もっている雪がどさりと落ちた。聴覚《ちょうかく》のするどい耳に、その音が大きく響《ひび》く。

音をたてないようにしなければ、とじっと息をひそめる。

ところで、ベルはどうしたのだろう。だいぶ時間がたったような気がするが、まだ父親との涙《なみだ》の再会にひたっているのだろうか。

厚い毛のおかげで寒くはないとはいえ、この小さな村のひっそりと静まりかえった雰囲気《ふんいき》には寒気《さむけ》を覚える。店というものにはこれまで一度も行ったことはないが、王国内を馬で遠駆《とおが》けしたり、視察《しさつ》したり、パレードに加わったり、母のおともで小旅行をしたことはある。行った先々《さきざき》は、ここよりもずっと広々《ひろびろ》としてにぎやかで、ひとも多く、たくさんの家や建物がならんでいた。それに、ここことはちがい、だれもよそから来たひとをいぶかしげにじろじろと見たりしなかった。

寒々《さむざむ》としてものさびしいこの村を見ていると、がらんとして気味の悪い城のなかにいるような気持ちになってくる。

そのとき、一台の黒い馬車が視界《しかい》に入った。もう一台続いたが、二台目も同じく黒いようだった。並外《なみはず》れた視力《しりょく》はあるが、色を見分けるのは得意ではない。金色の縁《ふち》どりのある紺青色《ロイヤルブルー》のジャケットを好んで着ているのもそのためだ。このくっきりとあざやかな色の組み合わせなら簡単《かんたん》に見分けがつくし、少しは自分を見栄《みば》えよく見せてくれるように思える。

頭上を数羽《すうわ》のカラスが飛び交っている。あのカーという高い鳴き声からすると、もっと大きなワタリガラスではないだろう。ビーストは小ぶりのカラスが好きだった。ワタリガラスとくらべると愛嬌《あいきょう》があるし、欲望《よくぼう》にあらがえずにときどきおそって食べてしまう茶色の小さな鳥とくらべるとずっと賢《かしこ》いからだ。

さらにもう一台、古びた黒い馬車が車輪をきしませながら通りすぎるのが見えた。御者《ぎょしゃ》はするどい目つきの中年の女だ。

それにしても、いいかげん、こうしてこんなところにいるのにも飽《あ》きてきた。

いらだちをあらわにしながらウサギのように後ろ足で小刻《こきざ》みに地面を踏《ふ》みつける。

「まったく、ベルはどうしたのだ？　いつまで待たせるつもりだ」

ビーストはさまざまな動物を組み合わせたようなすがたをしているが、そのなかに猫《ねこ》はふくまれていない。だから、猫のようにじっと身をひそめて獲物《えもの》を待つような忍耐力《にんたいりょく》などもち合わせていなかった。

「うー、もうがまんならん」ビーストはとうとう茂《しげ》みから飛び出し、すばやく家の裏口《うらぐち》へ向かった。井戸や岩、大きくて風変わりな金属の機械や壁《かべ》などのかげに身をかくしながら進んだので、通りがかりのひとがぐうぜんこっちへ目を向けたとしても気づかれなかっただろう。

ドアに耳を押《お》しあてる。

なにも聞こえない。

なぜだ?といぶかしみながら、かぎ爪《づめ》のある手でそっとドアを押しあける。

ドアはきしむ音すらせず、家のなかは不気味《ぶきみ》な静けさが立ちこめている。

用心しながらなかへ進んでいき、においを嗅《か》いだ。ベルのにおいはまだ残っている。ここにいたのはまちがいない。だが、何人かほかの人間のにおいもする。男だ。そのうちのひとりはベルの父親のはずだが……いや、ちがう。こんなにおいではなかった。

はっと目を見開き、においを嗅《か》ぎながら四本足で駆《か》けて家のすみずみまでさがしまわる。だが、どこにもいない。

かぎ爪《づめ》でたてがみを掻《か》きむしる。ベルはどこへ行った？　なにが起きたのだ。どうしていなくなってしまったのだろう。

ビーストの本能が、この小さな家から飛び出して道を駆けまわり、ベルをさがせと命令する。だが、ビーストはその本能をおさえつけた。

こんなとき、ベルならどうするだろう？

自分の置かれた状況《じょうきょう》を冷静に把握《はあく》し、最適《さいてき》な対策《たいさく》を考え、それを論理的《ろんりてき》な方法で実行に移し、根気強《こんきづよ》く続けるはずだ。

ベルが城からもち出して、とちゅうであずかったかばんの中身を思いうかべる。「役に立ちそうなものなどなにもない……」と声に出したとたん、ある物が入っていることに気づいた。

魔法《まほう》の鏡！

はやる気持ちで鏡をかばんのなかからとり出して命令する。「鏡よ、ベルを見せよ！」

すると、息を吹《ふ》きかけたかのように鏡がくもっていったかと思うと、そのくもりがぱっと晴れてベルが映《うつ》し出された。ロープでしばられ、せまい場所でもがいている。大きな箱のようにも見えるが、詰《つ》め物をした背《せ》もたれのようなものはなんだろう。がたがたとゆれるなか、覆面《ふくめん》をかぶっただれかが、ベルをおさえつけようとしている。

こんなふうにだれかを押《お》しこめて移動できる箱なんてあっただろうか……。

それがなんなのか思いあたった瞬間《しゅんかん》、ビーストはわが身の愚《おろ》かさを呪《のろ》った。家の正面《しょうめん》のドアから飛び出してあたりを見まわす。すると、黒い馬車が村の外へ続く道の急カーブを猛《もう》スピードのまま曲がろうとしているところだった。片側《かたがわ》のふたつの車輪が危《あぶ》なっかしく宙《ちゅう》に浮《う》いてかたむいている。

ビーストは四本足で駆《か》け出し、全速力で馬車を追いかけた。

馬車は村の大通りからわき道へそれて、荒涼《こうりょう》とした急勾配《きゅうこうばい》の丘《おか》をのぼりはじめた。丘はふもとから頂上《ちょうじょう》が見えないくらい切り立っていて、あちこちにある岩を避《さ》けるようにして道が蛇行《だこう》している。さらに斜面《しゃめん》にしがみつくようにして節《ふし》くれだった低い木が生えているので道はうねうねと曲がりくねっているのだが、そんな道を馬車は速度を落とすことなく進んでいく。ビーストは馬車を必死に追いかけながら何度か足をすべらせたが、とっさに木の根っこをつかんでなんとか急斜面から落ちずにすんだ。

丘の頂上《ちょうじょう》につくと、馬車はようやく速度を落とした。

道のつきあたりに石づくりの大きな建物があった。ビーストは一瞬《いっしゅん》、自分の城に似ていると思ったが、よく見ると城よりもずっとグロテスクで陰気《いんき》な雰囲気《ふんいき》がただよっている。窓《まど》には鉄《てつ》格子《ごうし》がはめられ、ふつうの窓は上のほうの階にしかなく、裏側《うらがわ》は丘《おか》に埋《う》もれて建物の半分は地下にある構造のようだ。こんな切り立った丘の上にあるのに、周囲には人間の嘔吐物《おうとぶつ》や排泄物《はいせつぶつ》のような不快《ふかい》なにおいがただよっている。吹《ふ》きつけてきた風にのって、建物の石壁《いしかべ》の向こうから悲鳴がかすかに聞こえた。

ビーストは怒《いか》りにわれをわすれ、建物に突進《とっしん》しようと跳《と》びあがったが、空中で身をひるがえして木に飛びうつり、そのまま幹《みき》を伝っておりて木の後ろにかくれた。馬車を出むかえようとする人影《ひとかげ》が建物から出てくるのが見えたのだ。このにおいからすると、がっしりしたブーツをはき、マスケット銃《じゅう》をもった人間が複数いるようだ。

「お待ちかねの客人《ゲスト》を連れてきてくれたようだな。よくやった。けがはさせてないだろうな……」

馬車のなかからベルのくぐもった泣き声が聞こえた瞬間《しゅんかん》、ビーストはかぎ爪《づめ》が食いこむほど強くこぶしをにぎりしめた。ベルを救い出さなくては！　いますぐ吠《ほ》え声をあげてやつらに飛びかかり、ひとり残らずずたずたに切り裂《さ》いてやりたい。

野獣《ビースト》としての本能がはげしくさわぎ出す。

銃をもっていようがかまうものか。ベルに手出しをしたらどうなるか、やつらに思い知らせてやる！

だが、ビーストはかたく目を閉《と》じ、体じゅうに渦巻《うずま》く怒《いか》りを理性で押《お》しとどめようとした。本能のままに暴《あば》れまわったら、さぞかし気分がすっきりするだろう……。

しかし、失敗したらベルはどうなる？　わたしや城に閉《と》じこめられている召《め》し使いたちはどうなる？　きっと取り返しのつかないことになってしまう。

ゆっくりと息を吸《す》ってはき出す。こんなとき、ベルならどうするだろう？　銃《じゅう》をもった見張りがおおぜいいるし、建物の入り口のドアは大きくて頑丈《がんじょう》そうで、そう簡単《かんたん》にはなかに入れそうにない。それに、さっき建物のなかから風にのって悲鳴がかすかに聞こえてきた。ということは、おそらくなかにもひとがいるのだろう。それが敵《てき》か味方《みかた》かはわからないが。

いますぐ、わたしひとりで行動を移すのは無謀《むぼう》すぎる。

なにか計画を立てなければ。

それに、援軍《えんぐん》も必要だ。

39 父さん

ベルは思い切りさけんだが、ほとんど声にならなかった。

猿《さる》ぐつわを口にかまされているせいだ。猿ぐつわとして使われている布は不潔《ふけつ》ではなさそうだし、息が苦しくなるほどきつく結んであるわけではないが、喉《のど》の奥《おく》からくぐもった声を出すのがやっとだ。

それでも、助けを求めて必死に声をあげた。

父は家にいなかった。いま思えば、なかに入った瞬間《しゅんかん》、違和感《いわかん》を覚えたのだから、すぐに外に出てビーストについてきてもらうよう頼《たの》めばよかったのだ。でも、とっさにそう判断することができなかった。これまで、なんでもひとりでこなしてきたから、だれかに頼《たよ》ることには慣れていない。

いきなり背後《はいご》からおそわれ、叫《さけ》び声をあげる間もなく口に布を押《お》しこまれ、ひざの裏《うら》を蹴《け》られて床《ゆか》にくずれ落ちた。そのあと頭に袋《ふくろ》をかぶせられるまで一分もかかっていなかっただろう。

そして、かかえあげられたまま、おそらく家の正面《しょうめん》の玄関《げんかん》から連れ出されて乗り物にのせられた。この揺《ゆ》れ方からすると、いまいるのはおそらく馬車にちがいない。

見張りは二人組と思われる男で、どちらも体格がいいのか力が強い。そんなふたりに必死に抵抗《ていこう》してみたもののむだだった。

どうしてこんな目に遭《あ》わなければならないのだろう。このひとたちはだれ？　わたしがなにをしたというの？　だれかに恨《うら》まれる覚えなんかない。レヴィの店が焼けてしまったことと関係があるんだろうか。それとも母さんと？　シャルマントゥと？　父さんの代わりにわたしをつかまえたとか？　もしかしたら父さんがだれかからお金を借りていたのかもしれない。発明品の材料を買うために、悪いひとたちから借金《しゃっきん》したんだろうか。

平らな道を進んでいた馬車が大通りからわき道へそれて、坂をのぼりはじめたようだ。すごく急な坂だけれど、ここはもしかしてあの切り立った丘《おか》？

だったら行き先はあの病院にちがいない。心を病《や》んだり、正気《しょうき》を失っていたりするひとのための病院らしいけれど、村境《むらざかい》にある急勾配《きゅうこうばい》の丘の上にあるものといえば、あの病院だけだ。

恐怖《きょうふ》がこみあげてくる。これは思っていたよりも深刻《しんこく》な事態《じたい》なのかもしれない。村の多くの子どもたちがそうしていたように、ベルも好奇心《こうきしん》にかられて、あの病院をこっそり見に行ったことがある。そこはなんとも薄気味《うすきみ》悪い場所で、見るなり背《せ》すじがぞっとした。ごくまれに村に顔を見せにくる病院長のムッシュ・ダルクは〝近代的〟で〝科学的〟な病院だと、来るたびに自慢《じまん》しているけれど。

ベルは布を口にかまされたままくぐもった声でうったえた。「ねえ、わたしはまともよ! 正気を失ってなんかない。ムッシュ・ダルクにそう説明して! この布を外して!」そういったつもりだが、猿《さる》ぐつわのせいではっきりとは伝わっていないにちがいない。

見張りの男はふたりともだまりこくって返事をしない。

やがて馬車がとまってドアが開き、意外にも慎重《しんちょう》な手つきでおろされた。風が吹《ふ》きつけ、新《しん》鮮《せん》な空気が吸《す》いたくて袋越《ふくろご》しに思い切り吸《す》いこむ。このままでは建物のなかに連れていかれてしまう。どうすればいい? なにか手立《てだ》てを考えなきゃ。猿ぐつわのせいでうまくしゃべれないから、言葉を尽《つ》くして理性や感情にうったえることはできない。それはわたしの得意とするところなのに。

どうすればいいだろう。ナイフをかくしもっているわけではないし、すがたを消す魔法《まほう》の指輪だってない。

こんなとき、ビーストならどうする?

あっ、そうか……。

わたしだったら、ふつうはしないことをする。ビーストはよくするけれど、わたしは一度もしたことがない。

それは……逆上《ぎゃくじょう》すること。

冒険《ぼうけん》小説ではたしかこんなふうにしていた。

「うおおおおぉ！」

口にかまされた布越《ぬのご》しに相手を威嚇《いかく》するような声をあげ、腕《うで》を後《うし》ろ手《で》にしばられた格好のまま見張りの男たちに思い切り体あたりした。回転がとまりかけの独楽《こま》のように大きく体をゆらしながらやみくもに足を蹴《け》り出し、ふれるものにはなんであろうと力まかせにぶつかっていく。

「と、とつぜん、なんなんだ……？」

「ほんとうに頭がどうかしちまったのか……？」

「痛《いた》っ！」

「うっ！」

どうやら男たちの急所にキックが命中したらしい。

男たちがうずくまった気配を感じた瞬間《しゅんかん》、ベルはさっと向きを変えて駆《か》け出した。

下を向くと、頭にかぶせられた袋《ふくろ》の下のほうのすきまから地面が見えた。

よし。このまま足もとに注意しながら走っていけばいい。

たとえ丘《おか》の急斜面《きゅうしゃめん》から足を踏《ふ》みはずしたとしても、できるかぎり体をまるめて首を守れば、あとはなんとかなるはずだ。木や茂《しげ》みにぶつかれば落下して大けがをすることもないだろうし、うまくいけばふもとにたどり着けるかもしれない。

だがそのとき、何者かがベルの腰《こし》をつかみ、子どもをだくように軽々《かるがる》とかつぎあげた。おそらく馬車の見張りの男たちに追いつかれたのだろう。ベルは必死に足を蹴《け》り出したが、むなしく空《くう》を切るだけだ。怒《いか》りともどかしさが入りまじった声をあげて抵抗《ていこう》しても、ベルをとらえた男たちは平然《へいぜん》と落ち着きはらい、罵《のの》りやあざけりの言葉を返すこともない。ベルは屈辱《くつじょく》に耐《た》えながら建物のなかに運ばれていった。なかに入ったとたん、薬品のにおいがつんと鼻をついた。殺菌剤《さっきんざい》や消毒剤《しょうどくざい》のにおいだろうか。気を失いそうになるあまったるくて気持ちの悪い薬品のにおいもかすかにする。それに排泄物《はいせつぶつ》のにおい。

底知れない恐怖《きょうふ》がねっとりとからみついてくるようだ。

背後《はいご》で入り口のドアがかたく閉《と》じられる音がして、ベルは嗚咽《おえつ》をもらした。

ビーストは、ここにいるわたしを見つけ出せる？　あとを追ってこられる？　もしかしたら、わたしをさがして村の近くの野山をさまよっているうちに、だんだん呪《のろ》いの力が強まってますます獣《けもの》じみてしまい、ガストンのような人間に撃《う》たれてしまうかもしれない。

ベルはできるだけ気持ちをしずめてこういった。「この袋《ふくろ》を外して」

「逃《に》げられない場所に移すまではできねえな」見張りのひとりがおそろしいほど落ち着きはらって答えた。猿《さる》ぐつわのせいで、わたしがなんといっているかわからなくて、いらいらしてもおかしくないのに……。きっと、こういったことに慣れていて、いまのわたしの言葉も容易《ようい》に聞きとれたのかもしれない。その男はベルを床《ゆか》におろし、腰《こし》のくぼみのあたりにがっしりとした手を軽くあてると、前に進むよううながした。

ベルは体を横にずらして、その手にあらがおうとした。

男は大げさにため息をついた。「いいか？　おれたちはあんたを傷《きず》つけるなといわれてる。だから手荒《てあら》なまねはしてねえだろう？　だが、傷つけようと思えばいくらだって傷つけられるんだ。たとえば靴底越《くつぞこご》しなら、あんたが小便《しょうべん》をもらすほど足の裏《うら》を痛《いた》めつけようが跡《あと》は残らねえ。あんたがなにをいおうが、だれも信じちゃくれねえってわけだ」

ベルは喉《のど》まで出かかった悲鳴をのみこんだ。物語の世界以外で、これほどおそろしくて冷酷《れいこく》な人間には会ったことがない。いじめっ子ならある。相手の同意もなく勝手に結婚式《けっこんしき》を挙《あ》げようとする野蛮《やばん》な男なら知っている。でも、トランプのゲームの話をするかのように気軽な調子で残酷《ざんこく》なことを口にする人物に会ったのは初めてだ。

ベルはあきらめてうなだれ、男にいわれるままにした。

「わかりゃいいんだ。うわさどおり賢《かしこ》い娘《むすめ》だ。こっちのいうことにしたがってれば、悪いようにはしねえ。ここにいるあいだは、だれもあんたを傷《きず》つけはしねえよ」

ここにいるあいだは。ということは、ここに永遠に閉《と》じこめるつもりはないということ？

いつかは、ここから出すつもりなんだろうか。もしかしたら、わたしは正気《しょうき》を失っているとうたがわれていて、検査《けんさ》かなにかをするために連れてこられただけかもしれない。それで問題なければ解放するということ？　父さんは村のひとたちから頭のへんな老いぼれモーリスとよくからかわれ、例の病院に入れたほうがいい、といわれることもある。わたしだって変わった娘《むすめ》だといわれるし。わたしたち父娘《おやこ》を誤解《ごかい》しているひとたちが、とうとう実行に移したのかもしれない。

「おい、気をつけろ。その先に二十段《だん》の階段《かいだん》がある。少しすべりやすいからな」

ベルが階段の二段目につま先をのせたとき、どこからか叫《さけ》び声が聞こえた。さっきベルが逆《ぎゃく》上《じょう》したときに出した声よりもすさまじい。まるで生きながらにして体を引き裂《さ》かれているかのような悲痛《ひつう》な叫びだ。

「気にするな。患者《かんじゃ》が薬をせがんでるだけだ」見張りの男はそういって、ベルに先へ進むようながした。

ベルは男がほんとうのことをいっているとは思えなかったが、しかたなくいわれたとおりに足を動かした。さっきみたいに肩《かた》にかつがれるなんて耐《た》えられない。

あれはなんの音だろう。ガチャガチャという音や、ドスッというくぐもった音が聞こえてくる。そのたびにベルは肩をびくりとさせ、首をかたむけて頭にかぶせられた袋《ふくろ》のすきまからなんとかたしかめようとしたがうまくいかなかった。袋のせいで暗いが、袋越《ふくろご》しに廊下《ろうか》のところどころにランタンが吊《つる》してあるのがわかる。

「ほら、着いたぞ。なかに入れ。十五号室だ。ここは広いし、光も入ってくる。あんた、ついてたな」

ベルは背中《せなか》を強く押《お》され、段差《だんさ》につまずいた。さっきとはちがい、前もって教えてもらえなかったのでぐらりとよろめく。つぎの瞬間《しゅんかん》、頭をぐいっと後ろに反《そ》らされた。ベルはむき出しになった喉《のど》に、冷たいナイフや汚《けが》らわしい唇《くちびる》がふれるのを想像してぞっとした。

だが、男はベルの頭にかぶせてあった袋をとって、猿《さる》ぐつわと手首の縄《なわ》を外しただけだった。

ぱっと視界《しかい》が開けた瞬間《しゅんかん》、ベルはさっとふりむいて男と向き合った。だが、男は覆面《ふくめん》をかぶっているので正体《しょうたい》はわからない。図体《ずうたい》が大きくて、まるで巨大《きょだい》なチェスの駒《こま》のようだ。もうひとりもまったく同じ見た目をしている。ふたりは鉄格子《てつごうし》がはめこまれた重たいドアを乱暴《らんぼう》に閉《し》めた。ベルは錠《じょう》がかけられる音を聞いて目を閉《と》じた。ああ、閉じこめられてしまった。予想はしていたけれど、なんておそろしい音だろう。男たちはブーツをはいているのに、足音もたてずに去っていった。

その独房《どくぼう》は広くて、それなりに機能がそなわっていた。ベッド用の石のベンチには分厚いマットレスが敷《し》いてあり、その近くには、用が足せればいいといったふうではあるが簡素《かんそ》なおまるも置いてある。廊下《ろうか》に面している壁《かべ》の上のほうに鉄格子《てつごうし》がはめこまれた窓《まど》があり、そこやドアの鉄格子から幾筋《いくすじ》か光が差しこんではいるものの、光源《こうげん》は廊下に吊《つる》してあるランタンなので、独房にとどく光の量はかぎられている。両隣《りょうどなり》の独房と接する壁にもそれぞれ鉄格子がはめこまれた窓があり、ここの窓は向こうをのぞけるくらいの高さにある。

「生まれてこのかた、こんなところに足を踏《ふ》みいれたことなんて一度もなかったのに、ほんの短いあいだに二回も放りこまれるなんて。わたしもずいぶん落ちぶれたものね……」ベルはいまの悲惨《ひさん》な状況《じょうきょう》にユーモアを見いだそうと、わざと冗談《じょうだん》めかしていってみた。

ここからぬけ出すための手立《てだ》てになりそうなものをさがそうと、ドアの鉄格子に顔を押《お》しつけて廊下《ろうか》をのぞきこんだ。右側には同じような独房《どくぼう》がいくつかならび、その先の広い場所に看守《かんしゅ》が使いそうなさまざまな物が置いてある。革《かわ》でおおわれたこん棒《ぼう》、食事を運ぶためのトレイ、掃除用《そうじよう》のモップ……。左側は十メートルくらいあって、やはり独房がならんでいるが、ドアとドアの距離《きょり》が右側よりもせまいようだ。薄暗《うすぐら》いのではっきりとは見えないが、つきあたりには気味の悪い黒いドアがある。

ドアには錠《じょう》がかかっているし、こっち側からぬけ出すのはむずかしそうだ……。ベルはため息をついて独房の奥《おく》へ向かった。建物の外に面した壁《かべ》にも鉄格子《てつごうし》がはめこまれた窓《まど》がある。高いところにあるので手をのばしてもとどかないが、なんとかあの鉄格子を外せないだろうか……。

そのとき、となりの独房からはげしく咳《せ》きこむ音がして、ベルははっとそっちを見た。

この咳《せき》は……。

咳が聞こえたほうに駆《か》けよる。

「父さん？」ベルの頭に、ついこのあいだ城でも同じように父に呼《よ》びかけた場面がよみがえる。

「ベルか？　まさか！」声の主《ぬし》はすぐにはげしく咳きこんだ。だが、この声は父さんにまちがいない。足を引きずるような音がして、父が鉄格子の向こうの暗がりからすがたをあらわした。

「父さん」ベルはほっとため息をもらした。父は思ったほどやつれていなかった。目の下にくまができていて、少しふらついているが、頬《ほお》は相変わらず血色《けっしょく》がよく、目の奥《おく》には輝《かがや》きが宿っている。

「ベル、野獣《ビースト》のもとから逃《に》げてきたんだな？」父は鉄格子《てつごうし》のあいだから両方の腕《うで》をのばした。

ベルはその手を胸《むね》の前でぎゅっとにぎりしめると、自分の額《ひたい》にあてた。

「そうね、逃げてはきたんだけれど」ベルは皮肉まじりにいった。「父さんに会いに家に行ったらつかまって、こうしてここに放りこまれてしまったのよ。でもね、父さん。ビーストは悪いひとじゃないわ。話せば長くなるんだけど、わたしは彼《かれ》を助けなきゃいけないの。それより、父さんこそなにがあったの？　どうしてこんなところにいるの？」

「おまえを城から連れもどすために助けが必要だったから酒場《さかば》に行ったんだ」父はベルの手をにぎりかえし、しずんだ声でこう続けた。「だが、だれもわたしのいうことを信じてくれず、酒場から放り出されてな。それで、たとえひとりきりだろうとおまえを助けにいくしかない、と森を歩いているときに、ガストンにつかまってしまったのだ……まったく、あの卑怯者《ひきょうもの》め！　ル・フウもいた」

「ガストン？」ベルははっと身を引いた。

「そうとも！　ガストンとダルク。あいつらはグルだ！　父親を救い出すためなら、おまえはなんだってするだろうと、わたしをここへ閉《と》じこめた。ガストンはおまえとなんとしてでも結《けっ》婚《こん》するつもりだ」

ベルは父から聞いたことを頭のなかで整理した。納得《なっとく》がいかないことがある。

「だったら、わたしまでつかまえたのはなぜ？　まさかこんな場所で、またあんな不意《ふい》打《う》ちのばかばかしい結婚式をするつもりだとは思えないけど。どうして父娘《おやこ》でここに閉じこめる必要があるのかしら」

「不意打ちのばかばかしい結婚式だと？」

ベルは苦笑いを浮《う》かべた。「話せばうんと長くなるわ。父さんがあの日、発明コンクールに行かなければ、そもそもこんなことには……」

そういいかけて、ベルはふと考えた。でも、父さんが発明コンクールに出かけず、城の牢《ろう》に入れられなかったら、わたしが父さんをさがしにいくこともなかっただろう。そして、呪《のろ》われた城を見つけて、ポット夫人やルミエールやコグスワース……それにビーストにだって出会うこともなく……ずっと追いもとめていた冒険《ぼうけん》をすることもなかった。もし、呪いがとけてみんなが自由になれたら、それほど悪いことではなかったのかもしれない。

「ベル、おまえに話しておかなければならないことがある」父がふるえる声でいった。「ぐずぐずしていたら、いつ、またあいつらがもどってきて、なにをされるかわからない。いいか、よく聞け……」

父は深く息を吸《す》いこみ、ベルの目をまっすぐに見つめた。

「おまえの母さんは魔女《まじょ》だ」

ベルはくすっと笑い出したくなる衝動《しょうどう》をこらえ、なんとかほほえむだけにとどめるとこういった。「知ってるわ」

「知ってる？」父は困惑《こんわく》した表情でわずかに身を引いて、ベルをしげしげと見つめた。

「父さん、どうしていままで教えてくれなかったの？」

父は首を横にふりながら答えた。「よく……思い出せなかったからだ。母さんの記憶《きおく》だけが、ごっそりとぬけ落ちていてな。おそらく自分の身になにか起きたとき、わたしとおまえを巻《ま》きこまないようにするために母さんが忘却《ぼうきゃく》の呪文《じゅもん》をかけたのだろう」

「でも、いまは思い出したのよね。どうして？」

「会ったんだよ！　母さんはここにいる！」

「母さんが？」ベルは息をのんだ。「ほんとに？」

「そうだ、ベル。母さんはここにいる……」父は涙《なみだ》をこぼしはじめた。壁《かべ》にもたれかかり、嗚《お》咽《えつ》まじりにこう続ける。「ベル……母さんは何年も前に連れさられたんだ。わたしたちを捨《す》てて出ていったんじゃない。母さんはここで、少しずつ魔《ま》法《ほう》の力をうばわれ、いまはもうその力はほとんど残っていない。ダルクのしわざだ。やつは、だれかれかまわず魔法の力をうばいとる。おまえも、あの苦しげな叫《さけ》び声を聞いたんじゃないか？　ダルクは……表向きは施《せ》術《じゅつ》などといいながら、シャルマントゥたちに拷《ごう》問《もん》まがいのことをして魔法の力をとりのぞいている。ベル、母さんは長いあいだ痛《いた》めつけられてぼろぼろだ……あんなに美しくて強かったのに、いまは骨《ほね》と皮ばかりにやせ細り、抜《ぬ》け殻《がら》同然だ……」

ベルは吐《は》き気《け》をこらえながら、城の鏡の破《は》片《へん》に映《うつ》し出された怪《かい》物《ぶつ》を思いおこした。あの怪物は母さんだったんだわ。赤い一輪のバラと魔法の鏡を携《たずさ》え、王子に呪《のろ》いをかけた美しい魔《ま》女《じょ》は、いまや拷問のえじきとなってやせ衰《おとろ》え、傷《きず》だらけのおそろしいすがたになってしまった。

ずっと母さんはわたしを愛していないと思っていた。みずからわたしと父さんを捨《す》てて出ていったのだと。でも、ほんとうは連れさられて、ここに閉《と》じこめられていた……。

なのに弱り果ててもなお、もてる力をふりしぼり、わたしになにかを伝えようとしてくれた……。ムッシュ・レヴィの書店の焼け跡《あと》で鏡を見たときに感じたように、母さんはやっぱり愛情に満ちているひとだったんだわ……。

「闇《ダーク》」ベルは鏡の破片《はへん》に映《うつ》し出された傷《きず》だらけの母がいった言葉をふと思い出した。「〝闇《ダーク》に近づくな、闇から身を守れ……〟。ダルクよ！　母さんはダルクに近づくなっていいたかったのね！　わたしを守ろうとしてくれたのよ！」

ベルは動揺《どうよう》し、全身に震《ふる》えが走るのを感じた。どうすればいいんだろう。気持ちを落ち着かせようと額《ひたい》に手をあてる。「父さん、ここから出なきゃ。なんとしてでも。母さんと三人でここから出るのよ。ビーストも助けてくれるはず……」

「あいつはわたしたちを牢《ろう》に閉《と》じこめたんだぞ？」

「ビーストはほんとうは王子なのよ。いまは国王といってもいいわね。彼《かれ》がまだおさないころ、母さんに呪《のろ》いをかけられたのよ。しかも、わたしが魔法のバラにふれたせいで、呪いをとくゆいいつの希望を台無《だいな》しにしてしまったの。そしてわたしはいま、彼といっしょになんとかその呪いをとこうとしてるのよ」

父はあぜんとしてベルを見つめていたが、やがて首を横にふりながらこういった。「魔法を使うと、結局はその報いが自分に返ってくる、ということだ……」

そのとき、廊下《ろうか》の先のほうから、しわがれた声でやかましくしゃべる中年の女の声が聞こえた。その声にぼそぼそと答える男の声もする。どちらも、なぜだか聞いていてぞっとするような声だ。

声の主《ぬし》がしだいに近づいてきて、ベルがいる独房《どくぼう》の錠《じょう》を外した。ひとりは大柄《おおがら》な男で質素《しっそ》なチュニックとズボンを身に着けていて覆面《ふくめん》はしていない。腕《うで》が骨《ほね》つきハムのように太い。そのとなりにいる中年の女も同じような服装《ふくそう》だ。ふたりとも看護師《かんごし》のようにも見えるが、なにか異《い》様《よう》な雰囲気《ふんいき》をただよわせている。

「ほらほら、お嬢《じょう》さん！　診察《しんさつ》の時間だよ！」女はぞっとするほど陽気な声でいった。

「だめだ！」父が廊下《ろうか》に向かって首をのばしてさけんだ。「やめろ！　わたしはこの子の父親だ。この子には魔法《まほう》の力はない！」

「先生がちゃんと診《み》てくれるんだから、なにも心配いらないんだよ。あたしがこうしてここに来たのは、あんたの大切なお嬢《じょう》さんをこわがらせないようにするためなんだ。乱暴《らんぼう》なことはしないから安心しな」

男がドアを開いた。ベルは思わず独房の奥《おく》に向かって逃《に》げ出そうとした。

すると、看護師とおぼしきふたりはベルの反応を予想していたのか、おどろくほどすばやく独房のなかに飛びこんできた。こんなふうに抵抗《ていこう》されるのに慣れているのだろう。ベルが動き出す前に、男がベルの両手をつかんで背中《せなか》にまわしておさえつけた。

「はなして！」ベルは男の手から逃《のが》れようと、はげしく体をゆすった。

女が舌打《したう》ちした。「ほらほら、いうことを聞かないなら、こっちだってとっておきの薬を使うしかないんだ。あんただって、そんなことはされたくないだろう？」

「おい、話を聞け！」父がふたりを説《と》きふせようと大きな声を放った。「この子に魔法の力はないといってるんだ！」

だがふたりとも父を無視《むし》し、男がベルを背後《はいご》からドアのほうへ押《お》していった。ベルは足を蹴《け》りあげたり、体をゆさぶったりして必死に抵抗《ていこう》する。

男は後ろから両腕《うで》をまわしてベルを垂直《すいちょく》にもちあげて、そのままドアへ向かった。

「父さん！」ベルはさけんだ。

「ベル！　娘《むすめ》を連れていくな！」

40 ビーストの悪夢

ビーストは全速力で城に向かっていた。四本足で駆《か》けているとちゅう、さまざまなにおいに気をとられそうになった。すばしっこく動きまわるリスやおいしそうなウサギ、またおそってくるかもしれないオオカミ……。だが、なんとか気をそらさずに、一度もとまることなく城門の前に着いた。

城壁《じょうへき》は白く輝《かがや》く雪とクモの巣におおわれている。力まかせに引きちぎろうと手をのばしたが、ふれただけでクモの巣はあっけなくくずれ落ちた。そうか、このクモの巣はわたしを外に出さないためにある。だから、なかに入るのは簡単《かんたん》なのだ。だが、ふたたび外に出るのは……。

こんなとき、ベルならどうするだろう？　なんとしてでも、また城から出なければならない。甲冑《かっちゅう》を筆頭《ひっとう》に、みんなを総動員《そうどういん》してベルを救い出すのだ。そのための準備をしておいたほうがいい。

ひと声吠《ほ》えるなり、かぎ爪《づめ》をふりおろしてクモの巣を引き裂《さ》いた。あっさりとちぎれたクモの巣は、雪の積もった地面にひらひらと落ちると、綿菓子《わたがし》を水につけたときのようにすーっと消えた。ベルがとらわれてしまったことに対する怒《いか》りといらだちをすべて注《そそ》ぎこみ、つぎつぎとクモの巣を引きちぎっていく。やがて、城門とその両側の数メートルをおおっていたクモの巣がとりはらわれた。

続いて城門を蝶番《ちょうつがい》から引きはがし、思い切り遠くに放りなげた。これだけやれば、クモの巣もそう簡単にはおいきれないだろう。

城の扉《とびら》にも同じことをした。クモの巣をあらんかぎりの力で引き裂き、扉を引きはがして出口を確保《かくほ》する。たちまち氷のように冷たい風と雪が城内にはげしく吹《ふ》きこんだ。まるで、奇《き》妙《みょう》な生き物たちの隠《かく》れ家《が》をおそう機会がめぐってきたことに興奮《こうふん》しているかのように。

城のなかに足を踏《ふ》みいれるなり大声で呼《よ》びかけた。**「コグスワース！　ルミエール！　衛《えい》兵《へい》！　すぐに集まってくれ！」**

だが、返事はない。

城は静まりかえっている。

なんの音もせず、動きもなく、城のなかでなにかが息づいている気配がまったくない。

一瞬《いっしゅん》、みんなそろって城を出ていったのかもしれないという考えが頭をよぎった。わたしとベルだけでは無理だと判断し、ほかに助けを求めにいったんだろうか。いや、ここへもどってくるとちゅう、城の召《め》し使いたちのにおいはしなかった。ルミエールのろうそくの煙《けむり》のにおいも。

もう一度、声を張りあげて呼《よ》びかける。「おーい。この城の主《あるじ》がもどったぞ！　返事をしてくれ！」

おそらく召し使い専用《せんよう》の食堂にいるのだろう。呪《のろ》いをかけられたあと十年ものあいだ、わたしがたびたび起こすかんしゃくから逃《のが》れ、おたがいをなぐさめ合っていた場所だ。

召し使い専用の食堂に向かって廊下《ろうか》を歩きはじめたが、甲冑《かっちゅう》がある場所で違和感《いわかん》を覚えて足をとめた。

そこには甲冑がずらりとならんでいたが、これまでとはちがって整然《せいぜん》とはしていない。ベルとビーストを城の外に出すために奮闘《ふんとう》したせいで刃《は》こぼれした剣《けん》をもっていたり、まっすぐには立てなくなっていたり、どの甲冑もくたびれているようすだ。

「直《なお》れ！」と、かつて父やコグスワースや衛兵隊《えいへいたい》の隊長《たいちょう》たちが号令《ごうれい》していたのを思い出しながら大声を出す。命令するというより、はげますような口調で。

だが、だれもぴくりとも動かない。

恐怖《きょうふ》が背《せ》すじをじわじわと這《は》いあがってくる……。

こわいという感情にはあまり慣れていないので、なぜ、これほど足がすくむのか自分でもよくわからないまま足を一歩ずつ踏《ふ》み出して、いちばん近くの甲冑《かっちゅう》に近づいていく。そして、おそるおそるかぎ爪《づめ》でかぶとをつついてみた。

すると、かぶとはぐらりとかたむいて床《ゆか》に落ちると、おどろくほど大きな音をたてながらはずむようにして転がった。

それ以外はなんの音もせず、甲冑たちはじっと動かない。

甲冑が……ただの甲冑になっている。ここに宿っていた命は尽《つ》きてしまったのだろうか。かつては人間であった彼《かれ》らは、完全に物になってしまったのかもしれない。いまや骸《むくろ》も同然だ。

暗くひっそりとした廊下や部屋をぬけ、階段《かいだん》を駆《か》けおりる。

厨房《ちゅうぼう》に入ると、テーブルの上に風変わりなテーブルセッティングのように、冷えきったティーポットと、針《はり》のとまった置き時計と、ろうそくが燃えつきた小さな枝つき燭台《しょくだい》がならんでいた。

泣きわめきながら、かつてはルミエールだった燭台を手にとってゆらしてみる。だが、なにも起こらない。あたりを見まわし、必死に新しいろうそくをさがす。ろうそくをつけかえて火を灯《とも》したら目を覚ますかもしれない……コグスワースだってねじを巻《ま》き直せば……。

だがそのとき、暗闇《くらやみ》のなか、自分が獣《けもの》の目で物の輪郭《りんかく》をとらえていることに気づいた。ひんやりとした厨房《ちゅうぼう》ではき出した息が雲のような形になる。おさないころ、これを〝ドラゴンの煙《けむり》〟と呼《よ》んでいたことがあったとふと思い出す。

ビーストは命が息づく気配のない城で、ひとりぽつんと立ちつくした。

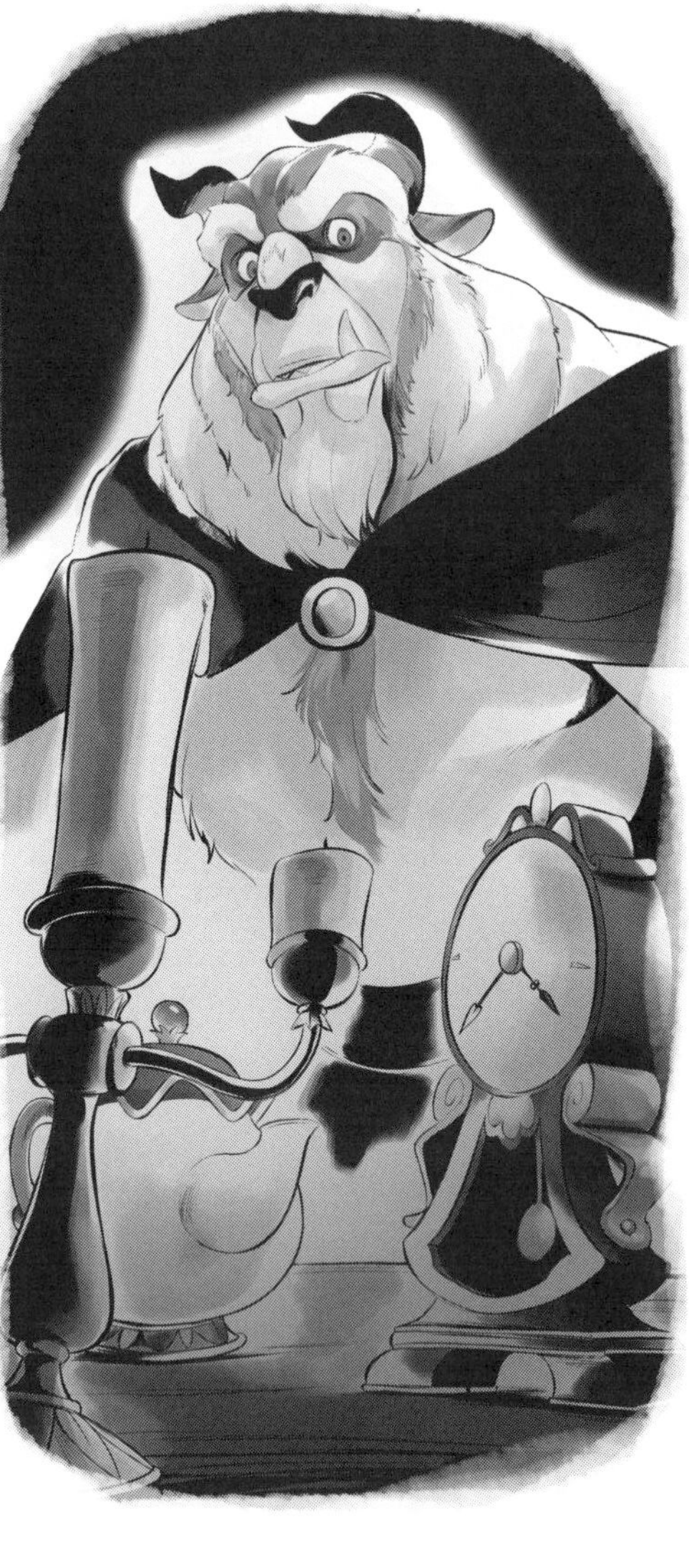

41 ベルの悪夢

ベルが連れていかれたのは、身の毛もよだつほどおぞましい部屋だった。殺菌剤《さっきんざい》や消毒剤《しょうどくざい》、それに気を失いそうになるあまったるくて気持ちの悪い薬品のにおいもする。ほかにもさまざまなにおいが入りまじっているのは、囚《とら》われびとの恐怖心《きょうふしん》や、唾液《だえき》や汗《あせ》や排泄物《はいせつぶつ》などの悪臭《あくしゅう》をごまかすためかもしれない。どうやらここは手術準備室らしい、とベルは気づいた。キャスターつきの手術台が六台もあり、ダルクからおそろしい施術《せじゅつ》をされる囚われびとたちを待ちかまえている。すみにある器械台には白いガーゼが敷《し》かれ、その上には、きれいにみがかれたメスなどの医療用器具《いりょうようきぐ》が整然《せいぜん》とならんでいるが、そのなかには医療用には見えないナイフもあった。黒いガラスを削《けず》ったようだが、不気味《ぶきみ》なヘビのようにくねくねと曲がっている。

「はなして！　ここでなにをするつもり？」ベルは恐怖《きょうふ》をおさえきれずにもがいた。

「ほらほら、落ち着くんだよ」中年の女がいい、おどろくほど強い力でベルの足首をつかむと、ひんやりとした指が食いこんだ。大柄《おおがら》な男が抵抗《ていこう》するベルの胴体《どうたい》をかかえあげ、ふたりですぐそばにある手術台に横たえる。男ががっしりした腕《うで》でおさえつけながら、革《かわ》のベルトを引っぱってベルの体をしめつけた。

手術台はひんやりとしていたが、ぞくりとするほど冷たくはない。金属製の表面を薄《うす》い毛布《もうふ》でおおってあるからだ。だがベルには、その気づかいこそがこの部屋のほかのなによりもおそろしく感じられた。どうして、いかにも患者《かんじゃ》のためを思っています、というような措置《そち》をとるのだろう。あなたを助けるためなのですから安心してください、と油断《ゆだん》させるためだろうか。

ほんとうは正反対のことをするのを悟《さと》られないようにするために。

ベルが身動きできなくなると、中年の女がベルの口に布をかませた。ベルは布に麻酔薬《ますいやく》をひたしてあると気づき、においを嗅《か》ぐまいとした。

ベルをのせた手術台が手術室へと運ばれていく。

消毒剤《しょうどくざい》のにおいが充満《じゅうまん》するその小さな部屋の端《はし》には奇妙《きみょう》な機械がならんでいた。父の発明品と似ていなくもないが、もっと小ぶりで不気味《ぶきみ》だ。まるで悪魔《あくま》の鏡に吸《す》いこまれ、邪悪《じゃあく》な目的のためにすっかりねじ曲げられて反対側から出されたように思える。いちばん大きな機械には、整然《せいぜん》とならんだ釣《つ》り鐘《がね》形のガラス容器の上に蛇腹《じゃばら》とポンプと小型《こがた》のピストンがついている。

ベルは麻酔薬《ますいやく》のせいで意識が薄《うす》れていくことにあらがおうと、必死に足をばたばたさせたり、さけんだりした。こんなあやしげな機械でなにかされるなんてごめんだ。わけのわからないおそろしいことをされるくらいなら、頭を殴《なぐ》られたりとか、足を痛《いた》めつけられたりとか、よく耳にする拷問《ごうもん》のほうがまだましだ。

「ようやく、お目にかかれたね」紳士気取《しんしきど》りの、やけに歯切れのいい声がした。

ベルは声がしたほうに精いっぱい首をかたむけた。

声の主《ぬし》はダルクだった。血色《けっしょく》が悪く、がりがりにやせている。この病院の院長のダルクはめったに村におりてこないが、村人のあいだでは有名だ。日差しが降《ふ》りそそぐ明るい場所で見る、陽気にふるまおうとするすがたも不気味だが、このおぞましい病院の奥深《おくぶか》い場所で見る、薄暗《うすぐら》いなかにぬっとあらわれるすがたはさらにおそろしい。

「こんなことをして申しわけないとは思っている」ダルクはベルに近づきながらいった。「きみは穢《けが》れのない存在《そんざい》で、自然に反した力をもつ下劣《げれつ》な嫌《きら》われ者の集まりとは関係がないとほぼ確信しているからね。だが、念のためにたしかめる必要があるのだよ」

「たしかめる？　どうしてそんなことをする必要があるの？」ベルは口を動かして猿《さる》ぐつわを外そうとした。「ガストンのため？　穢れがあったらガストンの妻としてふさわしくないとか？」

「ガストンだと？」ダルクはおどろいた顔をした。つりあげた両方の眉《まゆ》は、まるで二匹《ひき》のカブトムシがダルクの舌《した》から逃《に》げようと額《ひたい》を這《は》いあがったかのようだ。「あの雄牛《おうし》のように体ばかりでかくて、頭はからっぽの男のことか？　まさか。やつはわたしのただの手先《てさき》にすぎない。ばかげた結婚《けっこん》にわたしが力を貸すと、向こうが勝手に信じこんでいるだけだ」

「勝手に信じこんでいるだけ……？」ベルは考えをめぐらせた。父さんが、ガストンとダルクはグルだ、といっていたけれど、いまの言い方からすると、ガストンのほうが一方的にダルクに利用されているだけなのかもしれない。とはいえ、ダルクはめったに村におりてこないのに、いつの間にふたりはこんな関係になっていたんだろう。

「わたしには時おり、きみやきみの父親にかかわる情報を提供《ていきょう》してくれる人物が必要だった。きみが母親とはちがって穢《けが》れのない存在《そんざい》のままか、父親が記憶《きおく》をとりもどしてむかしの……仲間に会っていないか確認《かくにん》するためにね。不快《ふかい》な連中に」

「シャルマントゥのことをいってるんでしょう？」

「そうだ」ダルクは口をすぼめ、顔に落胆《らくたん》の色を浮《う》かべた。「あんな忌《い》まわしい連中をすでに知っているとは、じつに嘆《なげ》かわしい。きみが、ああいったやつらとかかわって……汚染《おせん》されないよう望んでいたのに」

「どうしてわたしたち家族にそんなに執着《しゅうちゃく》するの？　村にはほかにもいくらだってひとがいるのに」

「わたしなりに考えがあって、きみとモーリスのことをことさら気にかけているとだけいっておこう。村のほかのひとたちのことだって気にかけていないわけではない。だが、彼《かれ》らは放っておいても問題ない。いたってふつうだからな。頭がかたくて退屈《たいくつ》で教養もないが、害もおよぼさない」

「ムッシュ・レヴィをのぞいてね」ベルは、はきすてるようにいった。「だから、レヴィの書店を焼きはらったんでしょう？」

「そんなことをするわけがない」ダルクはすぐさまいいかえした。「おそらく、あの愚《おろ》か者《もの》のガストンのしわざだろう。モーリスをさがしにいったときに火をつけたにちがいない。わたしは本に恨《うら》みなど抱《いだ》いていない。むしろなによりも好きなくらいだ。すべての本がそうというわけではないが、本を読んで研究したおかげで超《ちょう》自然の力や……魔法《まほう》をとりのぞくことに成功したのだからな。ベル、きみが教養に富み、才気《さいき》にあふれていると知ってじつにうれしく思う。こんなことをしなければならないのは残念だが、やはりたしかめなければならない……」

ダルクはベストをぬいできれいにたたみ、看護師《かんごし》にわたした。そして、いちばんおそろしげな機械を引きよせて、そのペダルを踏《ふ》みはじめた。

「やめて……ムッシュ・ダルク……お願い……」

「静かにしろ」ダルクはチューブのついた金属製のカップをベルの口にかぶせた。

ベルは悲鳴をあげ、革《かわ》のベルトを外そうと必死に体を動かした。だがやがて、意識が薄《うす》れていった。

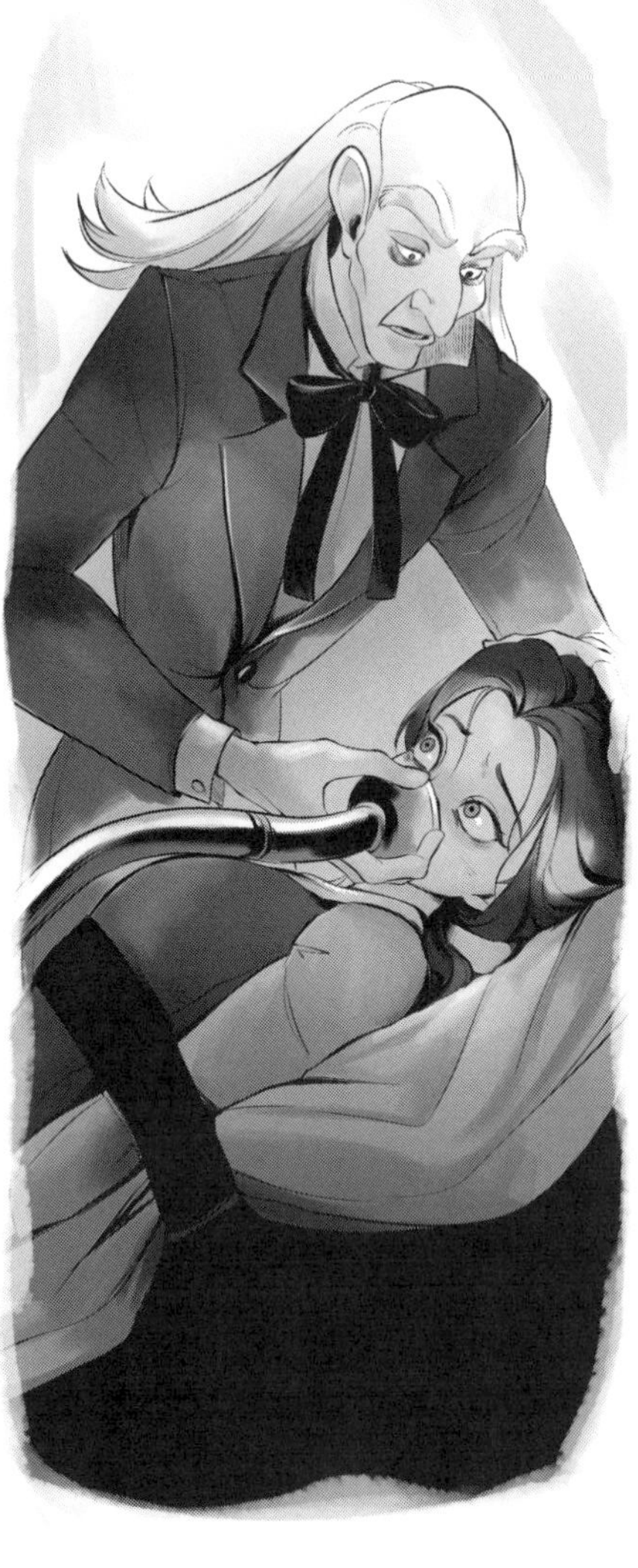

42 若者《わかもの》の肖像《しょうぞう》

ビーストは厨房《ちゅうぼう》で吠《ほ》えつづけていた。かぎ爪《づめ》で切り裂《さ》くことでは解決できないような厄介《やっかい》で困難《こんなん》な状況《じょうきょう》に追いつめられたときは、決まって吠え声が出た。いま、獣《けもの》としての心はおどろきと怒《いか》りと恐怖《きょうふ》に支配されている。吠えたてながら暗闇《くらやみ》に走りこまないよう必死に足を踏《ふ》んばった。そうしないと、その場から逃《に》げ出したくなってしまうのだ。

獣としての本能を解放し終えると、くるりと踵《きびす》を返し、厨房を出て、死んだように動かない甲冑《かっちゅう》のそばを通りすぎ、階段《かいだん》をあがって西の塔《とう》へ向かった。この目でたしかめなければならない。ベルが真紅《しんく》のバラにふれてしまったあとバラは消えてしまったが、魔法《まほう》の鏡にベルの母親を映《うつ》し出そうとしたときに、からっぽの釣り鐘形《ベルジャー》のガラスを見たきりで、そのあとどうなったのか一度もたしかめていない。おかしなことに、すっかり頭からぬけ落ちていた。図書室でベルの母親について調べたり、ディナーをつくったり、ベルに本を読んでもらったりすることに夢中になっていたからだろう。とはいえ、自分を野獣《ビースト》に変えてしまった呪《のろ》いをとく方法を見つけるために苦労してきたのに、あのバラのことをわすれてしまうとは……。

召《め》し使いたち……いや、仲間たちにいま起きていることも、呪いと関係があるのはまちがいない。

ところが、バラが置いてあった窓辺《まどべ》の白いテーブルに行きつく前に、あるものが視界《しかい》に入り、その前で足をとめた。

自分で〝野獣《ビースト》とともに年を重ねていく若者《わかもの》の肖像《しょうぞう》〟と名づけた肖像画だ。この絵にも魔法《まほう》がかけられているので、絵のなかの自分も年をとっていく。人間のままだったら、どんなすがたなのかを映《うつ》し出しているのだ。そうなっていたはずの自分を見せつけられるのがつらくて引き裂《さ》いてしまった絵。ベルがその引き裂かれた断片《だんぺん》をつなぎ合わせて直そうとした絵。たてがみではなく暗めの金色の髪《かみ》、かぎ爪《づめ》の代わりに長い指があり、背《せ》が高くてハンサムな若者《わかもの》のすがたが描《えが》かれているはずだが……。

そこに描かれているはずの若者が野獣のすがたに変わっている。

しかも、いまの自分のすがたともちがう、完全に獣《けもの》と化したすがただ。渦巻《うずま》くような迫力《はくりょく》のあるタッチで油絵の具を使って描《か》かれたその獣は、歯をむき出しにしてよだれを垂《た》らし、いまにもキャンバスから飛び出してきて、それを見ている者の心臓《しんぞう》を引き裂《さ》こうとするかのようだ。血まみれの白いハトをつかんでいるが、そのハトには首がない。

よろめきながらあとずさり、壁《かべ》にどんと背《せ》をあずける。

いずれはこうなるということか。それも近い将来に。

外見だけでなく、心まで野獣になってしまう。人間らしい理性も思考も良心のかけらもない、この絵と同じ怪物《かいぶつ》になりはててしまうのだ。

涙《なみだ》がこみあげてきて、両手で顔をおおう。

呪《のろ》いのせいで本物の野獣になりかけているのかもしれない、とベルもいっていたではないか。直視《ちょくし》するのは避《さ》けていたが、このごろは自分でもそう感じていたはずだ。

両親のことをベルにあれこれ指摘《してき》されて怒《いか》りを爆発《ばくはつ》させ、食事室《ダイニングルーム》から飛び出したあとの記《き》憶《おく》がまったくなく、目が覚めたら地下室にいて、口のまわりが血と羽根にまみれていた。あのときはスズメかなにかの小鳥だったが、また同じようなことが起きたとき、今度はなにを犠牲《ぎせい》にしてしまうかわからない。近ごろは以前にもまして、ささいなことでかんしゃくを起こしやすくなってきた。獲物《えもの》をおそいたいという欲求《よっきゅう》も日に日に強くなっている。それに、この城へもどってくるとちゅうも、森のなかを自由に走りまわりたいという衝動《しょうどう》をおさえるのに必死だった。

むなしさに打ちのめされながら、人間のすがたをしていたころに使っていたベッドのほうへとぼとぼと歩いていく。もう真紅《しんく》のバラのことなんかどうでもいい。わたしは完全に獣《けもの》になりつつある。いままでだって心の奥底《おくそこ》でわかっていながら、気づかないふりをしていただけだ。

たとえば、オオカミや馬のように本物の獣になるのだとしたら、それほど悪いことではないのかもしれない。これまでにあったことなどなにもかもわすれて、空腹《くうふく》を覚えたら獲物《えもの》をおそい、眠《ねむ》くなったら眠るという獣としての本能のままに生き、やがて寿命《じゅみょう》が尽《つ》きるか、猟師《りょうし》に撃《う》たれるかして一生を終えるのだろう。

だが、わたしは本物の獣とはちがう。生まれながらの獣ではない。外見だけでなく、心まで獰猛《どうもう》で残忍《ざんにん》で血に飢《う》えた怪物《かいぶつ》のようになり、感情をコントロールできなくなったら、えじきになるのはウサギや羊にとどまらないだろう。

逃《のが》れようのない絶望におそわれ、床《ゆか》にがっくりとひざをついた。

もう二度と、ベルには会えない。会うわけにはいかないのだ。ベルの命をうばうようなことがあってはならないのだから。

ベルのことを考えたとき、ある考えが頭をよぎった。

呪《のろ》いのせいで完全に怪物になる前に、やっておかなければならないことがある。ベルを救い出すのだ。

マントの下から魔法《まほう》の鏡をとり出して命令する。「鏡よ、ベルを見せよ!」

するると、息を吹《ふ》きかけたように鏡面がくもっていき、そのくもりがぱっと晴れた瞬間《しゅんかん》、怒《いか》りのあまり、鏡をたたき割《わ》りそうになった。

そこには、おそろしげな台に寝《ね》かされてベルトで固定されたベルが映《うつ》し出されていた。金属製のカップを口に無理やりかぶせられ、意識を失いかけながらも必死に体を動かして抵抗《ていこう》している。人相《にんそう》の悪いやせこけた男がベルの腕《うで》に注射針《ちゅうしゃばり》を刺《さ》す。ドアの近くには大柄《おおがら》な男が立っていて、そのとなりにいるおそろしい形相《ぎょうそう》の中年の女は、目の前で起きていることを楽しんでいるように見える。

ビーストは罵《のの》りの言葉をはき、ベルが監禁《かんきん》されている石づくりの大きな建物を思いうかべた。まさに難攻不落《なんこうふらく》の要塞《ようさい》といったふうで、狂戦士《ベルセルク》のごとくにもてる力を出しつくしても、銃《じゅう》をもった見張りをひとり残らず蹴散《けち》らして、なかに押《お》しいることはむずかしいだろう。

いらだちをこらえきれずに、たてがみをかきむしる。ひとりではとても無理だ。助けがいる。だがいまや、召《め》し使いたちには頼《たよ》れない……。

頼れるとしたら、村のひとたちしかいない。

だが、これまでずっと、だれにも気づかれないように細心《さいしん》の注意をはらってきた。ガストンのようなおろかな猟師《りょうし》なら、見つけるなり撃《う》ちころすだろうし、頭がかたくて臆病《おくびょう》な村人たちなら、ひと目みるなり悲鳴をあげて逃《に》げ出すとわかっていたからだ。

しかし……ベルはみんなに好かれているはずだ。ずっとさびしさをかかえてきたと話していたが、友人だっている。たとえば書店主のムッシュ・レヴィ。それに、書店の焼け跡《あと》で会った男も、ベルや父親のことを気にかけていた。

いずれにしろ、ほかに選択肢《せんたくし》はない。

ビーストは決意をこめて咆哮《ほうこう》をあげ、村へ向かった。

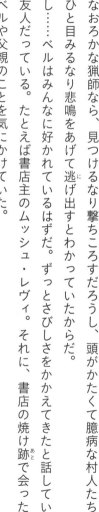

43 もうろうとした意識のなかで

もうろうとした意識のなかで、ベルはいくつもの音や声が入りみだれているのを聞いていた。それはまるで、獲物《えもの》の死骸《しがい》に群がり、食いつくしては去っていくオオカミを思いおこさせた。

「やはりな、思ったとおりだ。計測器《けいそくき》はうそをつかない。わたしが何年も前に感じとったように、この娘《むすめ》には魔法《まほう》の力はまったくない……」

べつの声がなにか話しているがよく聞きとれない。

「……だが、ここから出すな……まだ利用する価値がある。この娘がいれば、めずらしい獲物をおびきよせられるだろう。ガストンがほざいていた人間のように話すという野獣《ビースト》……おそらくむかし、この娘の母親に呪《のろ》いをかけられた者だと思うが……だとしたら、なんとも皮肉な話じゃないか？」

ベルは意識がはっきりしないなか、ダルクはどうして呪いのことを知っているのだろうと不思議に思った。

気力をふりしぼって目を開く。

ダルクの顔がすぐ近くにあってぎょっとした。目を覚ますようすをじろじろと観察《かんさつ》しているらしい。鉤鼻《かぎばな》の上の目は小さくて石炭《せきたん》のように黒く、狡知《こうち》と悪意に満ちている。

その目を見ているうちに、もやがかかった頭に短剣《たんけん》をつきさされるような衝撃《しょうげき》とともに、ある場面がぱっとよみがえった。城のクモの巣のあいだの氷の膜《まく》にも、レヴィの書店にあった小さな鏡にもダルクが映《うつ》っていた。ずいぶん若《わか》かったからそのときは気づかなかったけれど、たしかに石炭のように真っ黒な目をしていた。

ベルはかすれた声でいった。「あの王国で……あなたは……父さんや母さんと友だちだった。シャルマントゥと友だちだったのよ！　それにアラリック・ポットとも！」

ダルクの顔がみるみる青ざめていく。その顔を見て笑みを浮《う》かべようとした瞬間《しゅんかん》、ベルは口にふたたび金属製のカップをかぶせられた。やがて、またもや意識が薄《うす》れていった。

44 ふたたび村へ

酒場《さかば》はすっかりクリスマスの雰囲気《ふんいき》につつまれていた。窓《まど》からこぼれ出る黄色い光が周囲の雪を照らし、陽気な歌声が石の壁《かべ》の向こうから漏《も》れ聞こえてくる。燃えさかる暖炉《だんろ》の炎《ほのお》からあがる煙《けむり》や溶《と》けて泡立《あわだ》つチーズ、モルドワイン*23などのにおいがあたりに立ちこめていて、人間特有の皮脂《ひし》のにおいはあまりしない。

ビーストは近くの噴水《ふんすい》のかげにかくれて店のようすをうかがっていた。一刻《いっこく》も早く行動を開始したほうがいいのはわかっていたが、なかなか店に入れずにいた。魔法《まほう》の鏡で世のなかのようすを見ながら、また人間のすがたにもどってあんなにぎわいのなかに加わりたいとずっとあこがれてきた。だがいまは、そんなあこがれも、どうやって説得すればいいのだろうという緊《きん》張《ちょう》でおおいかくされている。なんといっても、ここは猟師《りょうし》のたまり場なのだ。ずいぶん前に仕《し》留《と》められてカビが生えた毛皮のにおいや、羽根をむしられて血をぬくために吊《つる》されている獲物《えもの》の生臭《なまぐさ》くおいしそうなにおいがかすかにただよってくる。得体《えたい》の知れない見るからに危険《きけん》な野獣《ビースト》のすがたをした怪物《かいぶつ》があらわれる場所として、これほどふさわしくない場所はほかにはないだろう。

そう簡単《かんたん》にうまくいくわけがない。

そのうえ、これまでだれかに助けを求めたことなど一度たりともないのだ。王子としても、野獣《ビースト》としても。いつだってただ命令すればよく、ときには声に出さなくとも、召《め》し使いたるものは、こちらの要求をくみとって行動するのがあたりまえだと思っていた。

とにかく店に入り、銃《じゅう》で撃《う》たれる前に、見かけは野獣だが中身は人間だということをなんとかしてみんなにわからせなければならない。そして、ベルを救い出すために力を貸してほしいと頼《たの》むのだ。

だが、見る者をおびえさせてしまうすがたをしたわたしにできるだろうか。これまで、そんなことをしたことはないのに……。

いや、やるしかない。

目を閉《と》じて、ありったけの勇気をふるいおこし、噴水《ふんすい》のかげから四本足で勢いよく飛び出した。だが、すぐにスピードをゆるめて二本足で酒場《さかば》のドアまで歩いていき、そっとドアを開けた。

なかに入ったとたん、想像していたとおり、店じゅうがしんと静まりかえった。

つぎの瞬間《しゅんかん》、怒声《どせい》や悲鳴が入りみだれ、店内が騒然《そうぜん》となった。だれもがあわてて銃や狩猟《しゅりょう》用《よう》ナイフなどの武器をつかみ、ビーストと距離《きょり》をとった位置で武器をかまえる。

「待ってくれ！」ビーストはつい怒鳴《どな》ってしまい、そんな声を出した自分を心のなかで罵《ののし》った。両手をつき出し、かぎ爪《づめ》を引っこめて、武器はなにももっていないことをしめす。「力を貸してもらいたくてここへ来た。助けてほしい。ベル……モーリスの娘《むすめ》が危険《きけん》にさらされているのだ！」

ぎこちない沈黙《ちんもく》が流れる。

「ベルだと？」

そう問いかけた男は、かまえた銃をビーストの心臓《しんぞう》にまっすぐに定めていた。淡青色《アイスブルー》の目をしたその男が指をわずかに引くだけで、ビーストの背後《はいご》の壁《かべ》に血や毛が飛び散ることになるだろう。

その光景が脳裏《のうり》に浮《う》かぶ。銃をもった悪臭《あくしゅう》を発する雑食《ざっしょく》動物たちが、汚《きたな》い歯をむき出しにして骸《むくろ》と化したわたしに群がってくる……。そうなる前にこちらから攻撃《こうげき》して逃《に》げるのだ……。いや、だめだ。ビーストは自分の内なる獣《けもの》をおさえこみ、できるだけおだやかな声を出して繰《く》りかえした。

「ベルの命が危《あぶ》ない。ベルを救い出すために力を貸してくれ」

「モーリスがいっていたとおりじゃないか？」カウンターの前に腰《こし》かけている男がいった。男は銃《じゅう》をかまえていないどころか、タンカードに入った酒をちびりちびりとのみながら、興味《きょうみ》津々《しんしん》といった顔でなりゆきをながめている。

「こいつは野獣《ビースト》だ！」ほかのだれかがさけんだ。「モーリスは正しかった！」

「あのおそろしくするどい牙《きば》と、大きくて醜《みにく》い鼻を見ろ！」さらにべつのだれかが大声をあげ、カウンターの椅子《いす》から立ちあがって戦闘《せんとう》の構《かま》えを見せる。「モーリスがいってたのはこいつだ！」

ビーストの心臓《しんぞう》に銃で狙《ねら》いを定めている男が困惑《こんわく》した表情になる。「まさか……野獣がほんとうにいるわけがねえ……」

「いるじゃないの、そこに！」酒場《さかば》の女中《じょちゅう》が毒づいた。

「**おまえだ！　おまえがベルをつかまえたんだ！**」長い髪《かみ》をひとつに結わえた背《せ》の低い男がビーストを指さした。

「ちがう！」ビーストはドアのほうへあとずさりした。たしかに、わがまま放題《ほうだい》にあまやかされて育ったが、うそつきではない。とはいえ、いまはそんな誤《あやま》りを正している場合ではない。「ベルがとらえられて……痛《いた》めつけられている……。だが、わたしはそんなことはしない。ここへ来たのは、ベルを救い出すために助けが必要だからだ！」

大きな暖炉《だんろ》で火が赤々《あかあか》と燃えていて、店内は暑く、毛がじっとりとしめってむずがゆさが増していく。目の前にいる男たちは銃《じゅう》やナイフをしっかりとかまえ、目に疑《うたが》いの色を浮《う》かべて挑《いど》むようににらみつけてくる。霜《しも》でおおわれた近くの窓《まど》ガラスからかすかに冷気を感じ、思わずそっちに目をそらした。その向こうには月が輝《かがや》いている。いっそ、ここから逃《に》げ出そうか……。いや、だめだ、しっかりしろ。

「これを見てくれ」ビーストはいまやるべきことに必死に意識を集中させると、鏡をとり出した。

男たちがはっと後ろに飛びのく。銃かなにかだと思ったのだろう。美しい銀の手鏡だとわかると、明かりにうっすらと照らされた男たちの顔にとまどいの表情が広がった。

「鏡よ、ベルを見せよ」

息を吹《ふ》きかけたかのように鏡面がくもっていく。そのくもりがぱっと晴れて、ベルがなにをされているかわかった瞬間《しゅんかん》、みんながいっせいに息をのんだ。

「あれはベルだぞ！」背《せ》の低い男が鏡のなかのベルを指さしながらさけんだ。

男たちのなかには、体をふるわせて目をそむける者もいる。女中《じょちゅう》は喉《のど》まで出かかった悲鳴をなんとかのみこんだ。

ビーストの心臓《しんぞう》に銃《じゅう》を向けていた男がゆっくりと銃をおろしてわきに置き、かすれた声でいった。「いっしょに映《うつ》っているのはムッシュ・ダルクだ」

「やつはベルになにをしてるんだ？　あのくそったれ！」タンカードをもった男が罵《ののし》った。

「前から悪いやつだとは思っていた」だれかがいった。「あの病院とやらで、あいつは心を病《や》んだり、正気《しょうき》を失っていたりする患者《かんじゃ》の治療《ちりょう》なんかしてない。おれにはわかってた」

「あの薄汚《うすぎたな》いブタ野郎《やろう》め！」

「ほかの患者にも同じことをしてるのか？」

「ベルはちょっと変わったところもあるが……正気を失ってなんかない……どうしてこんなことをしてるんだ？」

「わからねえ……」とさっきまで銃を向けていた男が答えたとき、この男はガストンだ、とビーストはいまになってようやく気づいた。そういえば魔法の鏡で見たことがあった。この男こそが、見境《みさかい》なく獲物《えもの》を撃《う》ち、不意打《ふいう》ちのばかばかしい結婚式《けっこんしき》をしくんだというおろかな猟師《りょうし》だ。

それにしても、オーデコロンをふりすぎだろう。そのハンサムな顔が青ざめている。「ダルクが病院に送りこむのはモーリスだけだったはずじゃねえか……そうすればベルはおれと結婚するしかなくなる……」

「なんだって？」女中《じょちゅう》が、ガストンのいうことにゆいいつまともに耳をかたむけていた背《せ》の低い男にたずねた。

背の低い男はガストンを指さしながら説明した。「あのときは、ガストンもその方法ならうまくいくと思ったんだろう？」

「ベルはあんたとの結婚を承知《しょうち》しなかった。だからダルクと手を組んだってわけ？　それで、ベルにあんなひどいことをするようしむけたのかい？」女中が強い口調で問いつめる。

「まさか、ちがう！　おれはそんなことはしねえ」ガストンはあわてて答えると、ビーストに近づいて鏡に手をのばした。

ビーストは一瞬《いっしゅん》、鏡をわたすのをためらった。これはわたしの鏡だし、亡《な》くなる前に両親がくれた金色の留《と》め金《がね》とともにとても大切にしているものだ。とはいえ、力ずくで抵抗《ていこう》したところで、ろくなことにはならない。

それに、それでベルが助かるなら……。

ビーストは鏡を手わたした。ガストンのオーデコロンのにおいを嗅《か》いでいるうちに胸《むな》が悪くなり、顔をそむけた。こうでもしないと、この男の喉《のど》を切り裂《さ》かずにはいられなくなりそうだ。

「ダルクは助言だってしてくれたじゃねえか……おれがベルと結婚《けっこん》するのをよろこんでくれてると思ってたんだぞ……」ガストンはあきらかに機嫌《きげん》が悪かった。喉《のど》からしぼり出すような太く低い声にそれがよくあらわれている。「なのに、こんなおそろしいことをしてたのか？　あいつは怪物《かいぶつ》だ……こいつみてえにな！」

そうさけぶと、ガストンはさっき背《せ》の低い男にされたのと同じようにビーストを指さした。ついに怒《いか》りがあらわになり、陰険《いんけん》な顔つきで、形のいい唇《くちびる》をゆがめて歯をむき出しにする。

「なんだと？」ビーストはいきなりそんなことをいわれ、わけがわからず混乱《こんらん》した。

ガストンが不機嫌《ふきげん》な声で続ける。「おれはベルと結婚できさえすればよかったんだ。だが、おまえみてえな怪物《かいぶつ》がベルをつかまえて……いまはダルクが監禁《かんきん》してるんだよな？　こいつとダルクはまちがいなくグルだ！」

ビーストは眉間《みけん》にしわを寄せ、こみあげてきたいらだちを必死にこらえた。「もし……わたしがダルクという男とグルなら……危険《きけん》をおかしてまで、ここに助けを求めになどこないはずだろう？」

「怪物のいうことなんか信用できるか！」ガストンは怒鳴《どな》り声でいうと、わきに置いた銃《じゅう》を見おろし、手から鏡をはなした。背の低い男がさっと手をのばして床《ゆか》に落ちるすんぜんに鏡をつかみとる。「みんな、わきへどいてろ！　おれがこいつを仕留《しと》めてやる！」

「ダルクとグルなのはきみだろう！」ビーストはいいかえした。

「おまえがダルクをそそのかして、ベルにあんなおそろしいことをさせたんだ！　おれはいっさいかかわってねえ！」

ビーストとガストンが言い争っているあいだ、背の低い男は目を見開いて鏡に見入っていた。「ダルクのあの病院とやらで、まともなベルやモーリスがこんな目に遭《あ》ってるなら……ほかのひとたちはなにをされてるんだ？　おれの大おばさんのフウフウはあそこにいるはずなんだ……大おばさんはちょっと変わってて……」

「ダルクは、おれのいとこも連れていきやがった」だれかが険《けわ》しい表情でいった。「そうしないと、おれたちの身に危険《きけん》がおよぶからといってな」

みんなが口々《くちぐち》に、あそこではなにが起きてるんだとか、これからどうすればいいんだとか話しはじめた。

「おいおい、こいつはどうするんだ？」ガストンがビーストをあごでしゃくった。「この怪物《かいぶつ》を放っておくのか？　まずこいつを始末《しまつ》して、ほかのことはあとから考えればいいじゃねえか！」

「そいつは悪魔《あくま》にとりつかれてるんだ！　つかまえろ！」

「だったら、どうして助けを求めにきたんだ？」

「とにかく、鎖《くさり》にでもつないでおけ！」

酒場《さかば》にいる男たちは、銃《じゅう》やナイフやこぶしをふりまわしながら、好き勝手に意見をいいはじめた。

ビーストは必死に考えをめぐらせた。どうすればいい？　わたしになにができるだろう？　獣《けもの》の見た目をしていては、国王として命令しようがだれも従《したが》いはしないだろう。それにベルとはちがい、機知《きち》に富んだ話をして魅了《みりょう》することもできない。

そのとき、はっとひらめいた。

心から頼《たの》みこむのだ。

これも、これまで一度たりともしたことがないことだ。

ビーストは床《ゆか》にひざをつき、必死の思いでみんなを見あげた。ガストンと目が合ったとき、その目の色がじつは自分の目の色と似ていることに気づいた。

「ベルを救い出したら、わたしを好きなようにしていい。名誉《めいよ》にかけて誓《ちか》う。閉《と》じこめられようが、殺されようが、どうなってもかまわない。わが身を差し出す覚悟《かくご》でもう一度いう。ベルを救い出すのに力を貸してくれ」

　みんながいっせいにだまりこんだ。ガストンはあごをなでながら、どうするべきか考えているようだ。

「そいつのいうことを聞くな」だれかが口を開いた。「そいつは悪魔《あくま》にとりつかれてるんだぞ。しおらしいことをいって、みんなを惑《まど》わそうとしてるだけだ。うそにだまされるな」

だが、その男の声に力はこもってはおらず、だれもなにもいわないから、とりあえずいってみただけという感じだった。

　ほかのみんなは、これほどの覚悟なら、いうとおりにしてやってもいいとぶつぶつつぶやいたり、うなずいたりしている。

「ガストン」背《せ》の低い男がガストンの太ももをつついた。「大おばさんが心配なんだ」

　ガストンは一瞬《いっしゅん》、背の低い男につかみかかるかのように見えた。行き場のない怒《いか》りや憎《にく》しみをはき出すために、だれであろうとつかみかかって殺すこともいとわないように。ビーストにはガストンの気持ちがわからないでもなかった。人間のすがたをしていても、獣《けだもの》の心をもっている者もいる。ガストンなら魔法《まほう》の肖像画《しょうぞうが》にどんなふうに描《えが》かれるだろう。

「わかった。おまえをどうするかはあとまわしにしよう」ガストンは火薬を仕込《しこ》んだベルトと弾丸《だんがん》の入った袋《ふくろ》をつかんだ。「まずは、ベルを助け出しにいくぞ！」

＊23 赤ワインに砂糖《さとう》やスパイスや柑橘類《かんきつるい》を加えてあたためた飲み物

45 脱《だっ》出《しゅつ》

ベルはこれまで生きてきたなかで、これほどの恐怖《きょうふ》と孤独《こどく》を感じたことはなかった。

そう感じるのは、全身に残っている痛《いた》みのせいだけではない。

体のあちこちにある不自然な紫《むらさき》色のあざ、注射針《ちゅうしゃばり》で刺《さ》された痕《あと》、ベルトで拘束《こうそく》されている部分に感じる鈍《にぶ》い痛み。そのどれもが意図的《いとてき》に加えられたからだ。ダルクが明確な意志《いし》をもって、わたしに無数の痛みをあたえた。吐《は》き気《け》もするし、頭もずきずきするし、ランタンのちかちかする光のせいで目の奥《おく》がはげしく痛む。

あのおそろしいダルクが、またいつもどってくるかわからない。

どうしてこんな目に遭《あ》わなければならないのだろう。変わり者と呼《よ》ばれる発明家の娘《むすめ》で、ただの本好きなわたしがなにをしたというの？　そう問わずにはいられなかった。

楽しみといえば読書くらいのつつましい暮《く》らしをし、父さんをさがして城にたどり着き、呪《のろ》いをとくゆいいつの希望を台無《だいな》しにした償《つぐな》いとしてビーストを助けようとしているだけなのに。これまでわざとだれかに悪いことをしたことなんてない。あったとしても、せいぜい子どものころのいたずらくらいだ。

それに、ダルクは父さんの友人だったのよ！　といっても、父さんは覚えてないみたいだけれど……。

しかも、あの正気《しょうき》とは思えない医者は、友人を裏切《うらぎ》り、母さんをさらったのだ。わたしの人生で、この上なく大切なひとをうばったのはダルクだったのよ！

「母さん」目から涙《なみだ》がぽろぽろとこぼれ落ちる。お願い、そばにいて。

そのときとつぜん、しめつけられていた体がふっとゆるんだ。

とまどいながら体を起こす。

なぜだかわからないが、革《かわ》のベルトが外れていた。

これまでのベルだったら、手術台にすわったまま、なにが起きたのかたしかめようとしただろう。ふたたび意識がもどったとき、脚《あし》や胸《むね》や額《ひたい》にまでベルトが固定されていたのはまちがいないのだから。だが、いまのベルは迷わず逃《に》げることにした。ダルクがまたいつもどってくるかわからないのだ。

ベルはまばたきをひとつするあいだにそう判断すると、手術台からおりて駆《か》け出した。

手術室から出てそっと手術準備室へ入っていく。だれもいないことをたしかめて、いくつもならんだ手術台のあいだを足音をたてずにすりぬけてドアへ向かう。そのあいだ、薬品のにおいはなるべく吸《す》わないようにした。

廊下《ろうか》とつながるドアは部屋の内側から錠《じょう》をかけたり外したりできるようになっていた。ここに侵入《しんにゅう》しようとするひとがいるだろうか。おそらくダルクは、だれかに施術《せじゅつ》をじゃまされるのがいやで、こうしているのだろう。

ベルは錠をスライドさせてドアを手前に少しだけ開けた。すきまからそっと外をのぞきこむ。

T字路のような形をした廊下の先に広い空間があり、スツールが四つあって、ひとつだけ埋《う》まっている。すわっているのはとてつもなく体が大きい男だ。たぶんシャルマントゥで、巨人《きょじん》の血を引いているのかもしれない。男はぞっとするようなナイフで爪《つめ》を研《と》いでいる。

ベルは思わず罵《ののし》りの言葉をはき、音をたてずにすばやくドアを閉《し》めた。

どうしよう、と手術準備室をさっと見まわす。すみにある器械台にメスなどの医療用器具《いりょうようきぐ》が整然《せいぜん》とならんでいる。そのうちのひとつをとりあえず手にとってみたものの、これではあんなに体の大きな相手には立ち向かえそうにない。かといって、ほかに役に立ちそうなものはないし……。

手術室にもどるしかなさそうだ。

唇《くちびる》をかみしめ、胸《むね》の内からこみあげてくるはげしい不安を無理やりおさえこみながら、ふたたび手術室に入っていく。部屋の端《はし》に機械がならんでいて薄闇《うすやみ》のなかにぬっと浮《う》かびあがっている。あんなに不気味《ぶきみ》な機械をダルクはわたしに使ったのだ。そのとき、その機械と自分の血痕《けっこん》が残る手術台の真向かいにもドアがあると気づいた。手術台は通せそうにないほど小さくてせまいドアだ。

おそるおそるそのドアの取っ手をつかんだ。

開かない。錠《じょう》がかかっている。

目を閉《と》じて、小説で読んで知った言葉で悪態をつき、深く息を吸《す》って気持ちを落ち着かせた。この建物は近代的な病院というよりも中世の牢獄《ろうごく》といった雰囲気《ふんいき》だ。きっと、錠もそれほど複雑《ふくざつ》なつくりにはなっていないだろう。ドアの前にかがんで、おそるおそる鍵穴《かぎあな》にメスをさしこんでみる。古いタイプの錠だとわかってほっとした。鍵を挿入《そうにゅう》すると内部のピンが押《お》しあげられ、ドアをふさいでいたかんぬきを外せる仕組みのものだ。何度か慎重《しんちょう》にメスをまわしたり、ひねったりしていると……カチリと音がして錠が外れたが、メスも折れてしまい、顔をしかめた。折れたメスがさったままでは錠を開けようとしたのだとすぐにばれてしまう。でも、とりあえず開いた。そっとなかに入ってすばやくドアを閉《し》めた。

ドアの向こう側がどうなっているのか具体的に想像していたわけではなかったが、まさかこんなものがあるとは思いもしなかった。

そこはダルクの研究室のようだったが、まず目に飛びこんできたのは数えきれないほどたくさんの頭蓋骨《ずがいこつ》だ。頭蓋骨のなかにはガラスびんのなかに入っていて、脳《のう》みその一部がむき出しになっているものもある。

防腐保存液《ぼうふほぞんえき》のようなもので満たされたガラスの棺《ひつぎ》に、どう見ても手足のない胴体《どうたい》と思われるものが漬《つ》けてあった。腹部《ふくぶ》の皮膚《ひふ》や筋肉《きんにく》ははがされ、その下の臓器《ぞうき》のひとつひとつに金属の札《ふだ》がついている。胸部《きょうぶ》には乳首《ちくび》が六つあり、腰《こし》から下は毛でおおわれている。

日誌《にっし》なのか、ノートが積まれた机《つくえ》もあり、身の毛もよだつようなものが雑然《ざつぜん》と置かれた部屋のなかで、そこだけが妙《みょう》に整然《せいぜん》として、インクつぼにさしてある長く美しい羽根ペンは、まるで出番を待っているかのようだ。

ベルは好奇心《こうきしん》をおさえきれずにノートを手にとってめくってみた。やはり日誌のようだ。

――残念ながら、その変種の生きた標本《ひょうほん》は手に入らなかった。わたしのもとへ運ばれてきたときはすでに死んでいて腐敗《ふはい》が始まり、脳《のう》は研究が可能な状態ではなかったのだ。これでは〝シャ

ルマントゥの中枢《ちゅうすう》〟についての理論《りろん》を立証《りっしょう》するのに役立てることができない。しかし、胴体《どうたい》のほうはまだ使えそうで非常に興味をそそられた。そこでまず切開《せっかい》して……。

ベルはそれより先を読みすすめることができず、ノートから顔をそむけた。

そのとき、研究室のすみに幅《はば》のせまいらせん階段《かいだん》があることに気づいた。死体の防腐保存液《ぼうふほぞんえき》の吐《は》き気《け》をもよおすにおいから逃《のが》れたくて、急ぎ足でそっちへ向かった。

薄暗《うすくら》がりのなか、冷たい金属製のらせん階段を上へ上へとのぼっていく。数階分はのぼったのではないかと思ったところで、ようやく階段のいちばん上にたどり着いた。

めまいと吐き気を覚えながら暗くてせまい空間に足を踏《ふ》みいれる。初めは、らせん階段とその奥《おく》の部屋をつなぐただの通路のようなものかと思った。だが壁《かべ》の燭台《しょくだい》からろうそくをとってかかげ、暗がりに目を凝《こ》らしたとき、そうではないとわかった。

ここは図書室だ。

何百冊《さつ》、いや一千冊はあるかもしれない。

黒い壁にそって棚《たな》がずらりとならび、棚には本がぎっしりとつまっている。

『新世界[*24]における魔女《まじょ》の絶滅説《ぜつめつせつ》について』
『ジョン・ホーソーン[*25]によって裁決《さいけつ》が下された、悪魔《あくま》との関連性を究明《きゅうめい》する驚愕的《きょうがくてき》かつ詳細《しょうさい》な裁判《さいばん》の記録』
『素人《しろうと》のための剝製術《はくせいじゅつ》入門』
『魔道書《まどうしょ》ネクロノミコン』
『超《ちょう》自然なるものの弊害《へいがい》』
『解体解剖学《かいたいかいぼうがく》』
『十一世紀後半に流行した拷問《ごうもん》方法』

ベルは目についた本を一冊《さつ》、本棚《ほんだな》からぬき出した。適当に開いたページには銅版画《どうばんが》の挿絵《さしえ》があって、角《つの》が生えた女が無表情な外科医に腹部《ふくぶ》から鼻まで切り裂《さ》かれて悲鳴をあげている絵が描《えが》かれている。

嫌悪感《けんおかん》を覚えて思わずぱっと本を放りなげたが、落ち着きをとりもどすと本をひろいあげて棚にもどした。

どの棚《たな》を見まわしても、すみからすみまで黒い革装丁《かわそうてい》の本がつめこまれている。〝科学〟と

かりだ。〝宗教《しゅうきょう》〟に関する本という体裁《ていさい》をよそおいながらも、どれもぞっとするほどおそろしいものば

奥《おく》のほうに、ダルクの研究室にあったのと同じような日誌《にっし》がならんでいた。表紙が真っ黒でいちばん分厚いものを手にとって開いてみる。図や絵はまったくなく、文字ばかりがぎっしりとならんでいる。どうやらリストになっているらしい。

――マダム・アナベル・サルベージュ：女性、収容時《しゅうようじ》四十三歳《さい》、惚《ほ》れ薬など好《この》ましからざる薬を調合《ちょうごう》する〝薬師《くすし》〟として名を知られる。施術《せじゅつ》後生存中《せいぞんちゅう》。〝シャルマントゥの中枢《ちゅうすう》の除去《じょきょ》および血液浄化《けつえききじょうか》〟に関するメモを参照《さんしょう》。

――氏名は不明：女性、背《せ》が低い、動物と話す。施術後死亡。

リストはえんえんと続いている。ここに記載《きさい》されているのは、不運にもダルクにとらえられ、施術によって魔法の力をとりのぞかれたシャルマントゥたちなのだ。

「〝施術後死亡〟ですって？」ベルはかっと頭に血がのぼり、はきすてるようにいうと、日誌

を乱暴に棚にもどした。ムッシュ・レヴィの書店の良書《りょうしょ》は無残《むざん》にもほとんど燃えてしまったのに、こんなおぞましい日誌はこうして存在《そんざい》しているなんて。ほんとうはびりびりにやぶりすててやりたかったが、ダルクを法廷《ほうてい》に立たせたとき、これは重要な証拠《しょうこ》になるはずだ。

火が消えないようにろうそくを片手《かたて》でかこいながら、急ぎ足で進んだ。なんとしてでも生きのびて両親を助け出し、ここから逃《に》げ出して、病院とは名ばかりのこんなおぞましい施設《しせつ》を運営する化《ば》け物にきびしい罰《ばつ》をあたえてやらなければならない。

図書室のつきあたりにあるドアを開けると、ホールが広がっていた。明かりが灯《とも》り広々《ひろびろ》としたその楕円形《だえんけい》のホールには廊下《ろうか》が何本か放射状《ほうしゃじょう》にのびていて、その廊下の先から音が聞こえてきたので、ベルはさっと壁《かべ》ぎわに身を寄せた。なにかかたい物がぶつかり合う音、ひとの声、悲鳴まで聞こえてくる。ホールのつきあたりの狭《せば》まった先に大きな両開きのドアがあるが、鉄《てつ》格子《ごうし》が広い間隔《かんかく》をあけてはめこまれた窓《まど》があるので、向こうからもこちらが見えてしまう。

「今夜の配膳《はいぜん》の当番はだれだ?」鉄格子の向こう側から声がした。どすのきいた太くて低い男の声。ベルの頭に、自分を連れさった覆面《ふくめん》の男たちが浮《う》かんだ。

「薄汚《うすぎた》ねえ婆《ばばあ》のメアリーだ」べつの声が下品な笑い声をあげながらいった。

「けっ、だったら手伝うことねえな。放っておこうぜ」

「いわれなくてもそうするさ」

ベルは男たちの視界《しかい》に入らないよう、壁《かべ》に張りついたまま入ってきたドアのそばから移動して、最初にたどり着いた廊下《ろうか》をのぞきこんだ。数メートル先に、どっしりした石の枠《わく》にかこまれて施錠《せじょう》された大きなドアがあり、そんなドアがいくつかならんでいる。ここのドアにも鉄格子《てつごうし》がはめこまれた窓《まど》があって、人びとのうめき声や叫《さけ》び声が聞こえてくる。

すがたを見られないように祈《いの》りながらその廊下の入り口の前をさっと通りすぎ、つぎの廊下に進んだ。

その廊下も同じだった。施錠された大きなドア。鉄格子からもれ聞こえる錯乱《さくらん》した声。

そのつぎの廊下もまったく同じ。

ところが、そのつぎの廊下は、ほかとはようすがちがっていた。

その廊下には施錠されたドアはなく、つきあたりに少し広めの部屋があった。どうやら備品《びひん》の保管場所らしい。棚《たな》には思いのほかきれいに洗濯《せんたく》された物がきちんとたたんで重ねてある。未使用のおまるや、幅広《はばひろ》のベルトがついたよれよれのスモック……いくつもならんだトレイには、それぞれ夕食用の器《うつわ》とパンがのった皿がならんでいる。

配膳《はいぜん》の準備をしていたのは、あの中年の女だった。ふてぶてしくも顔をかくすための覆面《ふくめん》すらせず、乱暴《らんぼう》なことはしないから安心しな、などとうそぶいて、ベルを拷問《ごうもん》まがいのことをする手術室へ運んでいった女だ。さっき男たちが話していた〝薄汚《うすぎた》ねえ婆《ばばあ》のメアリー〟とは、この女のことだろう。

女がだれだかわかったとたん、ベルの頭にかっと血がのぼった。考えるより先に足が動き、背後《はいご》からそっと近づいていって力まかせに体あたりした。

女はテーブルに顔を打ちつけると、床《ゆか》にうずくまってうめき声をあげた。

「なにすんだ、この……」

女が最後まで言い終わらないうちに、ベルは近くにあったブリキのおまるをつかんで、その頭をなぐりつけた。

頭から血が流れ出す。女は気を失ったのか、床にたおれたままぴくりとも動かない。

ベルは一瞬《いっしゅん》、そんなことをした自分におどろいた。だが、すぐに、わたしがこんなふうになったのは、最近、あまりにもいろんなことが起こりすぎたせいだわ、と思い直し、つぎの瞬間《しゅんかん》にはメアリーの服をさぐりはじめた。鍵束《かぎたば》をもっているはずだ。

あった！　ごつごつして大きな黒い鍵束が腰《こし》のベルトにキッチンナイフといっしょに吊《つる》してある。

鍵束《かぎたば》とナイフをさっとうばいとり、ホールへと急いだ。

「なにかあったのか？」両開きのドアの鉄格子《てつごうし》の向こうから男の声がした。

ベルはその場ではっと足をとめ、すばやく考えをめぐらせた。

「あたしのか細《ぼそ》い手じゃ、鍵をうまくつかめなくってね」ベルはメアリーの下品なしゃべり方をまねした。しわがれた声をつくってこう続ける。「こっちへ来て、手伝っておくれよ。あたしとちがってがっしりした手でさ」思わずそんなことまで口走《くちばし》ってしまい、さっと青ざめる。

「やなこった。だれが手伝うもんか」男がすぐさま答える。

ベルは目を閉《と》じてほっと息をもらすと、廊下《ろうか》のひとつに入っていった。その廊下にならぶ独《どく》房《ぼう》を見たとたん、自分や父が投獄《とうごく》された独房が、ここにくらべればずいぶんましなことがわかった。すべてが同じ大きさかはわからないが、ここの独房は広さが一・五メートル四方くらいしかなく、薄暗《うすぐら》くて、いやなにおいもする。鍵束のなかから小さな鍵を急いで選び出し、ひとつずつ鍵穴《かぎあな》にさしこんで試していく。鍵がぶつかり合う音がするたびに、あちこちからうめき声があがる。おびえているせいなのか、夕食のオートミールの粥《かゆ》を待ちこがれているからなのかはわからない。

ひとつめの独房のドアがようやく開いたとき、なかにいるひとがぎょっとしたのがベルにはわかったが、ベルもそれに負けないくらいおどろいた。

そのひとは……とても小さかった。しかも髪《かみ》が不自然にぼさぼさしているのは、劣悪《れつあく》な環《かん》境《きょう》にずっと置かれていたせいじゃない。頭をおおっているのは本物のハリネズミの針《はり》だ……。

もしかしたらここは、シャルマントゥ用の独房棟《どくぼうとう》なのかもしれない。

「逃《に》げて！」ベルは、はっとわれに返ると、独房のドアを指さした「あなたはもう自由よ！」

小さな囚《とら》われびとは、ベルに向かってうるんだ黒い目をしばたたかせると、口を開いてなにかいおうとした。

「しーっ！」ベルは人さし指を唇《くちびる》にあてた。「さあ、逃げて！」

その囚われびとは駆《か》け出した……というよりちょこちょこと足を動かしながらあわててドアに向かった。

作戦はいたってシンプルだ。できるだけ早くすべての独房のドアを開けて、なかにいるひとたちを外に出す。看守《かんしゅ》たちが逃げ出したひとたちの対応《たいおう》に追われて大混乱《だいこんらん》におちいっているあいだに母と父を見つけ出す。

決して名案《めいあん》とはいえないかもしれないが、思いついたのはそれしかない。

ベルはつぎつぎと独房のドアを開けていった。

囚《とら》われびとたちは、ほとんどが人間のすがたをしていた。だれもが頭に大きな傷《きず》あとがあって痛々《いたいた》しい。おどろいたことに、なかには見知った顔もいた。

「ムッシュ・ブーランジェ?」ベルは息をのんだ。腕《うで》のいい菓子職人《かししょくにん》として村で有名だったひとだ。彼《かれ》の手による繊細《せんさい》な砂糖菓子《さとうがし》は、口に入れるとほろりととけて、まるで天使がつくったようだと評判《ひょうばん》だった。いまは息子(ガストンがしくんだ結婚式《けっこんしき》のウエディングケーキをつくった)が跡《あと》をついでいるが、そういえばここ何年もこの老菓子職人のうわさを耳にしていない。

ブーランジェもシャルマントゥなの?

ブーランジェの表情には、しずんだなかにとまどいもわずかにまじっていた。とても具合が悪そうで、土気色《つちけいろ》の顔色をして苦しそうに息をしている。

父さんがいなくなってわたしが心配したのと同じように、この老菓子職人の息子だって父親がいなくなって心を痛《いた》めているはずだ。こんなところに長いあいだ監禁《かんきん》されていたなんて……。

ベルがブーランジェに話しかけようと口を開きかけたとき、ついに看守《かんしゅ》たちが独房《どくぼう》で起きていることに気づいた。

「おい!　アドリアン!　来てくれ!　メアリーはまだもどらねえのか?　えらい騒《さわ》ぎになっ

ちまって……」

ベルはとなりの独房へと急いだ。年老いたブーランジェがちゃんと逃《に》げ出せたかたしかめたいけれど、そんな時間はない。

死にもの狂《ぐる》いで独房から独房へと移って、つぎつぎと鍵《かぎ》を開けていく。指がしびれてきたが必死に開けつづけた。看守の怒鳴《どな》り声がだんだん近づいてくる。

つぎの独房のドアを開けたとき、目にしたのは、かたい石のベッドに拘束《こうそく》されてぐったりとしている囚《とら》われびとだった。死体のようにぴくりとも動かない。生きているんだろうか。

そのとき、その頭がぐらりと動いてベルを見た。

その顔を見て、ベルは絶句《ぜっく》した。それは、城の鏡の破片《はへん》に映《うつ》っていた怪物《かいぶつ》だった。

「**母さん！**」ベルは涙《なみだ》まじりの声でさけんだ。

＊24 ヨーロッパから見て西側、とくに南北アメリカ大陸のことを指す
＊25 現在のアメリカ合衆国《がっしゅうこく》マサチューセッツ州のセイレムでおこなわれた魔女裁判《まじょさいばん》で裁判《さいばん》官《かん》をつとめた。アメリカの作家ナサニエル・ホーソーンの先祖《せんぞ》（一六四一年―一七一七年）

46 母さん

「ベル」と母はかすれた声でいった。

母は父よりも二十歳《さい》は老《ふ》けて見えた。しわと傷《きず》だらけの顔は、かつては用水路《ようすいろ》や小川から水を引いていたが、いまは干上《ひあ》がってしまった田畑のようだ。まだそんな年でもないのに真っ白な髪《かみ》はよごれてもつれ、乾《かわ》いた血がこびりついている。だが、その緑色の目だけは、かさぶたや垢《あか》にまみれた顔のなかで明るく輝《かがや》いている。その天使のような美しさは、氷の膜《まく》や魔法《まほう》の鏡で見た母の目と同じだ。

「母さん！」ベルはもう一度さけび、母に思い切り腕《うで》をまわしてだきつき、その胸《むね》に顔をうずめて泣いた。この瞬間《しゅんかん》を夢見てきたが、想像のなかでは自分は母より小さくて、母が自分をやさしくつつみこんでだきしめてくれていた。現実では、まさかその逆《ぎゃく》になるなんて。

「ベル、わたしはこの日のために生きのびてきたのよ」母がかすれた声でいった。

その言葉を聞いてベルは泣きくずれそうになったが、なんとかこらえると、母を拘束《こうそく》しているベルトをぎこちない手つきで外した。母は息をもらして仰向《あおむ》けから横向きになった。おそらく、もう長いあいだ自由に体を動かすことすらできなかったのだろう。

「行かなきゃ」ベルは母の手をぎゅっとにぎった。骨《ほね》と皮ばかりにやせこけた冷たい手。

「待って。その前に、あなたの顔をよく見せてちょうだい」母はもう片方《かたほう》の手を弱々《よわよわ》しくベルの手に重ねた。首を少し後ろに反《そ》らし、目を閉《と》じてからゆっくりと開く。まるで、娘《むすめ》の十年分の成長を一瞬《いっしゅん》で受けとめようとするかのように。「なんてきれいなの！　それに生命力にあふれていて！　わたしが望んでいたとおりに育ってくれたのね！」

ベルはまばたきを繰《く》りかえして、ふたたびこみあげてきた涙《なみだ》を押《お》しとどめた。母がすがたを消してから、ずっとこの言葉を聞きたいと願ってきた。その願いがようやくかなったいま、感動で胸《むね》がふるえた。

「どうして？」ベルは一刻《いっこく》も早くここから逃《に》げ出さなければいけないことはわかっていたが、きかずにはいられなかった。「どうして父さんとわたしが母さんのことをわすれるよう忘却《ぼうきゃく》の呪文《じゅもん》をかけたの？　母さんとの思い出をすべて消してしまうなんて」

「あなたとモーリスだけじゃないのよ」母は苦しげに息をしながらいった。「それに、わたしのことだけでもない。どのシャルマントゥのことも、なにひとつ覚えていないよう呪文をかけたの。永遠にね。わたしたちシャルマントゥを守るために。だれもシャルマントゥのことを覚えていなければ、シャルマントゥの居場所をつきとめて、つかまえることもできなくなる。それになにより、あなたとモーリスを守るためでもあるのよ。魔法《まほう》や……わたしのことをわすれてしまえば、あなたたちも永遠に安全でいられる。でも……思ったとおりにはうまくいかなかったみたいだけれど」

「わたしは安全じゃなくてもかまわなかった。母さんといっしょにいられるのなら」

母は自嘲《じちょう》まじりに小さく笑った。「それはどうかしら。この十年でダルクがわたしにしてきたことは、大嫌《だいきら》いな相手にだって味わわせたくないくらいおぞましいことなのよ。ましてや最愛の娘《むすめ》が、わたしと同じ目に遭《あ》うなんてとても耐《た》えられない」

「でも、ダルクがこんなことをできたのはなぜ？　どうしてダルクはシャルマントゥのことをずっと覚えてるの？」

母は眉間《みけん》にしわを寄せた。その目に怒《いか》りが宿っている。「ダルクもシャルマントゥなのよ。いいえ、だったといったほうが正しいわね。ダルクは自分がシャルマントゥであることも、シャルマントゥが存在《そんざい》することも憎《にく》んでいたの……その憎しみがどれほど強いか、わたしはちゃんと理解していなかった」

「ダルクを見たの……この建物で会っただけじゃなく、城の氷の膜《まく》とかにも映《うつ》ってた……」

「ああ……」母はうめき声をあげた。「わたしはどうしようもない愚《おろ》か者《もの》よ。十一歳《さい》のまだおさない王子に呪《のろ》いをかけてしまった。あれが、わたしが使った最後の強大な魔法《まほう》なの。あなたがあのバラにふれて、呪いが完了に向かって進み出したのを感じたとき、魂《たましい》が真《ま》っ二《ぷた》つに裂《さ》けたようだったわ。魔法を使うと、結局はその報いが自分に返ってくる。だからその報いとして、わたしはこうして罰《ばつ》を受けているのよ」

母は首を横にふりながらこう続けた。

「残されたわずかな力をふりしぼり、なにが起きたのか、あなたに伝えようとしたのよ。そして、あなたの拘束《こうそく》もといた」

手術台でとつぜんベルトが外れて自由になれたのは、母さんのおかげだったのね。

そのとき、独房《どくぼう》のドアの取っ手がガチャガチャいう音や叫《さけ》び声が聞こえたかと思うと、ドアが開いて、人間のすがたをした囚《とら》われびとが顔をつき出した。ほかにも何人かいるようだ。

「お嬢《マドモアゼル》さん、看守《かんしゅ》がこっちに向かってる。すぐに逃《に》げるんだ。ロザリンドを連れて!」

「ロザリンド」ベルはその名前をかみしめるように繰《く》りかえした。そう、母さんの名前はロザリンドよ。

「ベル、手を貸してちょうだい」母は上体を起こした。「あなたの顔をこうして見られたいま、もう思い残すことはない。けれど、まだ死ぬわけにはいかないわ。ダルク……フレデリックの死をこの目で見とどけるまでは」

ベルは手を差し出し、祖母《そぼ》といったほうがふさわしい見た目の母をささえて石のベッドからおろし、ほとんどかかえるようにして独房《どくぼう》から出た。

独房の外はベルの予想どおり、逃《に》げたり、さけんだり、うろたえているひとたちで大混乱《だいこんらん》におちいっていた。

「父さんを助けにいかなきゃ」ベルはいった。

「モーリスと会ったわ。上の階にいるはずよ」母がかすれた声でいった。「正気《しょうき》を失った患者《かんじゃ》が収容《しゅうよう》される独房に行きましょう……」

「ベル！」

ベルは足をとめた。聞きなれた声が廊下《ろうか》の向かい側の、施錠《せじょう》されたままの独房から聞こえてきたのだ。

サーカスの動物のように悲しげに鉄格子《てつごうし》をつかんでいたのは、書店主のムッシュ・レヴィだった。

ベルははっと息をのみ、すぐさま錠《じょう》を開けた。

「ダルクのやつめ」ムッシュ・レヴィは外に出るなり、罵《ののし》りの言葉をはいた。「約束したんだぞ。ベルには手を出さない、と」

母が眉根《まゆね》を寄せた。「あんな化《ば》け物と取引したわけ？」母は弱っているとは思えないほど強い口調でいった。「でもレヴィ、この件についてはあとで話しましょう。それよりいまは力を貸してほしいの」

「もちろんそのつもりだ」レヴィは笑顔を見せ、銀色にきらめく小さくて細長い鏡をとり出した。おそらく魔法《まほう》でできていて、これを鍵《かぎ》のように使うにちがいない。「こうして自由になったからには、わしが独房《どくぼう》にいるみんなを外に出そう。ロザリンドとベルはモーリスをさがしにいけ！」

ベルは母の腕《うで》に手をそえてささえながら先を急いだ。気のせいかもしれないが、母の足取りが歩くにつれてしっかりしてきているように思える。独房から出て、だんだん元気をとりもどしてきたんだろうか。それとも、一時的に興奮《こうふん》しているだけだろうか。

「とまれ！」

看守《かんしゅ》が行く手に立ちはだかった。サーカスの怪力男《かいりきおとこ》みたいな太い腕をしていて、こっちの腕など簡単《かんたん》にもぎとってしまいそうだ。

ベルはキッチンナイフをかまえた。だが、こんな頼《たよ》りないナイフでは戦う前から勝敗《しょうはい》はとうについている。

看守《かんしゅ》がじわじわと近づいてくる。つぎの瞬間《しゅんかん》いきなり大きな悲鳴をあげたかと思うと、太い丸太《まるた》のようにばたりとたおれた。

ベルが床《ゆか》に目をやると、看守の足もとにあのハリネズミの髪《かみ》をもつ小さな男がうずくまっていた。ベルを見あげて笑顔を見せる。男の頭の針《はり》は逆立《さかだ》っていて、看守の真っ白な作業着のあちこちに赤い血のしみが点々《てんてん》と広がっていた。

「ありがとう」ベルは小さな声でいった。

小さな男はなにやらよくわからない言葉を早口でしゃべると、ちょこちょこと走りさった。

「〝ハリネズミ人〟よ」母がつぶやいた。「陽気な一族なんだけど、まだ生き残っていたのね……」

なにか起きるたびに母は気をとられたが、ベルはそんな母を引っぱりながら先を急いだ。ようやく独房棟《どくぼうとう》の楕円形《だえんけい》のホールにもどってくると、そこは囚《とら》われびとでごった返していた。看守《かん》《しゅ》たちが革《かわ》でおおわれたこん棒《ぼう》をふりまわしながら、囚われびとが逃《に》げ出すのを必死に押《お》しとどめようとしている。ベルは目を閉《と》じてみんながぶじに逃げられますようにと祈《いの》りの言葉をつぶやくと、母を連れて、ここだと思った廊下《ろうか》に突進《とっしん》した。

勘《かん》を頼《たよ》りに向かった廊下《ろうか》は熱気と臭気《しゅうき》が立ちこめていた。思ったとおり、その先は厨房《ちゅうぼう》になっていた。悪臭《あくしゅう》がただよう、天井が低くて洞穴《ほらあな》のような厨房を駆《か》け足で横切っていく。ずんぐりした鉄のかまどには見るからに不潔《ふけつ》そうな黒い大鍋《おおなべ》がのっていて、なかには水っぽいオートミールの粥《かゆ》が煮《に》えている。時おり、汚《きたな》らしいものが硫黄《いおう》のような臭気を放つ蒸気《じょうき》とともに表面に浮《う》きあがってくる。

薄汚《うすぎたな》い身なりのでっぷりと太った料理長らしき男が、体重の重みで脚《あし》がたわんだ椅子《いす》にふんぞり返ってすわっていたが、ベルと母に気づくと、気だるそうに片方《かたほう》の眉《まゆ》をあげた。

「見なかったことにして」ベルはキッチンナイフを見せつけながらいった。

料理長は無言《むごん》のまま、どうでもいいというふうに大きく肩《かた》をすくめた。

ベルは母を引っぱりながらさらに進んだ。

厨房のつきあたりには食料貯蔵庫《ちょぞうこ》と、大量の食材を速《すみ》やかに配達してもらうための専用《せんよう》の通路と、雑役《ざつえき》係専用の地上に通じるせまい階段《かいだん》があった。

ベルは母の手を引きながら階段を駆《か》けあがったが、とちゅうで、からの器《うつわ》をのせたトレイを手におりてきた大柄《おおがら》な男女の雑役係とぶつかった。四人はもつれ合ったまま階段のいちばん下まで転げ落ちた。体重が軽いおかげか、ベルと母のほうがふたりの雑役係の上にいて下敷《したじ》きにならずにすんだ。

「脱走者《だっそうしゃ》だ！」男の雑役《ざつえき》係がいった。「患者《かんじゃ》が逃《に》げ出したぞ！」

「ここには、患者なんかひとりもいないわ！」ベルはからまった手足をほどきながら怒《いか》りをこめていいかえした。なんとか立ちあがり、母を助けおこす。

そのとき、よろめきながら起きあがった女の雑役係が、組んだ両手でいきなりベルの顔をなぐりつけた。

不意打《ふいう》ちをくらったベルは、ぼうぜんとしたまま、ふらふらと壁《かべ》にもたれかかった。鼻から血がしたたり落ちる。

それを見て、背《せ》をまるめてつらそうな表情をしていた母が大きく目を見開いた。

男の雑役係も立ちあがり、ベルの肩《かた》を指が食いこむほど強くつかむ。

「ラスィヌ《根を張れ》」と母はささやき声でいうと、手のひらの上のなにかを吹《ふ》きかけた。

つぎの瞬間《しゅんかん》、ふたりの雑役係がぎょっと目をむいて足もとに目を向けた。

ベルは顔を殴《なぐ》られた衝撃《しょうげき》から少しずつ回復してきていたが、目に涙《なみだ》がたまっていてよく見えない。だが、どうやら雑役係はふたりとも足が床《ゆか》に張りついて動かせないらしい。口をぱくぱくさせて、声にならない悲鳴をあげている。

母がふらついてぐらりと大きくゆれた。

ベルは殴《なぐ》られた痛《いた》みもわすれて、たおれるすんぜんに母をだきかかえた。

「独房《どくぼう》の床のほこりを吹《ふ》きかけてやったのよ……」母は懸命《けんめい》に足をあげて階段《かいだん》をのぼりながらつぶやいた。「カビの菌糸《きんし》でいっぱいのほこりを……」

ベルは母がうわごとをいっているのか、事実をいっているのかはわからなかったが、とにかく、もうこれであのふたりは追ってこられない。大事なのはそこだ。

階段をのぼりきって地上に出ると、そこは地下とは大ちがいだった。日あたりがいいとはいえないが、廊下《ろうか》は広々《ひろびろ》として、いやなにおいもしない。石壁《いしかべ》にもカビやぬめりはなく、ランタンが等間隔《とうかんかく》で吊《つる》されている。

「ここに来たのは初めてじゃない気がする」ベルは記憶《きおく》をたどった。袋《ふくろ》をかぶせられたまま連れてこられたときに通ったところかもしれない。足音をたてないようにしながら母の手を引いて先へ進んでいたとき、聞きおぼえのある声がなにかをわめいているのが聞こえてきて足をとめた。

「いや……つかまえるのは地下のやつらだけでいい。この階は問題ない。看守《かんしゅ》らはすべて地下へ行かせろ！」

ダルクだ。

怒《いか》りではらわたが煮《に》えくりかえる。あの男のせいでわたしたち家族は離《はな》ればなれになり、母さんは残虐《ざんぎゃく》な行為《こうい》を受けつづけてきたのよ……いますぐあの男のもとへ走っていってナイフをつきさしてやりたい。

でも、いまはまず、父さんを助け出さなきゃ。ベルははげしい怒《いか》りをなんとか理性でおさえつけた。

看守《かんしゅ》たちがばたばたとあわてて去っていく足音と、ダルクがこつこつと石の床《ゆか》を踏《ふ》みながら立ちさる足音が遠のくまで待つ。

足音が完全に聞こえなくなったあと、さらに五十秒数えてから足を踏み出した。

思ったとおり、廊下《ろうか》の先は正気《しょうき》を失った患者《かんじゃ》を収容《しゅうよう》するための棟《とう》のロビーへつながっていた。ロビーからのびている何本かの廊下は広く、薄《うす》いじゅうたんも敷《し》いてある。面会に来る家族にいい印象をあたえるためだろう。注意深くすみずみまで目を走らせないかぎり、この建物の地下であれほどおそろしいことがおこなわれているとは、だれも想像すらしないにちがいない。

廊下には病室をよそおった独房《どくぼう》がならんでいる。

父さんを救い出したら、ここにいるみんなも解放しよう。ベルはそう心に誓《ちか》った。

「父さん？」ベルは思い切って大きな声で呼《よ》びかけた。

「ベルか？」おどろきのまじった声が返ってくる。

「モーリス」母もかすれた声で呼びかける。

ベルは母とともに父の声がしたほうへ走りよると、もどかしさをおさえながら鍵束《かぎたば》のなかから鍵をさぐりあて、錠《じょう》を開けた。

父は押《お》したおさんばかりの勢いでベルと母に飛びついた。肉づきのいい腕《うで》を妻と娘《むすめ》の首にまわして引きよせる。

「ロザリンド、ベル。こうして、また家族がそろう日が来ようとは」父は泣きじゃくった。

ベルはずっとこうしていたかった。ようやく家族がひとつになり、父と母にだきしめてもらっている。ほんらいあるべき幸せな家族のすがたにもどれたのだ。もうぜったいに離《はな》ればなれになんかなりたくない。けれど、ここでぐずぐずしていたらどうなる？　こんな瞬間《しゅんかん》を二度と味わえなくなってしまうかもしれない。

ベルは思いを断《た》ち切って口を開いた。「父さん、行かなきゃ。いますぐ」

「だが、ほかのひとたちはどうするんだ？」父がたずねた。

「ねえ！」ベルは、独房《どくぼう》のなかから鉄格子《てつごうし》に手をかけて一部始終《いちぶしじゅう》を静かに見守っていた男のひとに声をかけた。「これを受けとって！」

その男のひとはベルが投げてよこしたものを受けとっても、それがなんなのかすぐにはわからなかったようで、とまどった顔でしばらく見つめていたが、ようやく理解するとはっと目を見開いた。

「さあ、行きましょう！」ベルは両親の腕《うで》をつかんだ。

そのとき、廊下《ろうか》の先のほうを通りかかったふたりの看守《かんしゅ》がベルたちを見つけた。

「とまれ！」看守のひとりがさけぶ。

独房のなかの鍵束《かぎたば》を手にした男のひとは、それを背中《せなか》にかくしてそしらぬ顔をしている。

「走って！」とさけぶと同時に、ベルは両親の手を思い切り引っぱりながら駆《か》け出した。父は最初こそもたついたものの、すぐに早足になり、ベルから手をはなすなり、まわりこんで母のもう片方《かたほう》の手をつかんだ。ベルと父で母の手を引っぱりながら走りつづける。

ドアが開きっぱなしになっている部屋が目について飛びこんだ。そこは、シャルマントゥではない囚《とら》われびとのための室内運動場兼娯楽場《けんごらくじょう》のようだった。革製《かわせい》のボールが床《ゆか》に転がり、古びたトランプが低いテーブルや背《せ》もたれのない椅子《いす》に散らばっている。ベルと父は部屋を走りぬけながら、手あたりしだいに家具を蹴《け》りたおしたり、物をひっくりかえしたり、後ろに投げとばしたりした。ベルはわざわざふりむかなかったが、背後《はいご》からなにかがぶつかる音やうめき声や悪態《あくたい》をつく声が聞こえてきて胸《むね》がすっとした。

どっちへ向かえばいいかわからず、行きあたりばったりで廊下や部屋を走りぬけるうちに、洗濯室《せんたくしつ》に迷いこんだ。石鹸《せっけん》でどろりとした熱湯を張った洗《あら》い桶《おけ》や、気味の悪いしみのついた洗濯物が行く手をはばむ。従順《じゅうじゅん》な囚《とら》われびとが雑役《ざつえき》係の監視《かんし》のもと、山のような洗濯物を運んだり、湯気《ゆげ》のたつ洗い桶にへらをつっこんだりして働かされている。

「あなたたちは自由よ！」ベルは母から手をはなし、熱湯を張った洗い桶をまわりこんで避《さ》けながら囚《とら》われびとに向かってさけんだ。

「逃《に》げろ！」父がやせ細った女の囚われびとの背《せ》を押《お》した。

「**あんたら、あたしの洗濯室から出ていけ！**」目立つ帽子《ぼうし》をかぶった大柄《おおがら》な女の雑役係が金切り声でさけんだ。

母も父に手を引かれながら必死にあとをついてくる。三人は濡《ぬ》れて汚《きたな》らしい洗濯物のあいだを縫《ぬ》うようにして進んだ。

「この先にドアがあるはずだ」父がベルに呼《よ》びかけた。「建物の外に出て、洗濯物を干《ほ》すために！」

父さんはどうしてそんなことがわかるのだろうと思う間もなく、ベルが向きを変えたとたん、山のような洗濯物《せんたく》をかかえた囚《とら》われびととぶつかった。白い枕《まくら》カバーやスモックがぱっとあたりに飛び散る。先に起きあがったのはベルだ。囚われびとは薬漬《づ》けにされているのか顔色が悪く、困惑《こんわく》した表情を浮《う》かべている。

「ごめんなさい」といい、ベルは走り出した。きちんと伝わっていたらいいのだけれど。

看守《かんしゅ》たちが後ろにせまってきていた。洗濯物を蹴散《けち》らし、洗《あら》い桶《おけ》から飛んできた熱湯がかかるたびに大声で悪態《あくたい》をついている。

だが、父の推測《すいそく》どおり、行く手にドアが見えた。錠《じょう》がかかっているかどうかはわからない。

「ベル、三つ数えたら体あたりするぞ」父は前かがみになり、ドアに向かって肩《かた》を向けた。ベルも同じようにする。「一、二の三！」

ベルと父が力いっぱい体あたりすると、ふたりの体重と力が合わさってドアが開いた。といっても、父が占《し》める割合《わりあい》のほうが多かっただろう。必死にあとをついてきていた母とともに外に出る。

そこには、想像もしていなかった光景が広がっていた。

夕暮《ゆうぐ》れ時《どき》であたりは薄暗《うすぐら》く、はっきりとは見えなかったが、見た目も衰弱《すいじゃく》の具合もさまざまな、おおぜいのシャルマントゥや人間たちが、手入れの行きとどいた芝生《しばふ》を逃《に》げまわっていた。看守《かんしゅ》たちはあまい言葉でもどってくるよう言いくるめようとしたり、こん棒《ぼう》をふりあげて怒鳴《どな》りつけたりしながらあとを追いまわしている。まるでブリューゲル[26]やボス[27]が描《えが》いた奇怪《きかい》でおそろしげな幻想画《げんそうが》のようだ。

その先のほうから、たいまつをかかげたひとたちが近づいてきた。いくつものたいまつの火は、夕闇《ゆうやみ》のなか怒《おこ》ったように赤々《あかあか》とゆらめいている。

先頭にいるのは……ガストン？　その後ろにいるのは村のひとたちよね？

「なんだあれは？」看守のひとりが追いついたが、ベルに手をかけようとした瞬間《しゅんかん》、ベルと同じように異様《いよう》な光景を見て立ちすくんだ。

父はその好機《こうき》を逃《のが》さず、看守の胸《むね》に思い切り一撃《いちげき》を加えた。さらに、うっと胸を押《お》さえた男のあごにもう一発ぶちこむと、男は意識を失ってたおれた。

「この役立たずめ」父が怒鳴《どな》りつけた。「弱いものいじめしかできないのか」

「大おばさん！　フウフウ大おばさん！」

ベルは、たいまつをかかげて向かってくる村人たちのなかにル・フウを見つけた。ル・フウのほかにも家族をさがして逃《に》げまわるひとたちに目を凝《こ》らしているひとがいる。だれもがいきり立っていて、手にマスケット銃《じゅう》や干《ほ》し草用の熊手《くまで》などをもち、たいまつの火に照らされた目には殺気《さっき》が浮《う》かびあがっている。

「あのひとたちは避《さ》けてこっちから行きましょう」ベルは父と母にうながした。なにしにきたのかはわからないが、ガストンとかかわったら、ろくなことにならないのはわかりきっている。

村人たちに気づかれないよう、ベルは両親とともに建物のかげにかくれて進んだ。父さんがなにかいい案を考えついてくれたらいいのだけれど。わたしには、厩舎《きゅうしゃ》へ行って馬車にのるか、このまま道へ出て走りつづけることぐらいしか思いつかない。

だが建物の角《かど》を曲がったときダルクと出くわした。どうやら、ベルたちを待ちかまえていたようだった。

＊26　ピーテル・ブリューゲル。フランドル派《は》の画家（一五二五年ごろ―一五六九年）

＊27　ヒエロニムス・ボス。フランドル派の画家（一四五〇年ごろ―一五一六年）

47 昔語《むかしがた》り

ダルクは小型《こがた》のマスケット銃《じゅう》をかまえ、ぞっとするような笑みを浮《う》かべた。

ベルは父と母とともに引きかえそうとしたが、背後《はいご》からは、こん棒《ぼう》をもった三人の大柄《おおがら》な看《かん》守《しゅ》が殺気《さっき》をみなぎらせながらせまってきている。もう後《あと》がない。どうすればいい？

父がダルクに向きなおった。「ダルク！　どういうつもりだ？　なぜこんなことをする？」

「フ・レ・デ・リ・ッ・クよ」ぐったりしていた母が口を開いた。「まだ思い出せない？　このひとはフレデリック・ダルクなの」

父は困惑《こんわく》した表情を浮かべた。せわしなくまばたきを繰《く》りかえしながら記憶《きおく》をたどっているうちに、どうやら思い出したらしい。「フレデリック……若《わか》いころからの友人だったあのフレデリックか。そう、フレデリック・ダルクだ。いままで……どうしてわすれていたんだろう」

「わたしが忘却《ぼうきゃく》の呪文《じゅもん》をかけたせいよ」母が答える。「このひとはシャルマントゥなの。いいえ、シャルマントゥだ・っ・た」

「そうだ。ありがたいことに、わたしはもう、きみのような連中の仲間ではない」ダルクは嫌《いや》味《み》な笑みを浮《う》かべ、もっと嫌味ったらしく軽く一礼した。「何年も前に、わたし自身からも不《ふ》純物《じゅんぶつ》をとりのぞくことができたからね」

父がおもむろに口を開いた。「だが……どうしてこんなことができたんだ？　こんなにおおぜいのひとたちを村や王国から連れて——さらってくるなんて」

ダルクは得意げに胸《むね》を反《そ》らせた。「国王と王妃《おうひ》から全面的な支援《しえん》を受けていたのでね。ふたりもシャルマントゥの存在《そんざい》をうとましく思っていたのだよ。といっても、わたしとは理由はちがっていたが。ふたりともシャルマントゥが自分たちの地位を脅《おびや》かすのではないかとおそれていたのだ。わたしがシャルマントゥを排除《はいじょ》するための持論《じろん》を伝えると、研究を続けたり、古い病院を購入《こうにゅう》したり、被験者《ひけんしゃ》や患者《かんじゃ》を集めたりする人材を確保《かくほ》するための資金を惜《お》しみなく出してくれた」

「シャルマントゥの失踪《しっそう》の黒幕《くろまく》は、初めからあなただったのね」母が感情をおしころしながらいった。「助産師《じょさんし》のヴァシティをさらって殺したのもあなたね」

「殺してはいない」ダルクは訂正《ていせい》した。「ここに来てしばらくして、彼女《かのじょ》がみずから命をたったのだ。そういうことも往々《おうおう》にして起こる」

母は唇《くちびる》をわなわなとふるわせながら、なにかをさがすように手をにぎったり開いたりしている。

母さんは、もし魔法《まほう》の杖《つえ》があれば、ダルクに魔法をかけてやるのに、と思っているのかもしれない。

「フレデリック……」父がつらそうにいった。「なぜなんだ。わたしたちは友だちだったじゃないか……。どうしてこんなひどいことができるんだ？」

「生まれながらに罪《つみ》も穢《けが》れもないいきみとベルを巻《ま》きぞえにしたことについては詫《わ》びをいおう」

ダルクはほんとうに悔《く》いているかのように目をふせた。「もっと大きな獲物《えもの》を狙《ねら》っていて、きみたちはその獲物をおびきよせるおとりとしてうってつけだったのだ」

ベルは目を見開いた。「まさかビーストを……」

「そのとおり。ガストンから〝人間のように話す野獣《ビースト》〟の話を聞いたとき、ぴんときたのだよ。わすれられた魔法の王国のおさない王子が成長したのだろうと。といっても、人間の男のすがたではないが」

母はダルクをにらみつけた。「どんなすがたになっていようと、それは彼《かれ》のせいじゃないわ。手出しをしないで」

ダルクはいらだたしげに舌打《したう》ちした。「獰猛《どうもう》な怪物《かいぶつ》を野放《のばな》しにするわけにはいかないだろう？

それに、手出しをするな、などとよくいえたものだな。城までわざわざ出かけていって呪《のろ》いをかけ、もともとはナチュレル[*28]だったおさない王子や召《め》し使いたちを自然に反するものに変えたのはだれだ？　きみがわたしにそんなことをいう資格《しかく》はない」

母はつらそうに顔をゆがめた。「わたしが過《あやま》ちをおかしたことはみとめるし、できるかぎりのことをして償《つぐな》うつもりよ……。でも、王子をつかまえて身勝手な実験のために利用するのは許さない。そんなことをしてもなんの役にも立たないわ」

ベルはこらえきれずに母とダルクの話に割《わ》りこみ、とがめるような口調でこういった。「ムッシュ・レヴィから聞いたわ。わたしには手を出さないと、あなたと約束したって」

「ああ、そのとおりだ」ダルクは肩《かた》をすくめた。「レヴィもシャルマントゥだが、ほとんど害はなかった。村では魔法《まほう》を使わないよう用心していたからな。それでいままで放っておいたのだが……。とにかく、わたしがここでしていることを口外《こうがい》しない代わりに、きみには手を出さないと約束したのはまちがいない」

「でも、父さんとわたしを無理やりここへ連れてきたでしょう？　それに、ムッシュ・レヴィまで！」

「高邁《こうまい》な目的をとげるためにはしかたのないことだった。シャルマントゥとした約束など、わたしにとっては取るに足りないことであり、鳥と約束したのとなんら変わりはない。レヴィがきみや野獣《ビースト》に力を貸したらめんどうなことになる……だから、じゃまされないよう、レヴィをここに拘束《こうそく》することにしたのだ」

「鳥と約束したのと変わらない？」父が嫌悪感《けんおかん》をあらわにした。「フレデリック、わたしたちは友だちだったのに、なぜそんなことがいえるんだ？　きみはベルの洗礼式《せんれいしき》にだって来てくれたんだぞ！」

「えっ？」ベルは思わず声をもらした。意識を集中して考えをめぐらせる。わたしの洗礼式にまで来るような仲だったということは、父と母のほかの友人とも親しかったはず……。

「アラリック・ポットを殺したのはあなただったのね」

ベルの言葉を聞いて、それまでの高慢《こうまん》な態度が消えて、ダルクが初めて動揺《どうよう》を見せた。

「あなたはなんらかの方法で知ったのね。アラリックがシャルマントゥを王国から逃《に》がして、父と母のところへ連れていっていたことを。具体的なことを知ったのはアラリックを殺したあとだったのかもしれない。とにかく真相《しんそう》をつきとめると、母をつかまえるためにあとを追った」

ダルクは上等そうだが時代おくれの靴《くつ》をはいている足をそわそわと動かした。「シャルマントゥではない者を傷《きず》つけるつもりなどなかった。しかも、むかしからの友人ならなおさらだ。

しかし、アラリックの裏切《うらぎ》りはとうてい許せなかったし、あのまま放っておくのは危険《きけん》だった」

「アラリックの裏切りですって？」ベルは強い口調でいいかえした。「あなたがアラリックを裏切ったのよ。アラリックだけじゃなく、父や母のことも」

「アラリックは同族を裏切ったのだ！」ダルクが歯のあいだから声をしぼり出すようにしていった。「生まれながらに罪も穢《けが》れもない者が、なぜシャルマントゥを救おうとするのだ？シャルマントゥがいかに危険な存在《そんざい》か知っていながら」

「フレデリック、わたしたちはもう行くよ」父がいった。言葉を選ぶようにしながらこう続ける。「あとは追わないでくれ。きみなら自分がどれほど卑劣《ひれつ》なことをしてきたか、わかっているはずだ。きみは利口《りこう》だからね。むかしからずっとそうだった。こんなことは終わりにしよう。もう会うこともないだろう」

父が妻をだきかかえてゆっくりと向きを変え、娘《むすめ》の背《せ》に手をあててうながすと、三人はそろって歩き出した。

「友よ、きみはまちがっている」背後《はいご》からダルクがうわずった声でいった。カチリという、マスケット銃《じゅう》の撃鉄《げきてつ》を起こすおそろしい音も聞こえる。

三人はダルクに向きなおった。ダルクは一分《いちぶ》のすきもなく銃をかまえ、片目《かため》を閉《と》じて狙《ねら》いを定めている。脅《おど》しではない。必要とあらば本気で殺すつもりだ。

ベルが言葉を尽《つ》くして理性や感情にうったえようと口を開きかけたとき、いきなりあらわれたビーストがダルクの喉《のど》もとに飛びかかった。

＊28 フランス語で「自然の、ありのままの」という意味。本書では「魔法《まほう》の力をもたないふつうの人間」という意味で使われている

48 結集

「ビースト！」ベルはさけんだ。

こんなビーストを見たのは初めてだった。牙《きば》のあいだから唾液《だえき》や泡《あわ》があふれ出て、黒い歯茎《はぐき》がむき出しになっている。目は青いままだが、人間らしい知性はみじんも残っていない。まるで狂犬病《きょうけんびょう》にかかった犬のようだ。

ダルクが発砲《はっぽう》したのと、ビーストがダルクを地面に押《お》したおしたのとがほぼ同時だった。銃《じゅう》弾《だん》がどこへ飛んだのかはわからない。ビーストにあたった可能性もあるが、痛《いた》がっているようすはない。

ビーストはダルクにまたがったまま、かぎ爪《づめ》をふりあげた。ようやくえさにありついた飢《う》えたライオンが、獲物《えもの》を引き裂《さ》こうとするかのように。

「だめ！」

ベルは制止する父をふりきって、ビーストのほうへ駆《か》けよった。

「ベル、行くな！」父がさけぶ。

ビーストはイタチのように上半身だけひねってベルを見た。ダルクにまたがった格好のままで、ベルの周囲のにおいを嗅《か》ぎ、濡《ぬ》れた鼻と舌《した》を獣《けもの》のようなしぐさでベルの頬《ほお》に近づける。

そのあいだ、ベルはじっと動かなかった。

「ビースト、わたしよ」ベルはゆっくりと手をのばした。

ビーストはその手をいぶかしげに見つめている。

ベルは唇《くちびる》をかみ、毛におおわれたビーストの腕《うで》にそっとふれた。その体温が伝わってくる。

「わかるでしょ？　わたしはベル。おとぎ話を読んであげたでしょう？」

「ベル……」とビーストは無表情で繰《く》りかえしたが、わかっているようには思えない。

ダルクがこのすきを狙《ねら》って逃《に》げ出そうと、ビーストにのしかかられたまま身をよじった。

ビーストは吠《ほ》え声をあげ、ダルクのこめかみをなぐりつけた。

「やめて！」ベルはきっぱりといった。「やめなさい！」

ビーストは低くうなっている。

「そのひとを殺したら、人殺しになってしまう。あなたは殺人者でも獣《けもの》でもないのよ」

ビーストはまばたきもせずにベルを見つめているが、その目からは、なんの感情も読みとれない。目の奥《おく》ではなにかを考えているんだろうか。

ビーストのかぎ爪《づめ》がぴくぴくと動く。

「お願い、もどってきて。わたしのところへ。そこにいるんでしょう？　お願いよ」

ビーストが目をしばたたく。

ベルはビーストの目をのぞきこんだ。この目の奥にいるほんとうの彼《かれ》を呼《よ》びもどしたい。

ビーストも大きく見開いた目で見つめかえしてくるが、やはり、その目はうつろなままだ。

「お願い、わたしのために」ベルはなおもささやきかけ、ゆっくりと手をのばして角《つの》のすぐ上のたてがみにふれた。ビーストの鼻がぴくりと動く。ベルはビーストの乱《みだ》れたたてがみをやさしくなでつけ、耳にかけた。自分がほつれた髪《かみ》をよくそうするように。

ビーストがさっと手を動かしてベルの手首をつかむ。

ベルは思わず顔をこわばらせた。動かそうとしてもびくともしないほどしっかりと手首をつかまれているが、にぎりつぶそうとするほど強くはない。目の前に見えた腕《うで》をただつかんだだけという感じだ。

「ベル……」ビーストの口からかすれた声がもれる。

「約束したでしょう？　わたしに書店を建ててくれるって」ベルは涙《なみだ》をこらえながらいった。

「もし、あなたが約束を守ってくれたら、わたしはジャックが主人公のお話をもっともっと読んであげられるわ……あなたに……」

　ビーストの口が開いてわなわなとふるえ出す。一度はわすれてしまった言葉を必死に思い出そうとするかのように。口からのぞいているするどい牙《きば》が、急に不似合《ふにあ》いに見えてくる。

　つぎの瞬間《しゅんかん》、ビーストはぶるっと体をふるわせた。じっとベルを見つめる目には知性がきらめいている。

「そうだ、約束した」ビーストは力強くいった。その声には人間らしさがもどっていた。「王たる者は、かならず約束を守る」

　ベルはほっとしたあまり、泣きじゃくりそうになった。

　ビーストはぱっと立ちあがると、ダルクをぐいっと引っぱって立たせ、怒《いか》りに満ちた声でこういった。

「おまえがさらった娘《むすめ》のおかげで、命びろいしたな。礼をいえ」

「ああ、もちろんだとも。礼をいわせてもらう」ダルクは服についたよごれをはらい落としている。

　ベルはそんなダルクを見ていぶかしんだ。妙《みょう》に落ち着いているし、なんだか芝居《しばい》じみている。ちらりとふりかえると、村人たちが集まってなりゆきを見守っていた。ル・フウが興味津々《きょうみしんしん》という顔つきでこっちを見ている。だが、ガストンのすがたは見あたらない。

「ナチュレル特有の資質《ししつ》である、ベルのやさしさと思いやりに感謝しよう。いうまでもなく、シャルマントゥはもち合わせていない資質だ」ダルクは村人たちのほうを向き、声を強める。「おわかりいただけることを願うが、わたしは長いあいだ諸君《しょくん》を守りつづけてきたのだ。ときに人間のすがたをよそおった、おそろしい力をもつ、荒々《あらあら》しく狂気《きょうき》じみた怪物《かいぶつ》から」

ダルクはベルの母に敵意《てきい》のこもった視線《しせん》を向けた。

「見かけは同じでも、魔法《まほう》の力をもって生まれてきたものどもは人間ではない。われわれとはちがって自制心《じせいしん》も、慈愛《じあい》の心も、論理的《ろんりてき》思考も、道徳心《どうとくしん》ももち合わせていないのだ。わたしは長年、このような怪物をつかまえ、魔法の力をとりのぞいてきた。諸君を守るために。想像してみてほしい。怪物どもが好き勝手に暴《あば》れまわる世界がどれほどおそろしいか」

「フレデリック、きみだって、シャルマントゥだったじゃないか」ベルの父がさけんだ。「きみは未来を見ることができた。こんなことを続けていたら、自分で自分の首をしめることになるんだぞ」

「いまはもうシャルマントゥではない。おそろしい力はすべてとりのぞいたのだからな」ダルクは不気味《ぶきみ》な笑みを浮かべると、髪――かつら――をずらして頭頂部《とうちょうぶ》を見せた。いくつものくぼみとジグソーパズルのように細かくひび割《わ》れた傷《きず》あとがあらわになる。なんておそろしい。いったいどれほどの回数、頭蓋骨《ずがいこつ》を切りひらいたのだろう。

ベルと父と母は恐怖《きょうふ》で立ちすくんだままダルクを見つめた。村人たちも息をのみ、不快感《ふかいかん》に顔をゆがめる。

ダルクはかつらをもとにもどした。「これでおわかりいただけただろう。未来を見るなどというおぞましい力は、もうわたしには残っていないことを」

「フレデリック、自分の大切な一部をとりのぞいてしまうなんて」父が悲しげにいった。むかしのきみなら、ここまでおろかなことはしなかったはずだ。これほどまで魔法《まほう》に対する憎《にく》しみに満ちてはいなかった」

「だが、ベルはどうなんだ？」村人のひとりが声をあげた。「ベルには魔法の力なんかない。なのに、さらって痛《いた》めつけた」

「こいつは、わしらをみな痛めつけたのだ！」

そうはきすてる声がした。菓子《かし》職人のムッシュ・ブーランジェだ。苦しそうに息をする父親を両わきからささえている息子と娘《むすめ》の顔には、怒《いか》りといいたたまれなさがまざったような表情が浮《う》かんでいる。

その場の空気がざわっと動いた。白くて薄《うす》っぺらい服を着た、ひと目で囚《とら》われびととわかるひとたちがそろって前に進み出てきたのだ。だれの目にも殺意《さつい》が宿っている。

ダルクに雇《やと》われている看守《かんしゅ》たちがすぐさまこん棒《ぼう》をかかげて身がまえる。

つぎの瞬間《しゅんかん》、囚われびとのひとりが叫《さけ》び声をあげながらダルクに向かって突進《とっしん》した。

ふたりの看守がすかさず囚われびとに飛びかかり、こん棒を首や背中《せなか》にふりおろした。棒が肉に食いこんで胸《むね》が悪くなるような音が響《ひび》きわたる。

村の猟師《りょうし》たちがいっせいにマスケット銃《じゅう》をかまえて撃鉄《げきてつ》を起こした。煮《に》えたぎる怒《いか》りの矛先《ほこさき》をどこに向けたらいいのか迷っていたが、いまや狙《ねら》うべき相手がはっきりした。じりじりとつめよっていく。

「警告《けいこく》しておくが、この病院の警備員《けいびいん》たちはよく訓練《くんれん》されているぞ」ダルクがいった。

「病院の警備員だと？　いまさらそんな見えすいたうそをつくな。おれたちが知らないとでも思ってるのか？　ここは心を病《や》んだり、正気《しょうき》を失っていたりするひとのための病院なんかじゃない」ムッシュ・ルクレールが嫌悪感《けんおかん》をあらわにした。「おれがこれまで寄付《きふ》してきた金は……拷問《ごうもん》まがいのことをする牢獄《ろうごく》のような施設《しせつ》のために使われていたってわけだ。ダルクよ、あんたほど卑劣《ひれつ》なやつはお目にかかったことがない」

「諸君《しょくん》らは広い視野《しや》で物事が見えていないだけだ」ダルクは説明すればわかってもらえると思っているのか、平然《へいぜん》とした態度をくずさない。「いいか？　ここの連中は危険《きけん》で……」

「あたしの父のどこが危険なのよ！」ムッシュ・ブーランジェの娘《むすめ》が凜《りん》とした声を張りあげた。そでをまくり、菓子《かし》づくりで鍛《きた》えられたたくましい腕《うで》をむき出しにしながらダルクににじりよっていく。「あんたはいったわね。父をここに入院させなければ、ほかのひとだけじゃなく父自身にも危険がおよぶって。その言葉を信じたのよ！」

看守《かんしゅ》のひとりがブーランジェの娘の前に立ちはだかる。

「おれの大おばさんもだ！」ル・フウも怒《いか》りをはき出した。「大おばさんはちょっと変わってるってだけだったのに、いまじゃ、おれがだれなのかもわからなくなっちまった！」ル・フウは小型《こがた》の銃《じゅう》を二丁《にちょう》かまえている。こう見えて、銃の腕前《うでまえ》はなかなかいいのだ。

「みんな……」ベルはためらいがちに口を開いた。

そのとき、ムッシュ・レヴィが人びとのあいだから出てきて、ベルと両親のそばに立った。「おまえは約束したはずだ。ベルには手を出さないと。おまえこそ約束やぶりの化《ば》け物だ」

ダルクは悪びれもせずにいった。「ベルが母親とはちがって魔法《まほう》の力はもたず、穢《けが》れのない存在《そんざい》であることを念のためにたしかめる必要があったのだ。それに、獲物《えもの》をおびきよせるおとりとしてベルを――」

ダルクはそこで言葉をとめた。ベルをふくめみんながその先の言葉を待つ。ところが、ダルクはかっと目を見開いた。全身がはげしく痙攣《けいれん》しはじめる。

「これはいったいどうい……」

ダルクの腹部《ふくぶ》から血が流れ出し、シャツを赤く染《そ》めていく。そのまま前のめりにたおれると、背後《はいご》にいたガストンがあらわになった。ガストンが手にした狩猟《しゅりょう》用の長刀《マチェーテ》のなたから血がしたたり落ちている。

ガストンは前かがみになり、命が尽《つ》きかけているダルクの耳もとで怒鳴《どな》りつけた。「ル・フウの大おばさんは、このおれさまが見つけてやったぜ。汚《きた》ねえシーツにくるまってたぞ」

そして立ちあがり、胸《むね》を反《そ》らせて得意げににやりとすると、大声でみんなに呼《よ》びかけた。「見てのとおり、罪のないひとたちをえじきにしてきた悪党《あくとう》はおれが仕留《しと》めた。さあ、今度は野獣《ビースト》をとっつかまえて始末《しまつ》をつけちまおうぜ」

だれもなにも答えず、その場から動こうとしなかった。村人たちにまじって逃《に》げてきた囚《とら》われびとでさえ、むごたらしく殺されたダルクをあぜんとして見つめている。うろたえたようすで顔を見合わせているひとたちもいる。

ガストンは苦笑いを浮《う》かべた。「この陰気《いんき》な結末をいい方向へ転がす方法がひとつだけある」

くるりとベルのほうを向き、片《かた》ひざをついて気障《きざ》な笑みをつくる。「こうすりゃ、とびきりロマンチックなハッピーエンドになることまちがいなしだ。

ベル、おれと結婚《けっこん》しろ」

49 物語の結末

ベルはガストンを見つめたまま目をぱちくりさせた。ビーストも同じように目をぱちくりさせている。少し前まで本物の野獣《ビースト》になりかけていたのに、あまりのおどろきに、ガストンをずたずたに引き裂《さ》いてやろうとも思いつかないようすだ。ル・フウだけがやれやれといったふうに首を横にふっているが、ほかのみんなははなんの反応もしめさない。

ベルは一連《いちれん》のできごとについて考えをめぐらせた。さっきガストンがうながしても、だれひとり、ビーストをつかまえようと、つかみかかったり銃《じゅう》を向けたりするひとはいなかった。そうなってもおかしくなかったのに。その代わりに、このわけのわからない男が、胸《むね》がむかむかするような派手《はで》なプロポーズをして、その結果、みんなの注目《ちゅうもく》がわたしに集まっている。

ムッシュ・レヴィも真剣《しんけん》なまなざしをわたしに向けている。まるで、いまのプロポーズに対して、わたしがどんな態度をとるのか興味津々《きょうみしんしん》というふうに。どんな態度をしめそうと、わたしのすることにまちがいはないと信頼《しんらい》しているのがそのまなざしから伝わってくる。考えなさい、ベル。いまの状況《じょうきょう》で、どうするのがいちばんいい？

少しめまいがした。ずいぶん長い時間なにも食べていない。でも、気をしっかりもつのよ。

「ガストン、ムッシュ・レヴィの書店に火をつけたのはあなたなの？」大きな声は出さず、ただはっきりといっただけなのに、自分でもおどろくほど強い口調で非難《ひなん》しているように響《ひび》いた。

ガストンはぎょっとして眉《まゆ》をつりあげた。

「はあ？　いきなりなんなんだ。そうとも。モーリスをさがしにいったのさ。ダルクがおれにいったんだよ。モーリスは書店にいるかもしれないってな。それに、レヴィは穢《けが》れのあるシャルマントゥだって……」

そこまで口にしたとき、ガストンははっとして顔をしかめた。火をつけたのは自分だとみとめたばかりか、ダルクのおこないに加担《かたん》したことまでみずから口走《くちばし》ってしまったと気づいたのだろう。

「いや、だって、レヴィは危険《きけん》なやつだと……」

ベルはガストンをきつくにらみつづける。

「いや、危険なのはレヴィの本だ！」ガストンがしつこく食いさがる。「本ばかり読んでるからベルはそんな……変わり者になっちまったんだからな。このガストンさまと結婚《けっこん》したくないなんてありえないだろう？　村じゅうの娘《むすめ》がおれと結婚したがってるんだぞ！　それに、本なんてものは紙でできてるんだから、いつ火事が起こったっておかしくねえ……」

ベルは胸《むね》の内でさまざまな感情が渦巻《うずま》き、すぐに言葉を返すことができなかった。まったくあきれはてて物もいえない。ガストンなんて張りたおしてやりたい……でも、そんなことをしても時間と労力をむだにするだけだ……ほんとうにどうしようもない……。

ぺらぺらとしゃべりつづけるガストンをながめる村人たちの表情を見れば、みんなも村いちばんの人気者に愛想《あいそ》をつかしたのはあきらかだ。

それに、いまここで、他人の店や本を焼きはらうことがどれほど罪なことなのかガストンに説《と》いたところで、いうだけむだだろう。

ベルはさりげなくガストンから目をそらし、みんなのほうを向いて話しかけた。

「わたしは、ガストンと結婚《けっこん》するつもりはまったくありません。理由はいろいろあるけど、いま起きているごたごたが落ち着いて少し考えれば、ガストンもきっと理解してくれるでしょう」

「ベル……」ガストンが決まり悪そうに小声で話しかける。

ベルはガストンを無視《むし》した。

「それに、ビーストを監禁《かんきん》するつもりもありません」ベルは大きな声できっぱりというと、歩いていってビーストの腕《うで》に片手《かたて》をそえた。「彼《かれ》は王子――いいえ、国王なのです。森をぬけたところにある、わすれられた魔法《まほう》の王国の。彼がここに来たのは、王国の民《たみ》とみなさんをダルクから救うためです。ダルクは口にするのもおぞましい残虐《ざんぎゃく》な行為《こうい》を重ねてきました。王国とこの村の両方から罪のないひとたちをさらってきては、拷問《ごうもん》まがいのおそろしい実験を繰《く》りかえしていたのです」

ベルは目の前に集まっているひとたちをぐるりと見わたし、できるだけひとりひとりと目を合わせようとした。そして、深く息を吸《す》ってこう続けた。「この施設《しせつ》を徹底的《てっていてき》に調べてみたらどうでしょう？　とりのこされたひとがまだいるかもしれませんし、犠牲《ぎせい》になった方々《かたがた》のご家族が見たいものもあると思います……ここの図書室には日誌《にっし》がならんでいて、そこにはダルクの犠牲者のリストとともに詳細《しょうさい》な……」

ベルはそれ以上、続けられずに口をつぐんだ。

この夜の突飛《とっぴ》なできごとに混乱《こんらん》し、ぼうぜんとしていた村人たちは、ベルの提案《ていあん》にのることにした。ベルの話を聞き、まずはここで起きたことの全容《ぜんよう》を解明《かいめい》しようという気持ちになったのだ。怒《いか》りや悲しみや好奇心《こうきしん》といったさまざまな感情をかかえながら、村人たちは施設《しせつ》を調べにいった。とりのこされた囚《とら》われびとも見つけ出され、家族とともにようやく家にもどることができた。

その場にとどまり、あちこちで数人ずつかたまって、一連《いちれん》のできごとについてひそひそとささやき合っているひとたちもいる。

ガストンはそんなひとたちをながめながら、ただひとり納得《なっとく》がいかない顔をしていた。

「おい！」ガストンはだれにいうともなくいった。「ダルクは死んでとうぜんだった。だからおれが始末《しまつ》してやったんだ。なのになんでだれもおれに感謝しない？　ダルクは異常《いじょう》なうえに人殺しだ。だれかがやらなきゃならなかった……」

「そのだれかっていうのがだれなのかが問題なんだよ、ガストン」精肉《せいにく》店の店主がいった。「法廷《ほうてい》で裁判官《さいばんかん》が死刑判決《しけいはんけつ》をし、死刑執行人《しっこうにん》が手を下《くだ》すことになっていたかもしれない。あるいは終身刑《しゅうしんけい》を宣告《せんこく》され、牢獄《ろうごく》のなかで朽《く》ちはてることになっていたかもしれない。どちらにしろ、おまえさんがやるべきじゃなかった」

「たしかにダルクは悪魔《あくま》みたいな男だった」高級衣料品店の店主のムッシュ・ソーヴテールがはきすてるようにいった。「だがしばらくは、目を閉《と》じるたびに、やつがむごたらしく殺される場面が浮《う》かんできて悩《なや》まされそうだよ。ここに子どもたちがいなくてほんとうによかった」

ガストンは数人ずつかたまっているひとたちのあいだを行き来し、話を聞いてくれとうったえたが、だれもが背《せ》を向けて耳を貸そうとはしなかった。

ベルはぐったりとビーストにもたれかかった。体のあちこちがひどく痛《いた》むし、何百歳《さい》も一気に年をとったような気がする。こんなのぜんぜんハッピーエンドじゃない。こんなはずじゃなかったのに。どうして〝めでたし、めでたし〟とすっきりしめくくれないんだろう。

となりでだまってささえてくれているビーストもきっと同じ気持ちだろう。

母がゆっくりと近づいてきた。視線《しせん》はビーストに向けられている。

母は深く息を吸《す》ってから話しはじめた。「なにをいおうと、わたしがしたことを正当化《せいとうか》することはできないけれど、呪《のろ》いをかけることで、わたしは王国に生き残ったひとたちを救ったつもりでいたのよ。国王と王妃《おうひ》のせいで傷《きず》つけられたひとたちの敵《かたき》を討《う》ったとも。けれど、わたしは長刀《マチェーテ》のなたをふりまわしていい気になっているあの男と変わらない。ひとりよがりの愚《おろ》か者よ。いいえ、わたしのほうがもっとひどいわね。とてつもなく大きな不幸をもたらしてしまったのだから」

ビーストはじっと母を見つめていたが、やがて口を開いた。「ありがとう」そういって、皮肉まじりの悲しげな笑みを浮《う》かべる。「王であるわたしの……最初の仕事として、あらゆる罪をゆるすことをここに宣言《せんげん》する」

父がすかさず話に割《わ》ってはいり、ぶるっと体をふるわせた。「だが、ロザリンド、きみのことをわすれるなんて二度とごめんだからな。あれは軽率《けいそつ》だったよ。忘却《ぼうきゃく》の呪文《じゅもん》をかけるなんて」

「ああすれば、シャルマントゥを守れると思ったのよ」母はつらそうにため息をもらした。「思ったとおりにはうまくいかなかったみたいだけれど。でも……」母の背《せ》すじがのび、目に力がこもる。すると、髪《かみ》は年のわりに真っ白で、体はがりがりにやせて傷《きず》だらけなのに、そのすがたにかつての母がかいま見えた。何者にも屈《くっ》しない、強大な力をもつ偉大《いだい》な魔女《まじょ》。母はビーストにいった。「いい？　あなたは自分で永遠に本物の野獣《ビースト》になってしまうのを食いとめたのよ。すばらしいわ！　自分の力で人間の心をとりもどしたんだから」

ビーストは両目をしばたたいた。

「それはつまり、永遠に逆《ぎゃく》もどりすることはないということか？　心まで野獣になってしまうことは、もう二度とないのか？」

「ええ、もちろん」母がもどかしそうに答える。「あなたがベルを愛するかぎり、そして、ベルがあなたを愛するかぎり。愛の力で呪《のろ》いはとけるし、少なくとも軽くなるのよ」

ベルとビーストは目を見開いて見つめ合った。

ビーストが急にはずかしそうに首の後ろを掻《か》きはじめる。

ベルはぱっと頬《ほお》を赤らめたが、気づくとくすくすと笑い出していた。

「ふたりが相思相愛《そうしそうあい》なのは、一目瞭然《いちもくりょうぜん》だな」父がほほえんだ。

「ええそうね。でもそれも、わたしが魔法《まほう》を使ったせいなのよ」母が険《けわ》しい顔になった。「魔法を使うと、結局はその報いが自分に返ってくる……だから、めぐりめぐって娘《むすめ》のベルが呪《のろ》いをとくことになってしまった。わたしが愚か者《おろかもの》のせいでね。そして、娘の未来の夫はわたしが呪《のろ》いをかけた王子」

「国王だ」父がやんわりと訂正《ていせい》した。「だが、それがそんなに悪いことなのか？」

「ええ。だって、みんなわたしの軽率《けいそつ》なふるまいのせいだもの。でも、その話はまたあとでできるわ。それより、わたしにはまだ魔法の力が少しだけ残っているのよ。だから、あなたを人間にもどすことができる。いまのあなたにふさわしいすがたに」

ビーストは目を大きく開き、口をぱくぱくさせている。

ベルは心臓《しんぞう》が飛び出さんばかりにおどろいた。こんなに胸《むね》が高鳴《たかな》るのはいつ以来だろう。ハッピーエンドがほんとうにおとずれるんだわ！　本で読んだ物語の結末と同じように！

そのとき、ビーストが母に問いかけた。

「召《め》し使いたちはどうなる？」

その言葉を聞いたとたん、ベルは自分がはずかしくなった。すっかり舞《ま》いあがって、みんなのことをわすれていたなんて。

「状況《じょうきょう》は悪化している」ビーストがいった。「みんな……ぴくりとも動かないし、話しもしない。宿っていた命が尽《つ》きて、完全に物になってしまったかのように」

「そんな……」ベルはぞっとした。「ポット夫人、コグスワース、ルミエール……」

「召《め》し使いたちも、もとにもどせるのか？」

母は唇《くちびる》を引きむすんでどう答えるかしばらく迷っているようだったが、やがて意《い》を決《けっ》したようにこういった。

「いいえ、残念だけれどできないわ。わたしにはもう、呪《のろ》いの一部をとく力しか残っていないのよ。あなたをもとにもどせば、もう彼《かれ》らをもとにもどすことはできない」

ビーストはベルの瞳《ひとみ》の奥《おく》をじっと見つめながら、さらに問いかけた。

「では、わたしをもとにもどさなければ、召し使いたちをもとにもどせるということだな？ひとり残らず」

「ええ、おそらく」母は即答《そくとう》した。

ベルはきびしい現実に引きもどされて背《せ》すじが凍《こお》るように感じたが、覚悟《かくご》を決めると、ビーストだけにわかるようにかすかにうなずいた。

ビーストはそれに応えるようにベルの両肩《りょうかた》を大きな手でしっかりとつかんでこういった。

「だったら、召《め》し使いたちをもとにもどしてくれ。あの者たちはなんの罪もないのに呪《のろ》いをかけられ、それでもなお、長いあいだ城やわたしのために尽《つ》くしてきてくれた。もう自由にしてやりたい」

ビーストはベルを自分の胸《むね》に引きよせ、思い切り強くだきしめた。ベルは肩《かた》をふるわせながら小さく嗚咽《おえつ》をもらすと、ビーストの胸に身をあずけた。結局、現実は物語のようにはうまく運ばないということだ。でも、こうしているとほっとできる。ふたりいっしょなら、どんな困《こん》難《なん》ものりきっていけるはずだ。

母は少しおどろいた顔でこういった。「そう、わかったわ。そうしましょう。それがあなたたちふたりの望みなら」


ビーストは一刻《いっこく》も早く召し使いたちをもとにもどしてやりたかったが、日も暮《く》れてあたりは暗く、寒さもきびしくて移動するには危険《きけん》だし、とりわけベルの母のロザリンドの体がもちこたえられそうになかった。そこで、四人は村人たちといっしょに丘《おか》をおりて、村の家にもどった。ところが、なかなかベッドに入って休むことができなかった。野獣《ビースト》のすがたをした王をひと目見たいと、あとからあとから村人たちがやってきたからだ。それに、シャルマントゥについての記憶《きおく》をだんだんとりもどしてきたひとたちもひっきりなしにやってきては、あれこれとたずねた。子どものころに、足にひづめのある少女をたしかに見たんだが……とか、ダルクの施設《しせつ》で耳がとがっていて、目をいっつもきょろきょろさせている少年を見かけたのよ……というようなことを。

夜もだいぶ更《ふ》けたころ、父が最後の客を見送ってドアに錠《じょう》をかけると、親子三人ともうひとりは、ようやく眠《ねむ》りについた。真夜中にふと目を覚ましたベルが両親の部屋をのぞくと、月明かりと星明かりにほのかに照らされるベッドで、ふたりはしっかりとだき合いながらぐっすりと眠っていた。

ビーストは居間の暖炉《だんろ》の前で犬のように体をまるめて寝息《ねいき》をたてていたが、頭を枕《まくら》にのせて、広い肩《かた》に毛布《もうふ》をかけている。ベルは、久しぶりのわが家のなんともいえない居心地《いごこち》のよさをしばらく味わってからベッドにもどり、もう一度眠りについた。

翌朝《よくあさ》、日がのぼって気温がだいぶあがってくると、四人は村人から借りたそりをフィリップにつないで城へ出発した。

母はありったけのコートを着こんで何枚もの毛布にくるまっていたが、弱った体にはそれでもこたえるらしく、道中ずっとふるえていた。父は母のそばにつきそっていたので、ベルが手《た》綱《づな》をにぎった。フィリップは、ときどき力強いビーストに代わってもらいながらも、いやがることなく黙々《もくもく》とそりを引いていた。

ようやく城に到着したとき、太陽はだいぶ高い位置にあり、日あたりのいい場所では少しとけた雪がきらめいていた。城をおおっていたクモの糸のあいだの氷の膜《まく》もとけはじめ、しずくがしたたり落ちている。

「へえ、なかなかね」母が、クモの糸を見ながら自分がかけた呪《のろ》いのできばえに感心しているようすでいった。

「母さんたら、わたしはここに閉《と》じこめられていたのよ」ベルはやんわりととがめた。「気の毒な城のひとたちもみんな」

母は自分のおかした事《こと》の重大さを思い出してうつむいた。

城のなかに足を踏《ふ》みいれると、ベルが初めてここへ来たときと同じように暗くて寒かった。だが、今回はさまざまな〝生きた物〟たちが出むかえてくれるという期待がかなえられなかったぶんだけよけいに暗く寒々《さむざむ》としてさびしく感じられた。厨房《ちゅうぼう》へおりていき、ぴくりとも動かないティーポットと枝つき燭台《しょくだい》と置き時計を見たとき、ベルは思わず泣き出しそうになった。

「前に来たときは生きているように見えたのに……」父がおどろいて目をみはる。

母は城へ来るだけで気力も体力もかなり消耗《しょうもう》しているようだったが、胸《むね》の内では気持ちを高めていたのか、決然《けつぜん》とした表情を見せるなり呪文《じゅもん》を唱《とな》えはじめた。

ベルは母にじっと見入った。母がどんなひとか、ひとことでいうのはむずかしい。とくべつ思いやりにあふれてやさしいわけではないけれど、勇敢《ゆうかん》なのはまちがいない。いったんこうと決めたら、なんとしてでもやりとげる強い意志《いし》をもっている。でも、そんな性格のせいでどうなった？　思いもよらない方向に物事が進んでしまった。はっきりいって思いこみがはげしくてひとりよがりなところがあるし、やっぱり感情のままにあんな呪《のろ》いはかけるべきじゃなかった。

けれどこのひとこそが、わたしがやっとさがしあてた母なのだ。想像していた母親像とはちがっていても。

あたりに、なんともいえない不思議なにおいがただよいはじめた……たとえていうなら春に新しく芽吹《めぶ》いた松の葉のようなにおい。クリスマスのころの乾燥《かんそう》した葉ではなく、三月のやわらかな緑の若葉《わかば》の香り。

すると、テーブルの上の置き時計が冬眠《とうみん》から目覚めたようにあくびをして、伸《の》びをした。置き時計はどんどんふくらんで大きくなっていったかと思うと、口ひげをたくわえた小太《こぶと》りの男性に変わった。テーブルの上で危《あぶ》なっかしくバランスをとっている。少し青ざめているとはいえ健康そうだ。

「おおっ……これはいったいどういうことだ！」コグスワースは目を見開いて自分の手を見つめながらゆっくりと指を動かした。「もとに……もどっているじゃないか！　ついに呪《のろ》いはとけたということか……？」

コグスワースはテーブルから飛びおりてビーストとベルに気づくと、すぐに呪いが完全にとけたわけではないと理解した。

「話せば長くなるから、あとでゆっくり話すわ」ベルはいった。

「かしこまりました。ぜひともうかがいたいものですな」コグスワースはとりすました顔でいった。どことなくあの小さな置き時計だったときの面影《おもかげ》がある。ビーストはなんとか笑みを返した。

つぎにルミエールがもとにもどった。鼻がつんと高いとはいえ、なかなかのハンサムだ。ルミエールはすぐさまおじぎして、ベルの両頬《ほお》にキスした。

「いとしいひと《マ・シェリ》」ルミエールは顔をほころばせた。「どういう経緯《けいい》でこのハッピーエンドをむかえられたのかはわかりませんが、あなたがもたらしてくれるはずだとずっと信じていましたよ!」といい、ベルのそばにいるビーストにはっと気づくと、肩《かた》をすくめた。「いや、まあその、完璧《かんぺき》な人間なんていませんからね」

そのつぎはポット夫人だ。もそもそと動いていたティーポットが、やがて人間の女性に変わった。

「まあまあ、これはどうしたことでしょう!」ポット夫人はよろこびの声をあげた。「息子はどこ? チップ! つぎはチップの番よ!」

ベルは食器棚《しょっきだな》のガラス戸を開けて小さなティーカップをとり出すと、ポット夫人にそっと手わたした。すると、もぞもぞと動いていたティーカップが、ポット夫人の腕《うで》でかかえるには大きすぎるくらいの五歳児《さいじ》に変わった。

「チップ!」ポット夫人は感極《かんきわ》まって声をあげ、チップを胸《むね》にだきしめた。人間のすがたをしたポット夫人は、ベルが思っていたよりも若《わか》かった。話し方や物腰《ものごし》から、もっと年配《ねんぱい》の女性だと勝手に決めつけていたのかもしれない。「わたしたち、もとにもどったのよ! ほんとうによかったわね、シャルル……」

ベルはビーストと笑みを交わした。もしビーストが思い切った決断をしていなかったら、人間のすがたにもどった城のひとたちとこうして会うことはなかっただろう。

母の魔法《まほう》は最後の召《め》し使いまでもちこたえて……あの嫌味《いやみ》たらしい羽《はね》ぼうきは、やはり嫌味たらしい人間のメイドに変わった。ルミエールは羽ぼうきにあわい恋心《こいごころ》のようなものを抱《いだ》いたこともあったようだが、それも、羽ぼうきがシャルマントゥに対してひどい発言をしたときに消えていた。

ベルは人間のすがたにもどった召《め》し使いたちを見てほっとしたものの、なにもする気になれなかった。くたくたにつかれているのに、妙《みょう》に頭が冴《さ》えて休むこともできない。城の大広間には、シャンパンの栓《せん》を開ける音や笑い声や音楽があふれている。だがベルは、まるで百年ぶりであるかのようににぎやかなパーティーの輪に加わる気分になれなかった。自分は部外者《ぶがいしゃ》だという気がした。呪《のろ》われた城にたまたま足を踏《ふ》みいれ、こまっていたひとたちを助けて、なんとか人間のすがたにもどしたにすぎない。ひとりになりたくて、ここに初めて来たときに使っていた部屋へ行き、ベッドに腰《こし》かけた。これからどうすればいいんだろう……。

「ねえ、いっしょにパーティーを楽しみましょうよ！」

部屋の戸口から顔をのぞかせたのは、もとは〝衣装《いしょう》だんす〟だった女のひとだ。名前はアンといい、すらりと背《せ》が高く気さくな雰囲気《ふんいき》で、意志《いし》の強そうな高い頬骨《ほおぼね》はジャンヌ・ダルク*29や大むかしの女戦士を思わせる。その頬《ほお》はワインでバラ色に染《そ》まり、手には金色のゴブレット*30をもっている。

「あと少ししたら行くわ」とベルは遠回しな言い方をしてやんわりとことわった。

「早く来ないと、食べ物も飲み物もなくなってしまうわよ」アンはベルの本心《ほんしん》を知ってか知らずかそういうと、ゴブレットをかかげて去っていった。

ベルはため息をつき、窓《まど》の外に目をやった。雪の積もったバラ園に奇妙《きみょう》な灰《はい》色の塊《かたまり》が見える。どうやらひとのようだが、少し前のベルだったら放浪者《ほうろうしゃ》や物乞《ものご》いかなにかだと思っただろう。だが、いまのベルにはそれが母だとすぐにわかった。母はぽつんとひとりベンチにすわり、しずんだ表情でなにかを考えこんでいるように見える。

ベルは急いで階段《かいだん》を駆《か》けおり、クロークルームでマントをはおって母のマントもつかんだ。

春はまだ先だが今日は日差しが明るく、冬至《とうじ》もすぎて、これからだんだん日が長くなっていくきざしが感じられた。日があたっているところは雪がとけているのか、しずくが落ちる音がどこからかかすかに聞こえてくる。地面はどこもすべりやすく、そろそろと歩きながら足もとに目をやったとき、靴《くつ》が修理もできないほどぼろぼろになっていることに気づいた。でも、ビーストはなんといっても国王なのだから、わたしのために新しい靴を注文してくれるかもしれない……。

ベルは自分がそんなことを考えているのに気づき、はっとした。わたしったら、なにを考えているんだろう。野獣《ビースト》のすがたをした王に魔法《まほう》使いの母……思い悩《なや》むことはほかにいくらでもあるのに、恋人《こいびと》に新しい靴《くつ》を注文してもらえるかどうか真《ま》っ先《さき》に気にかけるなんて……。

われながらあきれてしまい、思わず小さく笑みをこぼしたが、母のそばまで来たとたん、その笑みはすっと消えた。母は憂《うれ》いにしずんだ表情を浮《う》かべ、ぼんやりと虚空《こくう》を見つめている。

だがベルに目をとめたとたん、ベルとは反対にぱっと顔を輝《かがや》かせた。

「ベル！　ここにすわって」母は声をはずませて、雪で濡《ぬ》れたベンチの上で体をずらした。服が湿《しめ》ってしまうのは気にならないようだ。ベルは服がなるべく湿らないようそっと腰《こし》かけると、母の肩《かた》にマントをかけた。「積もる話がたくさんあるわね！　ベルのことを知りたいの。これまでのこと、なんでも話してちょうだい」

「いま、なにを考えてたの？　とても悲しそうに見えたけど」ベルは答える代わりに問いかけた。

「ああ……」母は肩をすくめた。その動作で痛《いた》みが走ったのかわずかに顔をゆがめる。「フレデリック・ダルクがいったことを考えてたのよ。もし、ダルクのひねくれた考えが正しいとしたら？　わたしたちシャルマントゥというものは、魔法《まほう》の力をもたない人間とは生まれながらにちがう考え方や行動をして、ふつうの社会からは忌《い》み嫌《きら》われるようなふるまいをしてしまうのかもしれない」

　ベルはため息をついた。「わたしの母であり、ロザリンドという名のひとりの女性であるあなたが、魔法の力をもたない人間とはちがうふるまいをして、法よりも自分の考えこそが正しいと信じて行動したとしても、それはあなただけのことにすぎない。たったひとりの行動をすべてのシャルマントゥにあてはめるなんて、ダルクがしたのと同じよ。ばかげてる。ユグノー[*31]であろうとカトリックであろうと、どんな民族であろうと、背《せ》が低かろうが高かろうが、肌《はだ》が黒かろうが白かろうが、ひとりひとりちがう。だれもがそれぞれ自分自身の魂《たましい》を体に宿しているし、魂を導《みちび》くのも、運命を決めるのもそのひと自身なのよ」

　母は小さく笑みを浮《う》かべてベルをちらりと見た。「ずいぶんと知識の深さが感じられる発言だこと。おさないころと同じで、相変わらず本の虫なのね」

「ここしばらくはいろいろあったから、そうでもないけど」ベルはほほえんだ。

「いまでも、村のひとたちから変わり者あつかいされてるの？」

「そうね」ベルは脚《あし》をのばしてつま先に目を向けた。「少なくとも昨日までそう思われてたのはたしかだけど、いまはどうかな」

「レヴィにベルのゴッドファーザーになってもらってよかったわ。いまでもそんなに読書が好きということは、あなたとレヴィの相性《あいしょう》はすごくいいということだもの」

「レヴィがわたしのゴッドファーザーだって知ってたらよかったのに……ほかにも、知っておきたかったことがたくさんある」

母はため息をもらした。「知ってたらよかったのに……か。もっと自分の気持ちをコントロールできてたらよかったのに。王子に呪《のろ》いなんかかけなければよかったのに。国王と王妃《おうひ》を罰《ばっ》するのではなく、同情できればよかったのに……。わたしにはありあまるほどの魔法の力があったのに、分別《ふんべつ》というものがまったくなかったわ。いまはその逆《ぎゃく》で、魔法の力は失ったけれど、分別はかすかにめばえはじめたかもしれない」

ベルはどんな言葉を返せばいいのかわからなかった。いまわたしと母さんは……大人同士がするような会話をしている。どうやら母さんは、お菓子《かし》のつくり方を教えてくれたり、ひざをすりむいて泣いたらなぐさめてくれたり、お話を読んで聞かせてくれたりするような、子どもがふつうに望む母親ではないらしい。母さんとの再会も、想像していたのとはちがっていた。

そのとき、雪の積もった砂利道《じゃりみち》を踏《ふ》みしめる音がした。顔をあげたベルの目に、少し前だったらぜったいにありえなかった光景が飛びこんできた。父とビーストが熱心に話しこみながら、ならんで歩いてくる。ビーストの獣《けもの》の外見と父の真剣《しんけん》な表情とがなんともちぐはぐで、ベルは一瞬《いっしゅん》、夢でも見ているのかと思った。

「やあ」父は大きく顔をほころばせた。「ここにいるのが窓《まど》から見えたんでね……静かな場所へ逃《に》げてきたのかい？」

「ええ、わたしには少しにぎやかすぎて」母は正直に答えた。「それに、あのひとたちのことをよく知らないし。国王、召《め》し使いたちのようすはどう？」

「騒《さわ》ぎ放題《ほうだい》だよ」ビーストはかすかに笑みを浮《う》かべた。目のまわりに寄ったしわは疲《つか》れのせい？獣《けもの》のすがたでもそんなふうになることがあるんだろうか？「だが、好きなだけ騒《さわ》がせてやりたいのだ」

「あなたが置かれた状況《じょうきょう》を……改善《かいぜん》する方法を考えていたんだけれど」母はさらにビーストに話しかけた。状況を改善するという言い方が、ひとごとのようでベルには少し気にさわった。「どれほど強い魔法《まほう》だろうと、まじないだろうと、呪《のろ》いだろうと、おおぜいのシャルマントゥの力を合わせればとくことができるわ。ベルの洗礼式《せんれいしき》のまじないがじゅうぶんにかからなかったのは、人数が足りなかったせいよ。それとは反対に、じゅうぶんな人数が集まれば、あなたにかけた呪いをとくことができるはず」

ビーストはやりきれない表情で母を見つめた。

「あの施設《しせつ》から助け出した、魔法の力をほとんどとりのぞかれたわずかなひとたちをのぞいて、シャルマントゥはもう残っていない」

「いいえ」母は手をふってビーストの発言を否定《ひてい》し、明るい声でこう続けた。「暴力がひどくなる前に逃《に》げ出したシャルマントゥがおおぜいいる。だから、そのひとたちをさがし出せばいいのよ」

「だが、もしさがし出せたとしても、どこへ連れていけばいいのだ？　シャルマントゥにとって安全な場所などどこにある？　しかもおおぜいいたら目立ってしまう」ビーストは声をとがらせた。「ここで起きたことが、いまや、あの新世界でも起きたというではないか。安全な場所などどこにもない」

「いいえ、あるわ」ベルははっと目を見開いた。

ビーストと父と母がそろってベルを見る。

「わからない？　ここが世界でいちばん安全な場所よ！」ベルは両腕《うで》を広げて城やその周辺の

谷をしめした。「呪《のろ》いはまだ完全にはとけていない。母さんに残っていた力では、召《め》し使いたちをもとにもどすことしかできなかった。だから、この王国も城もここにいるひとたちも、まだみんなわすれられたままよ。わたしたち以外、だれもここを覚えていない。シャルマントゥをひとり残らず見つけ出して、ここへ連れてくればいいのよ。彼《かれ》らの故郷《こきょう》へ。そしてみんなの力を合わせて……あなたの呪いだけといてもらえばいい。そうすれば、もとのすがたにもどれるわ」

「なるほど」母が考えこみながらいった。「悪くないわ。ここがシャルマントゥの終焉《しゅうえん》の地になりそうだったことを考えるとなんとも奇妙《きみょう》だけれど、おもしろい思いつきね。気に入ったわ。みんなを見つけて連れてかえってきて。あなたのご両親が彼《かれ》らにしたことへの罪ほろぼしとして、それぐらいはしてほしいわね」

最後の言葉を聞いて父がわずかに顔をしかめて母を見たが、母は肩《かた》をすくめただけだった。

ビーストは両目をしばたたいた。「みんなを見つけて……連れてかえってくる？　わたしが？」

「そうよ、すてきじゃない？」ベルがビーストの心を読んでほほえんだ。「長いあいだ魔法《まほう》の鏡で見てきただけの世界に、じっさいに出ていくのよ」

「きみもいっしょだ」ビーストがなんのためらいもなくいった。「きみとなら、なんだってできる」

ベルは顔をほころばせた。だが、返事をしようと口を開きかけたとき、父と母が目に入った。ふたりともベルがなんと答えるのだろうと、かたずをのんで見守っている。

やっとそろった家族。世界でいちばん興味深くて、謎《なぞ》めいた母と再会できたばかりで、ききたいことも話したいことも山ほどある。

でも、ずっと夢見てきた冒険《ぼうけん》に出かけるチャンスがようやくめぐってきたのだ。シャルマントゥをさがし出すために、パリやローマ、さらにはギリシアの知られざる島々《しまじま》や前人未踏《ぜんじんみとう》の森の奥深《おくふか》くまで……世界中を旅したら、どんな景色を見られて、どんな経験ができるだろう？

けれど、父さんと母さんを置いて、わたしだけ夢を追いかけるなんて……。

「ベル、行きなさい」母がいった。「わたしがあなたくらい若《わか》かったら、一瞬《いっしゅん》たりとも迷ったりしない。わたしとモーリスはずっとここにいるから、いつでももどっていらっしゃい。そして、好きなだけ話をしましょう。もどる場所があるからこそ、旅に出られる。冒険のために世界へ飛び出し、愛のためにここへもどってくればいい」

父は少しさびしそうな顔をした。「妻と娘《むすめ》とまた暮《く》らしたかったが……まあ、やるべきことは山ほどあるし、あっという間に時がすぎて、気づいたらふたりがもどっていたなんてことになるだろう」

「やるべきこと?」ビーストがたずねた。

「ああ、村にはいま、助けが必要なひとがおおぜいいるからね」父は悲しげにほほえんだ。「何年ものあいだ、病院とは名ばかりの牢獄《ろうごく》のような施設《しせつ》に閉《と》じこめられていたんだ。魔法《まほう》の力をとりのぞかれてしまったシャルマントゥだけでなく、シャルマントゥではないのにとらえられたひともいるし、なかには……かなり衰弱《すいじゃく》しているひともいる。みんなが落ち着いた暮《く》らしをとりもどすには数か月はかかるだろう。わたしやロザリンドのような変わり者でも、少しは役に立つはずだ」

「それに、この城のことも気にかかるし」母が城の窓《まど》のひとつを指さした。だれかがそこから下着を旗のようにふっている。「あのにぎやかなパーティーがお開きになったら、召《め》し使いたちは身のふり方を決めなければならないわ。ここに残るひともいるでしょうけど、もう召し使いを続ける気はないひともいるかもしれない……城の外には広い世界が開かれているのだし、王であるあなたはしばらく城をはなれるのだから」

ビーストはうつむいてなにかを考えこんでいるようすだったが、やがて顔をあげてベルの母を見た。「わたしの留守中《るすちゅう》、城のことはコグスワースとルミエールに代行してもらおうと思うのだが……」

「それならきっとうまくいくわね」ベルは賛成《さんせい》した。といっても、最終決定はポット夫人が下《くだ》すことになるだろうけれど。

ビーストはベルをまっすぐに見つめた。「ベル、いっしょに来てほしい。きみの助けが必要だ。うまくいかずに……わたしはずっと野獣《ビースト》のままかもしれないが」

ベルはほほえみ、ビーストの鼻にそっとふれた。「どんなすがただろうと、あなたはいつだってずっと、わたしの大切なひとよ」

「はっきりいって、あなたが義理《ぎり》の息子だなんて思いえがいていた理想とはちがうわね。見た目じゃなくて、あなたの両親のせいだけど」母が話に割《わ》ってはいった。「でも、あのガストンっていう男よりはずっとましよ。あの男はなんなの？　あいつはいつも、あんなふうにふざけているわけ？」

「ちがうわ。あれでも真剣《しんけん》なの」ベルは笑いすぎて息がとまりそうになった。「それに、ガストンがわたしにプロポーズしたのもあのときが初めてじゃないの」

父がベルとビーストに腕《うで》をまわした。「いつもどってこられるかわからないことだし、四人でひと晩《ばん》ゆっくりとすごそうじゃないか。おまえたちが旅立つ前に、話したいことがたくさんあるからな」

「どの話もあともう少しでハッピーエンドになるものばかりだと思うけど」ベルはほほえみながら、こう心のなかでつぶやいた。ほんとうのハッピーエンドは、これから自分たちでつかむのだから。

＊29 フランスの国民的な英雄《えいゆう》。農家の娘《むすめ》だったが、百年戦争のときフランス軍を率《ひき》いてイギリス軍をやぶり、祖国《そこく》を救った。のちにとらえられ火刑《かけい》にされた（一四一二年―一四三一年）

＊30 脚《あし》と台がついた取っ手のないグラス

＊31 十六〜十八世紀フランスのカルヴァン派《は》プロテスタントのこと。カトリックと対立した。フランス南西部を中心に、新興《しんこう》の産業市民層《そう》に多かった

ディズニー ツイステッドテール

ゆがめられた世界
ビューティ ＆ ビースト　下

2024年10月29日　第１刷発行

著　　リズ・ブラスウェル
訳　　池本　尚美
発行人　土屋　徹
編集人　芳賀　靖彦
発行所　株式会社Gakken
〒141-8416　東京都品川区西五反田2-11-8
印刷所　中央精版印刷株式会社

絵　水溜鳥
ブックデザイン　LYCANTHROPE Design Lab.　武本　勝利
DTP　Tokyo Immigrants Design　宮永　真之
編集協力　芳賀　真美

【お客様へ】
この本に関する各種お問い合わせ先
●本の内容については、下記サイトのお問い合わせフォームよりお願いいたします。
https://www.corp-gakken.co.jp/contact/
●在庫については　Tel 03-6431-1197（販売部）
●不良品（落丁、乱丁）については　Tel 0570-000577
学研業務センター　〒354-0045　埼玉県入間郡三芳町上富279-1
●上記以外のお問い合わせは　Tel 0570-056-710（学研グループ総合案内）

◎学研グループの書籍・雑誌についての新刊情報・詳細情報は、下記をご覧ください。
学研出版サイト　https://hon.gakken.jp/